AF540426

मन ना भये दस-बीस

मन ना भये दस-बीस

मालती जोशी

साक्षी प्रकाशन
दिल्ली-110032

प्रसिद्ध कथाकारा मालती जोशी की उपलब्ध पुस्तकें

1. जीने की राह
2. मालती जोशी की सर्वश्रेष्ठ कहानियाँ
3. पूजा के फूल
4. विरासत
5. दर्द का रिश्ता
6. मन ना भये दस-बीस
7. बाबुल का घर
8. आनन्दी
9. अपने आँगन की छाँव
10. एक घर हो सपनों का
11. महकते रिश्ते
12. एक और देवदास
13. विश्वासगाथा

ISBN : 81-86265-57-0

© मालती जोशी

प्रथम संस्करण : 2023

प्रकाशक : साक्षी प्रकाशन
एस-16, नवीन शाहदरा, दिल्ली-110032
फोन : 011-22324833, 09810461412

email : goelbooks@rediffmail.com

मुद्रक : राधा ऑफसेट
दिल्ली-110092

टाईप सेटिंग : आकृति ग्राफिक्स, दिल्ली-110032

MANN NA BHAYE DAS-BEES (Novelettes) by Malti Joshi

अनुक्रमांक

मन ना भये दस-बीस

"पापा, कार्तिकजी आए हैं," मैंने हाँफते हुए कहा।

पापा ने उपन्यास से थोड़ा-सा सिर उठाया और कहा, "तो आने दे ना, तू इतनी बदहवास क्यों हुई जा रही है?"

"पापा, वे दीदी को पूछ रहे हैं।"

"तो बता दे न, कि घर पर नहीं है, रिहर्सल पर गई है," उन्होंने इत्मीनान से कहा।

सच, पापा तो कभी-कभी···पर मुझे भुनभुनाने का भी अवसर नहीं मिला। कार्तिक भीतर आ गए थे।

"मे आई कम इन!" उन्होंने दरवाज़े पर खड़े होकर कहा, "पापाजी, आई थिंक यू डोंट माइंड माई कमिंग इन। मैंने सोचा, अब मुझे इस घर में ड्राइंगरूम से थोड़ा आगे भी प्रवेश मिल जाना चाहिए।"

"क्यों नहीं, क्यों नहीं बेटे, अब तो यह तुम्हारा अपना ही घर है," पापा ने अभ्यर्थना से उठते हुए कहा। पर उनकी आँखों में स्वागत का भाव ज़रा भी न था। शायद पुस्तक अधबीच में छूट जाने का दुख था। कार्तिक के लिए एक कुर्सी सरकाते हुए बोले, "शिखा बेटे, अपने जीजाजी के लिए कुछ चाय-वाय का इंतजाम करो।"

मैं जैसे जान छुड़ाकर भागी, सीधे किचन में आकर ही दम लिया। लेकिन फिर लगा कि कुछ देर रुकना चाहिए था वहाँ, पापा का कुछ ठीक नहीं है। कभी-कभी वे बहुत सच बोल जाते हैं। दीदी पर बड़ा गुस्सा आ रहा था। इतना मना किया था कि आज रविवार है, कहीं मत जाइए; पर जहाँ माँ शापिंग के लिए बाहर निकलीं, ये भी घर से भाग लीं। जानती जो हैं कि कुछ हो जाए तो सँभालने के लिए शिखा है ही।

राम-राम करके कॉलेज का सिल्वर जुबिली फंक्शन समाप्त हुआ था। उसमें दीदी की 'विरहिणी राधा' खूब हिट हुई थी। उनके ससुरालवालों ने भी उनके नृत्यकौशल की सराहना की थी। पर बस, उसके बाद माँ को धीरे से समझा दिया था कि अब वह किसी समारोह में भाग नहीं लेगी। एक ही शहर का मामला था। इसलिए बहुत चौकन्ना रहना पड़ता है।

दीदी इतना भुनभुनातीं, "उनसे कहिएगा, आपके घर पहुँच जाऊँ तब सात तालों

में बंद करके रखें, पर अभी से इतनी बंदिश क्यों ?"

और बंदिश क्या यही एक थी ? संगाई के बाद जैसे प्रतिबंधों का ताँता लग गया था। पहनने-ओढ़ने तक की आज़ादी नहीं रह गई थी। दीदी सचमुच कभी-कभी इतना घबरा जातीं, कहतीं, "कहाँ के घामड़ लोग पल्ले पड़ गए हैं ! क्या दुनिया में मेरे लिए यही एक घर रह गया था ?"

माँ तब बड़े प्यार से समझातीं, "मन छोटा क्यों करती है पगली ! तुझे कौन उनके साथ ज़िन्दगी भर रहना है ? थोड़े दिनों की तो बात है। तू तो अपने दूल्हे को देख। सात जन्मों तक तपस्या करने के बाद ऐसा वर मिलता है।"

माँ के मुँह से तपस्या की बात बड़ी अजीब-सी लगती थी। पर वे झूठ नहीं कहती थीं। लड़का उन्होंने लाखों में एक ढूँढ़ा था। लंबा-ऊंचा कद, सुगठित दहयष्ठि, दमकता गेहुआँ रंग, तीखे नाक-नक्श। एम. कॉम. फर्स्ट क्लास थे। स्टेट बैंक में ग्रेड टू ऑफिसर थे। शहर में अपना मकान था। पिता रिटायर्ड सेल्स टैक्स कमिश्नर थे। इसलिए उनकी बातचीत में, रख-रखाव में एक आभिजात्य था। और आई. ए. एस. में सिलेक्ट हो जाने के बाद तो उनका पूरा व्यक्तित्व ही गरिमामय हो उठा था।

जिस दिन दीदी का रिश्ता लेकर पहुँचे थे ये लोग, उसी दिन कांपिटीशन की लिस्ट निकली थी। बस उन लोगों ने इसे दीदी का ही शुभ शकुन मान लिया और बात बड़ी आसानी से पक्की हो गई। एतराज़ करने का प्रश्न नहीं था ! दीदी को बहू बनाने में किसी भी परिवार को गर्व का ही अनुभव होता। अपने कॉलेज की 'ब्यूटी क्वीन' समझी जाती थीं। दीदी नृत्य में प्रवीण तो थीं ही, इंग्लिश में एम. ए. भी कर रही थीं। माँग ज़रूर उन लोगों की कुछ ज्यादा लग रही थी, पर माँ कहतीं, "अच्छे लड़के सड़क पर पड़े नहीं मिल जाते। खर्च तो करना ही पड़ता है। इतना रूप-गुण लेकर आई है वह, तो क्या किसी बाबू या मास्टर के घर में जाएगी ? हीरा, सोने में जड़ा हो, तभी अच्छा लगता है।"

लेकिन माँ का 'हीरा' अकसर उन सुनहले बंधनों से कसमसा उठता था। तब मुझे बहुत आश्चर्य होता था। सोचती थी, दीदी एकदम पागल हैं। ऐसे पति के लिए मैं तो जीवन-भर का कारावास स्वीकार कर लूँ।

चाय लेकर बाहर गई तब कार्तिक, पापा से कह रहे थे, "तो पापाजी, अब यह ज़िम्मेदारी आपकी रही। शहर में हमारे रिश्तेदार भरे पड़े हैं। अगर वे कहीं जाती भी हैं, तो शिखा को या भाई को साथ ले लिया करें। यों अकेले आना-जाना ठीक नहीं लगता।"

"देखो बेटे," पापा ने अपना कप उठाते हुए शांत स्वर में कहा, "इस घर में किसी के, कहीं आने-जाने पर प्रतिबंध नहीं है। कम-से-कम मेरा तो नहीं है।"

"यह क्या कह रहे हैं आप ? आप इस घर के बड़े हैं।"

"हाँ, बड़ा तो हूँ," पापा ने निर्लिप्त भाव से कहा, "पर इस घर की रीति यही है। तुम्हारे घर आएगी रेखा, तो तुम अपने साँचे में ढाल लेना।"

इतना गुस्सा आया पापा पर। कार्तिक के जाते ही बरस पड़ी मैं, "आखिर उनके सामने यह सब कहने की क्या ज़रूरत थी ?"

पापा उसी शांत स्वर में बोले, "क्या-क्या छिपाएँगे बेटा, और कब तक छिपाएँगे ? आखिर एक दिन उन्हें सब जान ही लेना है।" और उन्होंने साइड टेबल पर रखा उपन्यास फिर से उठा लिया और दूसरे ही क्षण वे उसमें डूब गए।

हताश हो अपनी मेज़ पर आकर बैठ गई मैं। 'फ्रांस की राज्य क्रांति' मेरी प्रतीक्षा कर रही थी। वे ऊटपटाँग नाम वैसे ही दिमाग में धँसते नहीं। हेनरी लोगों और लुई लोगों पर तो इतना गुस्सा आता है। क्या इनके माता-पिता को नये नाम ही नहीं सूझते थे ? मुझसे पूछते तो सौ बता देती। पर अब तो इन लोगों की कृपा से यूरोपियन हिस्ट्री एक भूल-भूलैया बन गई है। पढ़ते-पढ़ते दिमाग परेशान हो जाता है। तिस पर घर का माहौल ऐसा रहता है कि बस···.

मुश्किल से दो पेज पढ़ पाई थी मैं कि आँधी की तरह भाई कमरे में घुस आये, "ए शिखा, तीन-चार गिलास शर्बत तो बना झटपट।"

मैं मुँह बाये उन्हें देखने लगी तो एकदम फट पड़े, "क्यों, थोबड़ा क्यों लटक गया तुम्हारा ? घरं में शर्बत नहीं है या गिलास गायब हैं ?"

"बना तो रही हूँ बाबा, आप तो बस एकदम सिर पर सवार हो जाते हैं," पैर पटकती हुई किचन में चली आई। इन लोगों के रहते फर्स्ट क्लास तो क्या आएगी, पास भी हो जाऊँ तो बहुत है।

ट्रे में गिलास लगाकर नाश्ते की प्लेटें भी रख दी थीं मैंने। भाई अंदर आए तो चकित रह गए, "इतना शाही सरंजाम ! ये मेरे लिए तो हो नहीं सकता। कौन आया था ?"

"कार्तिक आये थे," मैंने सहमते हुए कहा।

"हूँ, उनके लिए तो पलक झपकते ही सारा सामान तैयार हो जाता है, और मेरे दोस्तों के लिए दो गिलास शर्बत बनाते हुए भी लोगों की जान निकल जाती है। रखे रहो—हम गन्ने का रस पी लेंगे। उसी लायक तो हम हैं।" और वे सचमुच बाहर चले गए।

हक्की-बक्की-सी मैं ट्रे की तरफ देखती रह गई। अब ये इतना सारा शर्बत ! फ्रिज़ में रख दूँ और माँ आकर देख लें तो घंटों चीखती रहेंगी, "मैं तो खून-पसीना एक करके कमा रही हूँ। तुम लोग इसी तरह मुझे तबाह करते रहो। पर उठाकर नाली में फेंक देने का भी तो मन नहीं होता।

"पापा, शर्बत लेंगे ?"

"शर्बत ? अभी तो चाय ली थी बेटे !"

"अब शर्बत ले लीजिए।"

"ले आओ।"

पापा की आदत इतनी अच्छी है कभी जिरह नहीं करते। चुपचाप पूरा गिलास गटक गए। एक मैंने पी लिया। शेष दिल कड़ा करके नाली में उलट दिया।

वैसे मुझे इतनी चिंता करने की ज़रूरत नहीं थी। भाई को ज़रा-सा उलाहना भर दे देती, एक ही साँस में सारे गिलास खाली कर जाते। अजीब-से होते जा रहे हैं भाई आजकल। कब, किस बात का बुरा मान जाएँगे; कब, किस बात पर तूफान मचा देंगे, पता ही नहीं चलता। माँ तो अकसर बाहर रहती हैं। दीदी कभी सामने पड़तीं नहीं। बस मैं ही हाथ आती हूँ तो मुझी पर जब-तब बरसते रहते हैं।

यही भाई कभी-कभी इतने निरीह-से लगते हैं कि प्यार आने लगता है। जीवन में इतनी असफलताओं का मुँह देखा है उन्होंने और उसके लिए माँ के इतने व्यंग्य-बाण झेले हैं कि कभी-कभी डर-सा लगने लगता है कि कुछ कर न बैठें।

"शिखा !" माँ की तीखी आवाज़ सुनाई दी तो मैंने खिड़की का पर्दा हटाकर देखा, वे सड़क पर खड़ी टैक्सी का बिल चुका रही हैं।

बाहर आकर देखा, एक बड़ा-सा खोखा उनके पैरों के पास पड़ा है। "इसे हाथ लगवा तो ज़रा, खूब भारी हो गया है। मरे टैक्सी वाले इतने उद्दंड हो गए हैं आजकल ! ताँगे वाला होता तो सीधे अंदर लाकर रखवा देता," उन्होंने हाँफते हुए कहा। खोखा सचमुच भारी था। फाटक से सीढ़ियों तक आते-आते दम फूल गया।

"रेखा कहाँ है ? उसे बुला ले ज़रा।"

"दीदी घर में नहीं हैं।"

"कहाँ चली गई है ? उसे इतनी बार मना किया, इतवार को घर पर रहा करे, बेवकूफ़ है बिल्कुल।"

मैं चुप ही बनी रही। कहीं माँ को पता चला कि कार्तिकजी आकर लौट गए हैं, तो यहाँ सड़क पर ही शुरू हो जाएँगी।

"वे राजकुमार भी घर में नहीं होंगे। तुम्हारे पिताश्री तो हैं। उन्हीं को बुला लो।"

मैं पापा को बुला लाई। हम दोनों ने बड़ी मुश्किल से वह खोखा उठाकर भीतर रखा। माँ तब तक पंखे के नीचे बैठकर पसीना सुखाती रहीं।

चाय पीते हुए माँ ने फिर पूछा, "रेखा कहाँ है ?"

मैंने बात बदलते हुए कहा, "इतना सारा क्या लाई हैं, दिखाइए तो !"

"डिनर सेट है, स्टील का। ज़िंदगी-भर को फुर्सत हो जाएगी। चीनीवाले में तो बड़ा रिस्क रहता है। एक पीस टूटा कि सेट बर्बाद हो गया।" माँ अपने प्रिय विषय

पर आ जाएँ तो बोलती ही रहती हैं। बड़े उत्साह से उन्होंने सारी पैंकिग खोली और एक-एक चीज़ मेज़ पर सजाने लगीं।

सेट सचमुच ज़ोरदार था। बारह लोगों के लिए था। माँ का हर काम रॉयल ही होता है। एक-एक प्लेट उठाकर मैं देखने लगी, सब पर कलात्मक अक्षरों में 'रूपरेखा, कार्तिक कुमार' अंकित था।

"आप तो नाम भी लिखवा लाईं," मैंने कहा।

"ठीक रहता है," उन्होंने रहस्य-भरे अंदाज़ में कहा, "वह एक फुलझड़ी बैठी हुई है न घर में। क्या पता, कल को सब-का-सब उठा कर उसे दे दें ! उन लोगों को दर्द थोड़े ही आएगा। पर अपनी तो खून-पसीने की कमाई है···रेखा आ जाती, उसे दिखा देते तो पैक हो जाता। तुम्हारे पिताश्री देखना चाहें तो बुला लो। वे तो साधु महाराज हैं। इन चीजों में उन्हें कोई इंस्टरेस्ट नहीं है, पर मुझे तो इसी दुनिया में रहना है न··· पर यह छोकरी गई कहाँ ?"

"वह आजकल भरतनाट्यम् सीख रही हैं," आखिर मैंने कह ही डाला, "हफ्ते में तीन दिन जाना पड़ता है।"

"भरतनाट्यम् ! कब से सीख रही है ? कौन सिखा रहा है ? किससे पूछकर सीख रही है ?" माँ तो एकदम बरस पड़ीं।

"परेशानी की बात नहीं है माँ ! पद्मनाभ की बहन दो-तीन महीने के लिए आई हुई हैं, तो दीदी अपना पुराना शौक पूरा कर रही हैं। वहाँ कोई फीस थोड़े ही देनी पड़ती है।" मैंने समझाने का प्रयास किया तो उसका उलटा ही असर हुआ। वे और भी नाराज हो गईं।

"फीस न देनी पड़े तो माँ से पूछने की ज़रूरत नहीं है ? ठीक है न, पैसे कमाने की मशीन तो हूँ मैं, मुझसे और कोई रिश्ता थोड़े ही है तुम लोगों का···और ये सज्जन ! घर में बैठे-बैठे इतना भी नहीं देख सकते, लड़की कहाँ जा रही है, क्यों जा रही है। भरतनाट्यम् सीखेंगी··· ।"

और माँ उसके बाद जो शुरू हुईं तो घंटे भर तक बंद ही नहीं हुईं। यह करीब-करीब हर छुट्टी का एक कार्यक्रम-सा हो गया है। कोई-न-कोई बात ऐसी हो जाती है कि माँ को बरसने का मौका मिल जाता है। भाई उस बमबारी से बचते रहते हैं। पापा अनसुनी करके अपने धैर्य की बाज़ी या पुस्तक में खो जाते हैं। लड़कियाँ बेचारी कहाँ जाएँ, चुपचाप सुबकते हुए घर का काम करती रहती हैं या पढ़ाई की मेज़ पर सिर डाल कर आँसू बहा लेती हैं।

अगर माँ पहलेवाली माँ होती तो मैं उनके गले में दोनों बाँहें डालकर कहती, 'इतना नाराज़ क्यों होती हैं माँ ! दीदी को अब यहाँ रहना ही कितने दिन है। उन्हें

थोड़ी मनमानी कर लेने दो ना, फिर तो चारदीवारी में बंद होना ही है।'

पर माँ आजकल इतनी अजनबी-सी लगती हैं। उनसे तो बल्कि पापा ज़्यादा अपने लगते हैं।

खासकर उस दिन तो पापा बहुत ही अपने लगे थे, जिस दिन माँ पहली बार नौकरी पर गई थीं।

सुबह स्कूल के लिए चलते समय माँ ने सारी बातें ठीक से समझा दी थीं, "चाभी सामनेवाली कपूर आंटी के यहाँ मिलेगी, खाना अलमारी में ढका मिलेगा, स्टोव कोई नहीं जलाएगा। रेखा खाना लगाएगी, शिखा प्लेटें उठाएगी, विनय सबके यूनिफॉर्म्स तहा कर रखेगा।"

छोटी-छोटी हिदायतें थीं पर हमारे छोटे-से मस्तिष्क पर जैसे बोझ बन गई थीं। स्कूल से लौटते हुए पैर मन-मन-भर के हो रहे थे। सबसे बड़े भाई कुल जमा नौ साल के थे, पर एक अनाम ज़िम्मेदारी की कल्पना नें उन्हें भी गंभीर बना दिया था।

"तुम लोग भीतर चलो, मैं चाभी लेकर आता हूँ," घर के पास आते ही उन्होंने कहा। बगिया का छोटा-सा लकड़ी का फाटक ठेलकर भारी मन से हमने भीतर प्रवेश किया। बुझे-बुझे मन से दरवाज़े को देखा तो खुशी के मारे मेरी चीख निकल गई—सामने पापा मुस्कराते हुए खड़े थे।

फिर तो सारा काम पलक झपकते हो गया। पापा ने स्टोव जला कर खाना गरम किया, मैंने प्लेटें लगाईं, दीदी ने खाना परोसा, भाई गिलासों में पानी भर कर लाए। खाना गरम करने के बाद पापा ने अपने लिए चाय बना ली और हम लोगों के साथ बैठकर पीते रहे। सूने घर में लौटने की कल्पना जो दिन-भर मन पर बोझ बनी हुई थी, एकदम छू-मंतर हो गई।

शाम को थकी-हारी माँ लौटीं। घर से बाहर पहला दिन उन्हें भी भारी लगा था। हम लोगों के लिए ढेर-सी टॉफी ले आई थीं वे। उन्हें ज़बर्दस्ती हमारी जेबों में ठूँस कर, हमें अपने से चिपटाकर दिन-भर के हालचाल पूछती रहीं। खुशी के आवेग में दीदी ने पापा की भी बात कह दी। छुपाने लायक उसमें कुछ था ही नहीं।

माँ के चेहरे की मुस्कराहट एकदम गायब हो गई। चेहरा एकदम तन गया। हम लोग सहम कर उनसे दूर हो गए। डर भी लगा। लेकिन शाम को खेलने चले गए तो सब कुछ भूल चुके थे।

काश, माँ भी सब कुछ भूल जातीं ! पर वे सारा काम करते हुए दरवाज़े की ओर कान लगाए रहीं, तनी हुई मुद्रा में पापा की प्रतीक्षा करती रहीं।

"आप दोपहर में घर आए थे ?" आते ही माँ ने जवाब तलब किया।

"हाँ।"

"क्यों ?"

"क्यों ? अपने घर आना कोई गुनाह है क्या ?"

"लेकिन मुझे तो आप गुनहगार बना रहे हैं !"

"तुमसे कुछ कहा है मैंने ?"

"कहा तो नहीं, पर इतनी दूर से घर आने का अहसान क्यों ?"

"मैंने किसी पर कोई अहसान नहीं किया, अपने बच्चों के लिए आया था; रोज आऊँगा," पापा ने कुछ दृढ़ स्वर में कहा और मुँह-हाथ धोने निकल गए।

"बच्चे-बच्चे-बच्चे !" माँ जैसे पागल हुई जा रही थीं, "जब देखो, बच्चों की बात उठाएँगे। क्या मुझे कोई ममता नहीं है, चिंता नहीं है ? और बच्चे क्या इन्हीं के अनोखे हुए हैं ? आज शहर की नब्बे प्रतिशत औरतें नौकरी करती हैं। गोद के बच्चों तक को छोड़कर जाती हैं। उनके यहाँ कोई तूफान नहीं होता। मेरे बच्चे तो फिर भी बड़े हैं, पर इन्हें आत्मनिर्भर होने का मौका तो दे कोई। अगर लोग-बाग इसी तरह दुश्मनी निकालते रहे तो ये बौने के बौने रह जाएँगे।"

माँ पता नहीं कितनी देर तक बड़बड़ाती रहीं। पापा बाथरूम से निकलकर कमरे में चले गए और हम तीनों रज़ाई में दुबककर खाने के बुलावे की प्रतीक्षा करते रहे।

यह पहला मौका तो नहीं था। पर हर बार मुँह का स्वाद उतना ही कसैला हो जाता था।

कितने दिनों से घर में यही नाटक चल रहा था।

विनोद कंस्ट्रक्शंस में पापा की अच्छी-भली नौकरी थी। गुज़ारे लायक मिल ही जाता था। पर माँ को संतोष नहीं था। सोचती थीं, कंपनीवाले पापा की प्रतिभा का फ़ायदा तो उठा रहे हैं, पर ठीक से मुआवज़ा नहीं दे रहे। माँ की ज़िद के कारण पापा को आख़िर नौकरी छोड़नी पड़ी। अब दो साल से पापा सदर में दफ्तर खोलकर बैठे हुए हैं। पापा के पास प्रतिभा थी, अनुभव था, हिसाब-किताब की क्षमता थी। पर प्राइवेट बिजनिस में इतने से नहीं चलता। चार लोगों से मेल-मुलाकात चाहिए, गट्स चाहिए, डेअरिंग चाहिए और चाहिए पूँजी, कम-से-कम इतनी पूँजी तो हो कि घाटा उठाने की हिम्मत बँधे।

पापा यहीं मात खा गए थे। और घर में असंतोष की पहली चिनगारी तभी फूटी थी।

तब तो यह सब जानने की उम्र नहीं थी। तब तो यही समझी थी कि पापा की नौकरी चली गई है, इसलिए माँ को नौकरी करनी पड़ रही है। पास-पड़ोस में भी यही सुन पड़ता था।

दूसरे दिन भी पापा ने ही दरवाज़ा खोला था। पर पहले दिन की खुशी आज आधी रह गई थी। भाई ने धीरे से कहा भी, "पापा, अब तो हम लोग बड़े हो गए हैं। अपने-आप खा लेंगे। आप इतनी दूर मत आया कीजिए।"

"न बेटे, स्कूल से लौटकर अपने-आप खाना खाने में कितना दुःख होता है, इसे मैं बहुत अच्छी तरह जानता हूँ। मेरी तो खैर मजबूरी थी। पिता का साया सिर पर नहीं था। पर तुम्हें यह दुःख क्यों दूँ ?"

बचपन की बात करते-करते पापा का स्वर अकसर भीग जाया करता था। बहुत कम जानते थे हम। बस यदाकदा मूड आता तो कुछ बता देते थे। उन कभी-कभार सुनी हुई बातों से मन में एक खाका बना लिया था हम लोगों ने। उसमें पापा थे, एक बुआ थीं और दादी माँ थीं। पापा के बाबूजी तो उन्हें दो साल का छोड़कर ही चल बसे थे। दोनों बच्चों को लेकर दादी माँ अपने भाई के पास चली गई थीं। वहीं उन्होंने आठवीं की परीक्षा दी, ट्रेनिंग ली और फिर दोनों बच्चों को लेकर नौकरी के लिए निकल पड़ी थीं।

दादी माँ को मैंने नहीं देखा। भाई के जन्म के कुछ दिन बाद ही चली गई थीं। बुआ तो शायद बहुत पहले, बचपन में ही चल बसी थीं। पापा के स्नेहहीन बचपन की एकमात्र साथी थीं, उनकी जिज्जी। कैसा लगा होगा उनकी मृत्यु पर ! पापा बहुत कम बोलते अपनी जिज्जी के विषय में। शायद उन्हें उतना कुछ याद भी न रहा हो।

बहुत वर्षों बाद पापा ने अपनी बहन की करुण अंत-कथा मुझे, सिर्फ मुझे सुनाई थी।

सोलह-सत्रह वर्ष की कच्ची उम्र में जिज्जी से कोई अक्षम्य अपराध हो गया था। पापा हाईस्कूल के विद्यार्थी थे उन दिनों। बहन के अपराध की गंभीरता को समझने की उम्र भी नहीं थी। फिर भी रोष से सुलग उठे थे वे। उसी आवेश में माँ की बताई हुई दवा शहर से तुरंत ही ले आए थे। बहुत तेज दवा थी। बुआ तीन दिन मछली की तरह छटपटाती रही थीं। वे दादी के साथ निर्विकार भाव से उन्हें मौत के मुँह में जाते हुए देखते रहे—बदनामी के भय से डॉक्टर तक को नहीं बुलाया।

अपनी उन्हीं अपराधिन बहन को अग्नि देते समय उनका किशोर मन काँप-काँप गया। सारे आरोप-प्रत्यारोप तो मृत्यु के साथ ही बिला गए थे। बच रहा था एक भयानक अहसास, एक अपराधबोध कि जिज्जी अपनी मौत नहीं मरीं। उनकी हत्या की गई है और उस हत्याकांड में उनका भी बराबर का हिस्सा है।

बहन की यह कलंक-गाथा पापा ने माँ को कभी नहीं सुनाई। मुझसे ही कैसे कह गए, आश्चर्य होता है।

उन दिनों मैं अपना एक पैर तुड़वाकर बिस्तर में कैद हो गई थी। माँ ने पन्द्रह-बीस दिन की छुट्टी ले ली थी। फिर कभी महरी के, कभी पड़ोसवाली आंटी के भरोसे मुझे छोड़कर काम पर जाने लगी थीं। ज्यादा छुट्टी लेना संभव भी नहीं था।

खिड़की के पास लगे बिस्तर पर बैठकर मैं हसरत से सड़क का नज़ारा देखा

करती। कैलेंडर को देखकर प्लास्टर खुलने का दिन गिना करती। तब पापा अवतीर्ण हुए थे दोस्त बनकर, मित्र बनकर। अपने साथ वे ढेर-की-ढेर पत्रिकाएँ ले आते। उनमें फिल्मी भी होतीं, बच्चों वाली भी। कहते, इससे मन हल्का रहता है।

पढ़-पढ़कर बोर हो जाती मैं, तो वे मेरे साथ बैठकर रमी, लूडो या साँप-सीढ़ी भी खेलते। शतरंज मैंने उन्हीं दिनों सीखा। खेलते-खेलते हम लोग ऊब जाते तो वे कॉफी या बोर्नविटा बना लाते। फिर हम दोनों आमने-सामने बैठकर सिर्फ बातें करते। पापा तब अपने बचपन की बातें करते—बचपन, जिसे उन्होंने मखमली डिबिया में बंद करके मन के तहखाने में डाल दिया था।

ऐसे ही भावुक क्षणों में उन्होंने बुआजी की यह कहानी मुझे सुनाई थी और कहा था, "जानती हो बेटे, इसीलिए तुम लोगों को पल-भर भी अकेले छोड़ने का मेरा मन नहीं होता। दुनिया में सभी लोग तो सज्जन नहीं हैं। और तुम लोग अभी कितनी नासमझ हो। पर तुम्हारी माँ को यह सब समझाना कितना कठिन है !"

पापा तो यह कहकर चुप हो गए थे, पर मैं उनका मतलब समझ गई। उन दिनों माँ ने जैसे हमें सब विषयों में पारंगत करने की कसम खा ली थी। सितार, कथक, स्विमिंग, बैडमिंटन—कोई विषय नहीं छूटा था। क्लास में भी रिज़ल्ट अच्छा रखना पड़ता था। अंग्रेजी और गणित के लिए बराबर ट्यूशन लगी हुई थी। इतना सब करते-करते हम लोग हाँफ जाते, तो कहतीं, "हमें शौक था तो हमें मौका नहीं मिला। दूसरों को देखकर तरसकर रह जाते थे। तुम लोगों को सुविधाएँ मिल रही हैं तो नखरे आ रहे हैं।"

सात-आठ भाई-बहनों का लंबा-चौड़ा परिवार था उनका। उस मध्यवर्गीय परिवेश में संभव ही नहीं था कि सारी इच्छाएँ, सारे शौक पूरे होते। समय से शादी हो गई, यही बहुत था। बचपन की सारी अतृप्त इच्छाएँ माँ के मन में एक चिरंतन आक्रोश भर गई थीं। अपने वर्तमान से वे कभी खुश नहीं रहीं। सुनहले भविष्य के लिए उनका असीम आग्रह पारिवारिक जीवन को नरक बनाने पर तुला हुआ था।

उन दिनों पापा मेरी बीमारी के कारण दिन-दिन-भर घर में बैठे रहते। इसी बात को लेकर अक्सर दोनों में झड़प हो जाती। एक दिन तो हद हो गई। दफ्तर से लौटते ही माँ सीधे मेरे कमरे में चली आईं। मुझसे हाल-चाल भी न पूछा, एकदम तिक्त स्वर में पापा पर बरस पड़ीं, "इसका बहाना लेकर आप कब तक घर में बैठे रहेंगे ? मैं यहाँ-वहाँ से क्लाइंट्स जुटाकर भेजती हूँ तो आपके दफ्तर में ताला पड़ा मिलता है। लापरवाही की भी हद होती है। क्रम से चार घंटे तो वहाँ बैठा कीजिए। बेकार में हर महीने इतना किराया जा रहा है।"

पापा ने उस समय तो कोई उत्तर नहीं दिया। अच्छा ही हुआ। मेरी दो सहेलियाँ तबीयत देखने आई हुई थीं, उनके सामने तमाशा नहीं हुआ। पर दूसरे ही दिन उन्होंने

ऑफिस हमेशा के लिए छोड़ दिया। सारा सामान घर ले आए। बरामदे में एक पार्टीशन लगवा कर बोर्ड टाँग दिया। माँ सिर पटककर रह गईं। सच ही था, उतने किराये में उतनी मौके की जगह दोबारा मिलना असंभव था।

पर पापा टस-से-मस नहीं हुए।

माँ के लिए भुनभुनाते रहने का जैसे एक स्थायी कारण जुट गया।

रोज़ की चख़-चख़ से हम लोगों में तो इतनी दहशत भर गई कि संगी-साथियों को घर पर बुलाना ही छोड़ दिया।

भाई उस साल पहली बार फेल हुए थे।

संगीत की स्वरलहरियाँ मुझे हौले से आकर जगा गईं। कहीं से 'सुप्रभातम्' आ रहा था। रज़ाई से सिर निकालकर देखा, बाहर घुप्प अँधेरा था। प्रभात अभी कोसों दूर था।

अपनी उनींदी आँखों को थोड़ा और कष्ट दिया, तब देखा, दीदी अपने टू-इन-वन को हृदय से लगाए निस्पंद पड़ी हैं। ध्यान से सुनने पर गीत भी समझ में आ गया। विनयपत्रिका की शिव-स्तुति थी, कर्नाटक शैली में गाई जा रही थी—कंबु-कुदेंदु-कर्पूर-गौरं शिवं···

संगीत मुझे भी अच्छा लगता है पर समय-समय से। यह थोड़े ही कि आधी रात से उठकर शुरू हो गए। मैंने हाथ बढ़ाकर टेप बंद कर दिया तो दीदी की तंद्रा टूटी। "दुष्ट," उन्होंने हाथ में चिकोटी भरते हुए कहा।

"सोने दो यार, क्या आधी रात से रागमाला लेकर बैठ गईं," मैंने कहा।

"आधी रात नहीं है, चार बज रहे हैं। ज़रा ध्यान से सुन तो। खास तुझे सुनवाने के लिए टेप कर लाई हूँ।" मजबूरन सुनना ही पड़ा।

"नया सेट किया है ?"

"हाँ।"

"फिर किसी प्रोग्राम का चक्कर तो नहीं है ? कार्तिकजी मना कर गए हैं।"

"प्रोग्राम के लिए मना किया है, सीखने पर तो कोई बंदिश नहीं है न !"

"लेकिन व्यर्थ में करने से लाभ क्या है दीदी, नृत्य चारदीवारी में बंद रखने की विद्या तो है नहीं।"

"चारदीवारी में बंद रहने की अभी कसम तो नहीं ली है मैंने," दीदी ने तैश में कहा और फिर एकदम भावुक होकर बोलीं, "उसके सीखने में भी एक आनंद है शिखि ! इतना ग्रेस है इस नृत्य में ! सच, रेणु दीदी को नाचते हुए देखती हूँ तो अपना इतने सालों का सीखा कथक व्यर्थ लगने लगता है।"

दीदी एक निःश्वास लेकर कैसेट से खिलवाड़ करती रहीं और फिर वही गीत

बज उठा जो अभी रजत जयंती समारोह में बहुत सराहा गया था—स्याम सो हमारी राम-राम कहियो···

दीदी की भावाभिव्यक्ति उस समय देखते ही बनती थी। थोड़ा-सा दक्षिण भारतीय पुट लिए पद्मनाभ का मखमली स्वर और भैरवी की भावप्रवण स्वरावलि। सच, आँसू निकल आए थे मेरे तो।

दीदी की मुँदी पलकों पर इस समय भी कुछ बूँदें चमक रही थीं। शायद वे लौट गई थीं अपनी 'विरहिणी राधा' की भूमिका में। गीत समाप्त होने के बाद भी उनकी तंद्रा टूटी नहीं। मैंने ही बटन ऑफ किया।

"ही इज़ एन एंजल, रियली !" उन्होंने जैसे अपने-आपसे कहा।

"कौन ?"

"यही, पद्मनाभ ! कभी-कभी मुझे लगता है शिखि कि कोई शापग्रस्त गंधर्व ही मेरे लिए इस पृथ्वी पर आ गया है।"

"वह भी शायद यही सोचता हो !"

"क्या ?"

"यही कि कोई शापग्रस्त अप्सरा उसके सुरों पर थिरकने के लिए धरती पर उतर आई है।"

"सच, तू भी यह सोचती है ? उस दिन पद्मनाभ भी यही बात कह रहा था।"

"दीदी !"

"हूँ ?"

"कहीं तुम इमोशनली इन्वाल्व तो नहीं हो ?"

"पता नहीं शिखा, पर मैं इतना जानती हूँ कि वह व्यक्ति मेरे हर कदम पर फूल की तरह बिछ जाना चाहता है, और एक तुम्हारे कार्तिक हैं···तुम्हें नहीं लगता शिखा कि माँ अपनी झूठी प्रतिष्ठा के लिए मेरी बलि दे रही हैं ?"

"माँ की बात छोड़ो दीदी, तुम अपने मन का तो पता करो। तुमसे बिना पूछे तो कुछ हुआ नहीं है।"

"यही तो···कभी-कभी अपना ही मन कैसी अबूझ पहेली बन जाता है। सगाई से पहले मैं जानती ही नहीं थी कि मेरे जीवन का केंद्र-बिन्दु क्या है !"

धक् से रह गई मैं। यह क्या कह रही हैं दीदी ! कहीं माँ ने सुन लिया···और मेरी आँखों के सामने माँ का उस दिन का तांडव घूम गया।

दीदी को चाहे अपने मन की बात बहुत बाद में पता चली हो, पर लगता है, माँ ने उनका मन बहुत पहले पढ़ लिया था। तभी तो वे इतनी व्यग्र हो उठी थीं, नहीं तो हम लोगों के कहीं आने-जाने को लेकर उन्होंने कभी टीका-टिप्पणी नहीं की। उनका अपना बचपन बहुत-सी बंदिशों में बीता था। अपने उसी कुंठाग्रस्त बचपन का प्रतिशोध

मानो इस तरह लेती थीं वे।

पर दीदी की सगाई के साथ उनके मन में छुपी बैठी परंपरावादी माँ बाहर आ गई थी। अब तो वे अकसर दीदी को डाँट देती हैं या बुजुर्गों की-सी अदा में समझाने लगती हैं। दोनों ही बातें विचित्र-सी लगती हैं।

"एक बात कहूँ, दीदी ?"

"कहो !"

"पद्मनाभ इज़ नो मैच फ़ॉर कार्तिक ! उन दोनों की कोई तुलना नहीं है।"

"तुलना कर भी कौन रहा है। यह तो अपनी-अपनी पसंद है।"

"फिर भी एक बात कहूँगी। पद्मनाभ पति के रूप में तुम्हें कभी खुश नहीं रख पाएगा।"

"क्यों ? वह बहुत अमीर नहीं है इसलिए ?"

"नहीं ! यह प्रश्न यहाँ बहुत गौण है।"

"फिर··· ?"

"तुम्हारे स्नेहदान से, तुम्हारे रूप की गरिमा से वह इतना अभिभूत हो जाएगा कि कभी तुम पर अपना अधिकार नहीं जमा पाएगा। बहुत प्यारा लड़का है पद्मनाभ, पर देखना, उसके इस बिना शर्त समर्पण से तुम बहुत जल्दी ऊब जाओगी, खीज उठोगी।"

"लगता है, काफी रिसर्च कर रखी है इस विषय पर !"

"रिसर्च करे जैसा क्या है इसमें ? अपने आसपास आँखें खोलकर देख लो, समझ जाओगी।"

"अच्छा तो शिखाजी, लगे हाथ यह भी बता दीजिए कि आदर्श पति की परिभाषा क्या है?" दीदी ने चिकोटी ली तो मैं रट्टू तोते की तरह शुरू हो गई, "आदर्श पति वह है जो अपनी पत्नी से हाथ-भर ऊँचा हो और उसे सदा अपनी नाक के नीचे रखे। प्यार में हो या तकरार में, उसका पलड़ा सदा भारी रहे। अपने समर्थ कंधों पर वह पत्नी की सुरक्षा का, सुख-सुविधा का, भरण-पोषण का भार उठा सके। जो···"

"बस, बस, बस···समझ गई ! तुम्हारा यह आदर्श पति ठीक कार्तिक का हमशक्ल है। और तुम दोनों एकदम सोलहवीं सदी से चले आ रहे हो।"

"तुम दोनों," दीदी ने अनजाने ही कह दिया था पर मन में जैसे जलतरंग बज उठी। कल्पना में अपने को कार्तिक की बगल में खड़ा करके देखा, और दूसरे ही क्षण सारा संगीत थम गया, दीपावलियाँ बुझ गईं। दीदी के सामने अपनी ढेरों विसंगतियाँ याद आने लगीं। और हल्का-सा मोच खाता अपना दाहिना पाँव भी।

लोग यों ही कहते हैं कि पितृमुखी कन्या भाग्यवान होती है। क्या इसी को भाग्य कहते हैं कि आदमी सपने देखते हुए भी सहम जाए।

कॉलेज से लौटी तो देखा, घर में खूब हंगामा मचा हुआ था। माँ दफ्तर से असमय लौट आई थीं और भाई और दीदी के साथ जमकर बहस हो रही थी। सभी चीख-चीखकर अपना पक्ष प्रस्तुत कर रहे थे। कुछ देर तक शांति से सुनती रही, तब जाकर उस हड़बोंग का सिर-पैर समझ में आया। दीदी के मौसेरे जेठ मॉस्को से आए हुए थे। उनके साथ उनकी रूसी पत्नी भी थी। दोनों दीदी को देखने को उत्सुक थे, शाम को सब लोग आ रहे थे।

दीदी गुस्से में बड़बड़ा रही थीं, "मेरा अच्छा-खासा तमाशा बना रखा है इन लोगों ने ! हर तीसरे दिन कोई चला आ रहा है। खानदान न हुआ, मुगलिया सल्तनत हो गई।"

"तुझे करना क्या होता है," माँ बोलीं, "तैयार होकर सामने बैठना-भर होता है। ज़रा मेरी तो सोच, चार चीज़ें लानी हों तो बाजार मुझे ही जाना है। घर ठीक करूँगी तो मैं ही। तेरे पापा ढंग के कपड़े पहनकर बाहर बैठ भी जाएँ तो गनीमत है। औरों का तो सवाल ही नहीं उठता।"

"प्लीज मम्मी," भाई एकदम गरजे, "बेकार में झूठ न बोलिए। जब भी मौका पड़ा है, मैं ही कुलियों की तरह सामान ढोता फिरा हूँ। आज भी जो बता देंगी, करूँगा; पर मैं पूछता हूँ, हर बार इतना शाही सरंजाम क्या ज़रूरी है ?"

"तेरी जेब से तो नहीं जा रहा न कुछ ?"

"मेरी जेब इस लायक़ कभी नहीं बनेगी, मुझे मालूम है। फिर भी पूछने का हक़ तो है। बहुत ऊँची उड़ान भरी है माँ आपने। निभाते-निभाते दम फूल जाएगा।"

"तो मंशा क्या है तेरी ? उसे भी किसी भट्ठी में फेंक दूँ? ज़िन्दगी-भर जलती रहेगी मेरी तरह।"

"माँ, कुछ करना हो तो बता दो जल्दी से। ये बातें बाद में भी होती रहेंगी," मैंने तिक्त स्वर में कहा, तब जाकर वह महाभारत थमा।

फिर वही हाय-तोबा शुरू हो गई—सोफ़े के कवर्स बदले जा रहे हैं, दीवान की जगह बदली जा रही है, नये पर्दे लग रहे हैं, क्रॉकरी चमकाई जा रही है, नाश्ते का सामान बनाया जा रहा है। और भाई बेचारे बाज़ार के चक्कर लगाकर बेहाल हुए जा रहे थे। माँ को पल-पल में कुछ-न-कुछ याद आ रहा था।

"कभी-कभी मुझे लगता है," भाई बोले, "यह लोग किसी-न-किसी बहाने या तो जासूसी करने आते हैं या हमारी परिस्थिति का मज़ाक बनाने।"

भाई ठीक ही कह रहे थे। पिछली बार दीदी की फुफेरी सास को लेकर उनकी ननद आई थी तो देर तक कप-प्लेटों को उलट-पुलट कर देखती रही। माँ ने दूसरे दिन ही नया सेट मँगवा लिया। एक बार दीदी के श्वसुर अपने किसी मित्र के साथ आए

थे। दीदी की 'शकुंतला की विदाई' वाली बड़ी-सी फोटो ड्राइंगरूम में लगी थी। इतनी पुरानी फोटो थी, दीदी के हाईस्कूल के ज़माने की। पर उसे भी वहाँ से हटाने के निर्देश मिल गए थे। एक बार बिना किसी सूचना के आ धमके थे ये लोग। दीदी उस समय छत पर बाल सुखाती हुई पड़ोस की कांति दीदी से बतिया रही थीं। उस पर भी आक्षेप उठाया गया।

समझ ही में नहीं आता था कि ये लोग आधुनिक हैं या पुरातनपंथी। अगर पुरातनपंथी हैं तो रोज़-रोज़ समधियाने में आने की क्या तुक थी ?

माँ इस समय भी बहुत परेशान थीं। दफ्तर में फ़ोन करके उन्हें इन मेहमानों की सूचना दी गई थी। तब माँ पापा को लेकर बाक़ायदे निमंत्रण देने गई थीं। वहाँ दीदी की सास ने उन्हें कई बार, कई तरीक़ों से बताया था कि नवीन और नताशा शादी में नहीं रहेंगे। और माँ पसोपेश में थीं कि उन्हें शादी का नेग अभी ही दे दिया जाए या···

"हटाओ भी माँ, वह कोई खूसट हिंदुस्तानी बुढ़िया है जो नेग-वेग की बात समझेगी ! इतना ज़ोरदार स्वागत कर रहे हैं हम लोग। इससे ज़्यादा की तो उन्हें आशा भी न होगी।"

"पर वह खूसट बूढ़िया साथ में रहेगी न !" और माँ ने हमारे मना करने पर भी 51 रुपये के दो लिफ़ाफ़े तैयार कर लिए थे। महीने की बाईस तारीख़ को इतनी रक़म भी भारी पड़ गई थी। सारा बजट गड़बड़ाया जा रहा था, पर मजबूरी थी।

हमारी आपा-धापी से बेख़बर दीदी चुपचाप तैयार होती रहीं। उन्होंने लाल और काले फूलोंवाला सलवार-सूट पहन लिया था। हलका-सा मेकअप करके एक ढीली चोटी डाल ली थी। वे बहुत उदास लग रही थीं। उदास और सुंदर।

"साड़ी-वाड़ी पहनो," माँ ने देखा तो डाँट दिया।

"हम अपने घर में बैठे हैं, जैसे हैं, ठीक हैं," दीदी ने मुँह फुलाकर कहा।

"कहीं वह महारानी हुईं साथ में तो···"

"होंगी तो आँख बंद कर लेंगी। अब हमारा दिमाग मत खाइए, नहीं तो हम सीधे मैक्सी पहनकर बैठ जाएँगे, हाँ !" दीदी ने दो टूक फ़ैसला सुना दिया तो माँ चुप हो गईं।

मुझे लगा, दीदी विद्रोहिणी बनती जा रही हैं, माँ ने ज़्यादा तंग किया तो मुँह उठाकर कह देंगी—'मारो गोली शादी को, हमसे यह गुलामी नहीं होगी।'

माँ भी इस बात को समझती हैं शायद। तभी न चुप हो गईं।

"हेलो गर्ल्स, एम आई ऑल राइट ?" पापा ठीक साढ़े चार बजे तैयार होकर बाहर आ गए। कभी-कभी ही सूट पहनते हैं पापा, पर बड़े स्मार्ट लगते हैं तब।

"भाई, आप भी तैयार हो जाइए न," मैंने कहा।

"हम ऐसे ही ठीक हैं," भाई ने कुरते की बाँह से माथे का पसीना पोंछते हुए कहा, "हमें तो बैरागीरी करनी है। साहब बहादुर को हमसे बात तो करनी नहीं है। बेकार कपड़ों की क्रीज़ ख़राब क्यों करें ?"

"अपनी योग्यता बढ़ाओगे नहीं और फिर इसी तरह इन्फ़ीरियारिटी कॉम्प्लैक्स में सड़ते रहोगे।"

"प्लीज़ माँ !" मैंने कहा तो माँ चुप हो गईं, पर उतनी देर में भाई का चेहरा कितने ही रंग बदल चुका था।

ठीक पाँच बजे कार्तिक की गाड़ी दरवाजे पर थी।

मैं कमरे में तैयार हो रही थी। उत्सुकतावश खिड़की से झाँककर देखा तो वे अकेले ही थे। एडवांस गार्ड बनकर आए होंगे शायद। यहाँ की व्यवस्था ठीक-ठाक करने के लिए।

जल्दी से चेहरे पर पाउडर का एक हाथ फेरकर मैं किचन में आ गई। सब कुछ एकदम तैयार था, बस मेहमानों के आने-भर की देर थी।

तभी सुना, वे पापा से कह रहे हैं, "नवीन भैया से मिलने बहुत सारे लोग आ गए थे घर पर। माताजी बोलीं, रेखा को यहीं ले आओ।"

परम पूजनीया माताजी के एक आदेश से दिन-भर की दौड़-धूप व्यर्थ हो गई थी। सौ-पचास रुपयों का भुर्ता बन गया था। अपमान—घोर अपमान से सुलग उठी मैं।

भाई की ओर देखा तो उनका चेहरा भी तमतमा आया था। "मैं जाऊँ, माँ ?" दीदी जब पूछने के लिए आईं तो वे एकदम फट पड़े, "जाओ, और यह सब कबाड़ भी साथ लेती जाओ, बुढ़िया के सिर पर पटक मारना।" बड़ी मुश्किल से माँ ने उनके मुँह पर हाथ देकर उन्हें चुप कराया।

दीदी, माँ के साथ बाहर के कमरे में गईं और दूसरे ही क्षण लौट आईं।

"अब क्या हुआ ?" मैंने पूछा।

"होना क्या था, मैंने तो पहले ही कहा था कि साड़ी पहन लो, अच्छा नहीं लगता। पर यहाँ तो सब अपनी मर्ज़ी के मालिक हैं ना !" माँ बुदबुदाईं।

उस समय माँ को बुरी तरह घुड़क देनेवाली दीदी अब चुपचाप कपड़े बदलने चली गई थीं।

"ज़रा उनके पास बैठ तो बाहर। तेरे पापा तो उठकर चले गए हैं।"

ठीक तो था, पापा नहीं सह पाए होंगे यह अपमान। कोई भी नहीं सहेगा।

मेरे जाते ही वे उठने को हुए और एकदम सँभल गए, "मैं समझा, रेखा है।"

"दीदी तैयार हो रही हैं," मैंने सपाट स्वर में कहा।

वे चुपचाप कुर्सी पर आसन बदलते रहे, अधीरता से कभी दीवार-घड़ी को और कभी कलाई-घड़ी को देखते रहे। "शी टेक्स लॉट ऑफ़ टाइम," वे बुदबुदाए।

"दीदी तो समय से तैयार हो गई थीं, देर तो आपकी ज़िद के कारण हो रही है," मैंने उद्धत स्वर में कहा।

"पहली बार ही समझदारी बरत लेतीं तो दूसरी बार कष्ट नहीं उठाना पड़ता।"

"क्यों ? नासमझी की कौन-सी बात हुई है ? सलवार-सूट कोई गैरवाजिब ड्रेस है क्या ? जानते हैं, पंजाब में दुलहन फेरे तक इसी पोशाक में लेती हैं।"

"मैं पंजाबी नहीं हूँ," उन्होंने दृढ़ता से कहा।

"और आपकी ये मॉस्कोवाली भाभी ? वे तो शायद इतने भी कपड़े न पहनती होंगी !"

"मैं रूसी भी नहीं हूँ," उन्होंने सख्त लहजे में कहा, "मैं, मेरा परिवार ख़ालिस हिंदुस्तानी है, और रेखा उसी परिवार की बहू की हैसियत से वहाँ जा रही है।"

अच्छा हुआ, दीदी बाहर आ गईं और यह अप्रिय प्रसंग वहीं समाप्त हो गया। दीदी ने माँ की एक कामदार बनारसी साड़ी पहन रखी थी। बालों में ढेर-सा तेल डाल कर कसकर जूड़ा बाँध लिया था। हाथों में ढेर-सी चूड़ियाँ डाल ली थीं और गले में मोतियों की सतलड़ी।

"अब तो ठीक है ?" उन्होंने व्यंग्य से पूछा।

"अभी कहाँ दीदी ?" मैंने कहा और उठकर साड़ी के चौड़े बॉर्डर से सिर खूब आगे तक ढाँक दिया, "अब ठीक है। पता तो चले कि ख़ानदान की बहू चली आ रही है।"

मुझे आग्नेय दृष्टि से घूरते हुए चले गए कार्तिक, पर मुझ पर कोई असर नहीं हुआ। पौरुषेय अधिकार और अहंकार का प्रतीक यह देवपुरुष मेरी दृष्टि में कई सीढ़ियाँ नीचे उतर आया था।

हो सकता था, मेरी उद्दंडता से यह शादी टूट भी जाती। पर उसका भी मुझे दुःख नहीं था। शायद किसी को भी न होता। माँ को छोड़ कोई भी तो इस शादी से खुश नहीं है; यहाँ तक कि दादी भी नहीं।

लेकिन···लेकिन फिर मिमियाती-सी उनके पीछे क्यों चली गईं दीदी ?

"छोकरी, चल आ ! अपनी पार्टी उड़ जाए।" मैंने चौंककर देखा। भाई ने पूरी सेंट्रल टेबल प्लेटों से भर ली है और सोफ़े पर पालथी मारकर बैठ गए हैं। बहुत अच्छे मूड में लग रहे थे जब कि मेरा अपना मूड एकदम ऑफ़ हो रहा था।

भाई का मन रखने के लिए मैं भी एक कुर्सी लेकर बैठ गई। सबसे पहले मैंने रसगुल्ला उठाया, मेरी फ़ेवरिट डिश थी। पर मुँह में रखते ही उसका स्वाद कड़ुआ हो

गया। दिन-भर की दौड़-धूप याद आते ही मेरा पारा फिर चढ़ने लगा।

"भाई !" मैंने तैश में कहा, "ये पीली कोठी वाले आख़िर हमें समझते क्या हैं ?"

"वे हमें संसार का सबसे निकृष्ट जीव समझते हैं।" भाई ने शांति से एक समोसा गपकते हुए कहा।

"अगर हम इतने ही निकृष्ट हैं तो हमारे यहाँ रिश्तेदारी करने की ज़रूरत ही क्या थी ?" मैं इस तरह ताव खा रही थी, जैसे सामने दीदी के ससुर ही बैठे हों।

"देखो शिखा, बात यह है कि छोटे घर की बहू लाने में बड़ी सुविधा रहती है।"

"सुविधा ?"

"हाँ ! एक तो सुन्दर-सी बहू मिल जाती है, फिर वह और उसके घरवाले ज़िंदगी-भर दबे-दबे रहते हैं।"

"क्यों दबे रहेंगे ? कोई उनके घर का खा रहे हैं ? सच, दीदी पर इतना गुस्सा आ रहा था आज··· एक बार तो अकड़ जातीं। उन्हें भी पता तो चलता कि हममें भी कुछ 'स्पार्क' हूँ। गूँगी गाय की तरह चली गईं चुपचाप।"

"तू होती, तो तू भी चली जाती।"

"मैं ! माय फुट ! आत्मसम्मान भी कोई चीज़ होती है, भाई !"

"होती क्यों नहीं ! पर उससे भी बड़ी एक चीज़ होती है, सुरक्षित भविष्य।"

"होती होगी, पर अपना सम्मान देकर कोई उसे खरीदता नहीं।"

"अभी छोटी है न तू, थोड़ी समझ आ जाएगी तो जान जाएगी कि किसी भी क़ीमत पर ये सौदा महँगा नहीं है।"

किसी भी क़ीमत पर ? और दीदी कितनी बड़ी क़ीमत चुका रही है ! सिर्फ़ आत्मसम्मान ही नहीं, उन्होंने तो अपना सब कुछ दाँव पर लगा दिया है।

"भाई," मैंने कहा, "जानते हैं, दीदी ने एक दिन क्या कहा था ! कह रही थीं कि माँ अपनी झूठी प्रतिष्ठा के लिए मेरी बलि दे रही है।"

"शिखा," भाई ने शांत भाव से केला छीलते हुए कहा, "तूने कभी किसी बलि पशु को इतने इत्मीनान से वेदी की ओर जाते देखा है ?"

अपनी पाँचों बहनों में माँ सबसे सुंदर थीं। अब भी उनके रूप की आभा वैसी ही है। परिस्थितियाँ या चढ़ती आयु उसे ज़रा भी धुँधला नहीं कर पाई हैं। लेकिन नानाजी इतने बड़े आदमी नहीं थे कि उनकी अपार रूप-संपदा के साथ न्याय कर पाते। अपनी समझ से उन्हें खाते-पीते घर के इकलौते, डिप्लोमाधारी बेटे से ब्याह कर वे संतुष्ट हो गए थे।

पिता की इस अक्षमता को माँ कभी क्षमा नहीं कर पाईं। जब भी कभी प्रसंग छिड़ता, वे निश्शंक होकर अपना आक्रोश उगल देतीं, हम लोग सुनने वाले ही हत्प्रभ

रह जाते।

इसलिए जैसे माँ ने क़सम ले ली थी कि वे अपने बच्चों के साथ इस तरह का अन्याय नहीं होने देंगी। दीदी के लिए तो उन्होंने बरसों पहले से कहना शुरू कर दिया था कि देखना, इसके लिए ऐसा दूल्हा लाऊँगी कि सब देखते रह जाएँगे।

और माँ ने अपना कहा सच करके दिखाया। पर इधर कुछ दिनों से उनका आत्मविश्वास डगमगाने लगा था। बाज़ार इतना ऊँचा चढ़ गया था कि एस्टिमेट बार-बार गड़बड़ा रहा था। फिर सगाई से शादी तक का फ़ासला बेवजह लंबा खिंचता चला जा रहा था। उसे निभाते हुए माँ के छक्के छूट रहे थे। रस्मो-रिवाज निभाने में कितने रुपये फुँक गए थे, उसका तो कुछ हिसाब ही नहीं था। और फिर वहाँ से नित नये सुझाव, नये संकेत मिल रहे थे। लगता था, इससे तो अच्छा था, हार्ड कैश तय हो जाता। एक मुश्त देकर छुट्टी पा जाते।

पापा शुरू से इस संबंध के विरुद्ध थे, पर माँ ने आदित्य मामा की सलाह से यह रिश्ता पक्का किया था। उन्हीं की बैंक में कार्तिक थे और मामाजी जानते थे कि लड़का होनहार है।

वैसे भी आदित्य मामा की बात इस घर में पत्थर की लकीर थी। गुणी आदमी थे, हर समस्या का समाधान उनके पास था। यों तो बहुत दूर-दराज के भाई थे माँ के, पर एक ही शहर में होने से अपनापा बहुत था। फिर भी कभी-कभी लगता कि माँ का उनके प्रति भक्तिभाव कुछ ज़्यादा ही हो जाता है।

भाई तो बहुत चिढ़ते। पिकनिक का प्रोग्राम हो या सिनेमा का, मामाजी साथ हैं तो भाई घर पर ही रह जाएँगे। अगर मामाजी का परिवार खाने पर आ रहा है तो भाई दिन-भर बाहर रहेंगे। अगर पढ़ते हुए कोई यह कह भर दे कि पत्रिका मामाजी के यहाँ से आई है तो ऐसे छोड़ देंगे, जैसे जलता हुआ अंगार हो। पिछले दिनों माँ ने दो-चार बार दबी ज़ुबान से कहा था—'हायर सेकंडरी फर्स्ट क्लास है तुम्हारा। आदित्य कह रहे थे कि बैंक में छोटी-मोटी पोस्ट पर लगाए लेते हैं। फिर परीक्षाएँ देते रहना।' भाई सुनते ही एकदम बिफर उठे थे—'फुटपाथ पर भीख माँग लूँगा माँ, पर वहाँ नौकरी नहीं करूँगा।'

छोटी थी तो भाई का यह आचरण बड़ा अस्वाभाविक-सा लगता। मामाजी के बँगले का, कार का, टी॰ वी॰ का तब ऐसा ही आकर्षण था। पर जब से होश सँभाला है, तब से लगता है, मैं भी लड़का होती काश, तो भाई की तरह खुलकर कह सकती थी, 'आय हेट पापा, नॉट फोर हिज़ पावर्टी, बट फॉर हिज़ पेशेंस।'

उन्हीं स्वनामधन्य आदित्य मामा का एकाएक ट्रांसफर हो गया था और माँ परेशान हो रही थीं कि अब कैसे क्या होगा !

उस दिन माँ शाम को दफ़्तर से लौटकर चाय पी रही थीं। मैं और दीदी भी

उनका साथ दे रहे थे। पापा उसी समय बाहर से लौटे। पापा का कहीं भी आना-जाना इतना चुपचाप होता था कि घर में कोई गहमा-गहमी नहीं होती थी। मैंने ही आवाज देकर उन्हें चाय के लिए टेबल पर बुला लिया।

बायें हाथ से अपना कप उठाते हुए दायें हाथ से उन्होंने जेब से कुछ निकाला और माँ के सामने रखते हुए बोले, "ये कुछ रुपये हैं, रेखा की शादी के लिए रख छोड़े थे। शिखा की करोगी तब भी कुछ देने की कोशिश करूँगा।"

मैंने नज़र उठाकर देखा, बैंक ड्राफ्ट था, पंद्रह हज़ार का, माँ के नाम।

हम सभी स्तब्ध थे।

पापा, जो इतने बेचारे-से थे, छोटी-मोटी फ़रमाइशें लेकर भी जिनके पास जाते संकोच होता था, वे इतनी रक़म एकसाथ दे सकते हैं, उनका इतना बड़ा बैंक-बैलेंस होगा, यह कभी सोचा भी नहीं था।

सच तो यह है कि उनका इस प्रकार तटस्थ भाव से रुपये देना बड़ी अजीब-सी बात थी, पर इस पर हमने ग़ौर ही नहीं किया। बचपन से ही जब भी कुछ करने की कल्पना की है, ज़ेहन में माँ की तसवीर ही उभरी है। घर का माहौल ही ऐसा बन गया था। पापा का जो भी योगदान था, वह इतना मौन होता था कि कभी सतह पर आया ही नहीं। इस स्थिति को माँ ने ही जन्म दिया था। सारी समस्याओं की सलीब कंधे पर उठाकर वे अकेले ही घूमती रहीं।

उनकी बातचीत का लहज़ा तक 'मैं' से भरपूर हो गया था—'मैंने बच्चों का एडमीशन करवाया···मैंने ट्यूटर से बात की···मैंने ब्हाइटवॉश कराया···मैं डिसटेंपर करवाऊँगी···मैंने अमुक लड़का रिजेक्ट किया···मैंने ये रिश्ता पक्का किया···' घर, परिवार, बच्चे—कोई भी विषय हो, पापा को साथ लेकर उन्होंने कभी सोचा ही नहीं।

शादी भी उन्होंने अपने बल-बूते पर तय की थी। पर उनका आत्मविश्वास डगमगाने लगा था। संकट की इस घड़ी में पापा उन्हें देवदूत-से लगे हों तो आश्चर्य नहीं। पंद्रह हजार कोई बड़ी रकम नहीं थी (आयोजन को देखते हुए) पर उसी के सहारे वे पापा को पा गई थीं। पहली बार उन्हें लगा कि 'हमारी बेटी' की शादी है।

पूरे विवाह-समारोह में वे पापा पर इस तरह निर्भर रहीं कि देखकर अच्छा लगा।

पहली बार लगा कि पापा बहैसियत पापा इस घर में हैं।

दीदी पता नहीं कैसी होती जा रही थीं। घर में इनती-इतनी बातें हो रही हैं, पर उन्हें जैसे किसी से कुछ सरोकार ही नहीं। उनकी ससुराल से रोज़ अजीब-अजीब प्रस्ताव चले आते हैं। सुनते ही हर कोई रोष से उबल पड़ता है, पर उन पर कोई असर नहीं होता। वे एक शहीदाना भाव चेहरे पर ओढ़े चुपचाप हमारी भाग-दौड़, हमारी परेशानियाँ देखती रहती हैं।

सबसे ज़्यादा हैरत तो उस दिन हुई जिस दिन मकान की रजिस्ट्री हुई थी। यह घर, यह मकान हम लोगों के लिए सिर्फ ईंट-गारे की इमारत तो नहीं है। इससे हमारी जाने कितनी भावनाएँ जुड़ी हुई हैं। यह दादी माँ की एकमात्र निशानी है, उनके गाढ़े पसीने की कमाई है। कठिन-से-कठिन समय में भी पापा ने इसे हाथ नहीं लगाया था, पर दीदी की शादी में यह भी हो गया। उसे बैंक के पास रेहन रखने का सुझाव आदित्य मामा ने ही दिया था। सुनते ही मेरे कलेजे पर तो साँप लोट गया था। रजिस्ट्री पेपर्स पर हस्ताक्षर करते हुए पापा की आँखें छलछला आई थीं।

पर दीदी के चेहरे पर विषाद की एक रेखा भी नहीं उभरी, वे जड़वत् बैठी रहीं, जैसे यह सारी उठा-पटक किसी और के लिए हो रही हो।

दिनोंदिन एक अबूझ पहेली बनती जा रही हैं वह।

अभी पिछले मंगलवार की बात है। मैं बड़े मनोयोग से 'स्काईलार्क' का अप्रीसिएशन लिख रही थी। दूसरे दिन ट्यूटोरियल था। हमेशा अच्छे-से-अच्छा लेने का मेरा नियम था। आज भी मैं अपनी सारी प्रतिभा उँड़ेलकर लेख को अधिक-से-अधिक जीवंत बनाने का प्रयास कर रही थी, पर दीदी के कारण सब गड़बड़ हो रहा था।

उन्होंने तो इस दिनों पढ़ने-लिखने की छुट्टी कर रखी थी। मज़े से आरामकुर्सी पर लेटी गुनगुना रही थीं। हाथ में नीटा मस्केट की कोई नावेल थी। तिपाई पर मसूरी से आया ताज़ा पत्र पड़ा हुआ था। मसूरी से इन दिनों पत्रों का ताँता लगा हुआ था। जैसे कार्तिक इतनी दूर से भी अपनी गिरफ्त ढीली नहीं करना चाहते। दीदी नियम से पत्रों का उत्तर देती हैं और फुर्सत से बैठकर दर्दभरे गीत गाया करती हैं।

उनकी यह संगीत-साधना ही कभी-कभी सिरदर्द बन जाती है। अब भी मेरा मन हुआ, कहूँ—'दीदी, प्लीज़, थोड़ा तो रहम करो। माना आप बहुत बड़ी डांसर हैं, पर गाना आपके बस का नहीं है। इसे हम गरीबों के लिए छोड़ दो।'

पहले वाली बात होती तो बेधड़क कह देती और दीदी से तुर्की-बतुर्की जवाब भी मिल जाता। पर अब कहते एकदम संकोच हो गया कि दीदी पता नहीं क्या सोचें। सोच लेंगी कि मुझे अपने 'सुरीले कंठ' पर नाज़ हो गया है तभी ऐसा कह रही हूँ।

नाज़ तो सचमुच है, ईश्वर ने दो ही चार चीज़ें तो ऐसी दी हैं जिन पर नाज़ किया जा सके। बाकी तो सब खातों में जमा शून्य ही है।

मेरा संगीत और दीदी का नृत्य, दोनों ही परिवार के लिए गर्व का विषय था। दीदी के साथ हमेशा मैं ही गाया करती थी। दिन-भर हम लोग रिहर्सलों में खोए रहते, तब इस बात की कसम भोथरी पड़ जाती कि मैं कभी दीदी की तरह नृत्य नहीं कर सकूँगी।

पर इधर दो-तीन वर्षों से दीदी को यह 'दिव्य ज्ञान' प्राप्त हो गया है कि मेरी आवाज़ बहुत महीन है, वाद्ययंत्रों में खो जाती है। नृत्य के साथ तो ओजपूर्ण स्वर होना चाहिए, तभी बात बनती है।

उनके इस निर्णय से मैं तो एकदम बुझ-सी गई थी, अपने पर से विश्वास ही उठा गया था। पर बहुत शीघ्र ही पता चल गया कि दीदी को संगत के लिए एक 'दैवी स्वर' प्राप्त हो गया है। प्राप्त क्या हो गया है, वह तो नृत्य के साथ-साथ उनके मन-प्राणों में व्यापता चला जा रहा है। उस कंठ से निकली प्रत्येक पंक्ति उनके गले का हार बन गई है।

उस समय भी वे बागेश्री का गला घोंटते हुए गा रही थीं—ऊधो मन ना भये दस-बीस⋯।

मेरी सहनशक्ति जैसे जवाब दे गई। अपनी कुर्सी उठाकर मैंने उनकी कुर्सी के सामने कर ली और आवाज़ दी, "दीदी ! एक बात पूछनी थी।"

"क्या ?"

"तुम्हारे कितने मन हैं, कभी हिसाब तो लगाओ।"

वे जैसे एकबारगी सिहर उठीं, फिर धीरे से बोलीं, "मन तो एक ही है रे, पर बँट गया है।"

उनकी इस स्पष्टोक्ति से दंग रह गई मैं। फिर कुछ और गुस्ताख़ लहज़े में पूछ ही लिया, "दीदी, कभी आराम से बैठकर तौल कर तो देखो। पलड़ा किसका भारी है, कार्तिक का, या⋯"

"कार्तिक इसमें कहीं नहीं है पगली, मैं तो माँ के बारे में सोच-सोचकर पागल हुई जा रही हूँ।"

"माँ !" आश्चर्य से भरकर मैंने पूछा, "माँ के लिए सोचने की ऐसी क्या ज़रूरत पड़ गई ?"

"यही तो, माँ के लिए कभी कुछ सोचने की ज़रूरत ही नहीं समझी हम लोगों ने। सदा उन्हें कटघरे में खड़ा करके ही देखा है। परन्तु हमारा भविष्य सुधारने के लिए उन्होंने कितनी तपस्या की है, इसकी ओर कभी हमारा ध्यान ही नहीं जाता। एक अकेली औरत, ज़िम्मेदारियों का हिमालय ढोती चली आ रही है और उसे हमने कभी मन भर कर प्यार भी नहीं दिया। वी हैव टेकेन हर फॉर ग्रांटेड। हमारी सारी सहानुभूति पापा के साथ रही है⋯ कभी-कभी लगता है, यह भी पापा की साज़िश रही है। आर्थिक असुरक्षा का ऐसा बोझ माँ के मन-मस्तिष्क पर डाल दिया कि उनकी ममता के सारे स्रोत सूख गए, और बच्चों की सारी गुडविल उन्होंने हड़प ली।"

मन हुआ, चीखकर कहूँ—'दीदी, किस आर्थिक असुरक्षा की बात कर रही हो तुम ? पापा ऐसे अकर्मण्य तो नहीं थे, उनके पंख माँ ने ही काट दिये हैं। अपनी आकांक्षाओं के लिए पापा के कैरियर की बलि दी है।'

पर इस गुडविल हड़पनेवाला फिकरा मन में अभी ताज़ा था इसलिए सिर्फ़ इतना ही कहा, "दीदी, सभी माँ-बाप अपने बच्चों के लिए खटते हैं, अपने-अपने ढंग से खटते

हैं। उनके सारे परिश्रम के मूल में यही भावना रहती है कि उनके बच्चे खुश रहें। माँ की सारी तपस्या के पीछे भी यही उद्देश्य रहा होगा। इसीलिए पूछती हूँ दीदी, क्या तुम खुश हो ?"

वे एकबारगी सिहर उठीं। फिर एक लंबी साँस लेकर दार्शनिक अंदाज में बोलीं, "मेरा सुख, मेरी ख़ुशी तो सब सपना हो गया है रे ! पर मैं हर क़ीमत पर माँ को खुश देखना चाहती हूँ। ऐसा कोई ग़लत काम नहीं करना चाहती, जिससे उन्हें ठेस पहुँचे।"

"ग़लत काम की तुम्हारी परिभाषा क्या है ?" मैंने तैश में आकर कहा, "एक सीधे-सादे इंसान को तुमने चकरघिन्नी बनाकर छोड़ दिया है। क्या बहुत अच्छा काम है यह ? तुम उसे मुक्ति क्यों नहीं देतीं ? क्या उसका कैरियर चौपट करके ही दम लोगी ?"

दीदी चुप।

"और एक वे साहब बहादुर हैं, बड़े विद्वान् बनते हैं। पता नहीं ईश्वर ने उन्हें आँखें भी दी हैं या नहीं ? तुम्हारी बातों में, तुम्हारी हँसी में, तुम्हारे पत्रों में छिपा हुआ झूठ वे एक बार भी पकड़ नहीं पाए, आश्चर्य होता है !...और सबसे ज्यादा आश्चर्य तो तुम पर होता है जो दो नावों में पैर रखकर आराम से बैठी हो। तुम माँ के लिए अपना सुख होम करने की बात करती हो, पर अपने सुख के लिए तुम किस-किसका विश्वास होम कर रही हो, इस पर भी कभी सोचा है ?"

"बस शिखा, स्टॉप इट !" दीदी ने एकदम कहा। उनका चेहरा तमतमा आया था, "देयर इज़ ए लिमिट टु एवरीथिंग।"

"यस दीदी," मैंने शांत स्वर में कहा, "देयर शुड बी एक लिमिट !"

घर में एक भयावह सन्नाटा छाया हुआ था।

मेरे मन में तो सन्नाटा दीदी की विदा से बहुत पहले व्याप गया था। पास रहकर भी इतनी दूर हो गई थीं हम दोनों कि एक कमरा शेपर करने की मजबूरी भी अखरने लगी थी। उस विस्फोट के बाद दीदी मुझसे एकदम कतराने लगी थीं और मुझे लगता था, जैसे वे मुझसे नहीं, अपने-आपसे बच रही हों।

शादी हुई और जैसे अपने-आप ही सारे अवरोध दूर हो गए। विदा के समय मुझसे लिपटकर फूट-फूट कर रोईं दीदी, मन का सारा कल्मष उन आँसुओं में बह गया। लेकिन मन और भी सूना हो गया। मन भी और घर भी। और कभी-कभी यह सूनापन जैसे निगलने को दौड़ पड़ता है।

"शिखा ! ओ शिखा !" लगा कि बहुत दूर से कोई मुझे पुकार रहा है। बहुत यत्न से अपनी उनींदी आँखें खोलकर देखा, भाई पैताने खड़े मुझे आवाज़ दे रहे थे। बड़ी मुश्किल से अपने को झकझोर कर जगा पाई मैं।

"रो क्यों रही थी पगली ?"

"कहाँ ? नहीं तो···" मैंने कहा और छूकर देखा, पलकों की कोरें अब भी गीली थीं।

"किताब लेने कमरे आया था तो देखा, तेरी तो हिचकी बँध रही है।"

"दीदी की बहुत याद आ रही है। उनके बिना घर कितना मनहूस लग रहा है !" मैंने कातर स्वर में कहा।

"हो जाएगी, कुछ दिनों बाद इस मनहूसियत की भी आदत हो जाएगी, क्योंकि घर की सारी रौनक तो उसी के साथ विदा हो गई है। अब घर में रह गए हैं तीन मनहूस प्राणी–तुम, मैं और पापा।''

"नहीं-नहीं, दो कहिए," मैंने भी उनकी तरह विनोद का माहौल बनाते हुए कहा, ''आपकी गिनती कैसे कर लें हम ? घर में रहते भी हैं कभी ?"

"अरे, फ़िलहाल तो हूँ। साले सब-के-सब पास हो गए। ये भी नहीं कि एकाध सप्लीमेंटरी ही ले आता। अपना काम तो चलता रहता।"

"भाई, आप किताब लेने आए थे न ! उस अलमारी में से ले लेंगे, प्लीज़ !" और मैं पुनः करवट बदलकर लेट गई। भाई के मुँह से ट्यूशन का ज़िक्र ज़रा भी अच्छा नहीं लग रहा था। उनका यों ग़रजमंद होकर किसी के यहाँ जाना मन को बहुत सालता था।

सच तो यह था कि अब तक हममें से किसी को यह पता भी न था कि भाई ट्यूशन भी करते हैं। सब लोग सोचते थे कि वे या तो क्रिकेट खेलने यहाँ-वहाँ चले जाते हैं या दोस्तों के साथ कॉलेज कैंटीन में बैठे रहते हैं। इससे ज्यादा जानने की ज़रूरत भी नहीं समझी।

राज़ तो तब खुला, जब शादी पर भाई ने दीदी को आनंद शंकर के एक एल॰ पी॰ का उपहार दिया। तब माँ-पापा को यह अहसास हुआ कि फ़ीस को छोड़कर महीनों से भाई ने कुछ माँगा नहीं है। इस अहसास को लेकर माँ दिन-भर उदास रहीं और पापा का स्वर बार-बार तरल हो आया था।

''हेलो पद्मनाभ ! हाउ डू यू डू ?''

मैं हड़बड़ाकर उठ बैठी, पद्मनाभ और यहाँ ? इस कमरे में ? मुड़कर देखा, दोनों हाथ कमर पर रखे भाई अलमारी के सामने खड़े मुसकरा रहे हैं। पद्मनाभ की स्टीलफ्रेम जड़ी फ़ोटो जवाब में मुसकरा रही है।

"दीदी छोड़ गई हैं," मैंने मरी-सी आवाज में कहा।

"जाते समय इससे लिपटकर खूब रोई होंगी !"

"कैसी बातें कर रहे हैं आप ?" मैंने तड़पकर कहा पर आँखों के सामने वह सारा दृश्य तैर गया। भाई झूठ नहीं कह रहे थे।

"आपको इस तरह किसी की भावनाओं का मखौल नहीं उड़ाना चाहिए," मैंने बेमतलब दीदी की वकालत करते हुए कहा।

"मखौल कहाँ उड़ा रहा हूँ बाबा ! मैं तो हक़ीक़त बयान कर रहा हूँ," वे बोले।

उत्तर में मैं चुप ही बनी रही तो फिर बोले, "नाराज़ हो गई क्या ? सॉऽऽरी ! याद ही नहीं रहा कि मैं परम श्रद्धेय दीदी की शान में गुस्ताख़ी कर रहा हूँ, जो कभी माफ़ नहीं की जा सकती। लकी गर्ल ! कैसे-कैसे भक्त जोड़ लिए हैं कि कोई उसकी अनुपस्थिति में भी आलोचना नहीं कर सकता। यहाँ तो जिन्दगी-भर खाक छानते रहे, एक भी ऐसा न मिला, और लोग-बाग हैं कि सामने भी फ़ब्तियाँ कसना नहीं भूलते; पीछे जो कहते होंगे उसका तो ईश्वर ही गवाह है !"

भाई यह सब कुछ बिल्कुल मज़ाकिया लहज़े में कह गए थे, पर आख़ीर में उनकी आवाज़ भीग-सी गई थी। सच, भाई कभी-कभी इतने बेचारे-से लगते हैं कि उन पर प्यार आ जाता है।

मैंने फिर बात का रुख़ बदल देना ही ठीक समझा, कहा, "भाई, हम लोग नाहक बड़े हो गए हैं। बच्चे ही बने रहते तो कितना मज़ा आता ! तब यह जाति की, समाज की, भाषा की दीवारें पग-पग पर हमारा रास्ता नहीं रोकतीं। इन चहारदीवारियों में तब यों दम न घुटता।"

भाई ने अपनी पसंद की दो-चार पत्रिकाएँ चुन ली थीं। उन्हें लेकर वे मेरे पास पलंग पर बैठते हुए बोले, "तू क्या पद्मनाभ के लिए यह सब कह रही है ?"

"यही समझ लीजिए।"

"क्या तू सोचती है कि पद्मनाभ तमिलभाषी न होता तो रेखा उससे विवाह कर लेती ?"

"क्यों, नहीं करती क्या ?"

"इसी तरह थर्ड डिविज़नर एम० ए० होता, इसी तरह एक पार्सल क्लर्क का बेटा होता तो कभी नहीं करती···और आज भी अगर पद्मनाभ में कुछ भी संभावनाएँ होतीं तो जाति और भाषा की ये दीवारें अपने-आप ढह जातीं। न माँ को एतराज़ होता, न रेखा को।"

"भाई, कभी-कभी आप बहुत···"

"बहुत कड़वा सच बोल जाता हूँ, यही न ? माँ ने कार्तिक का रिश्ता जिस ढंग से हथिया लिया है, रेखा जिस स्थितप्रज्ञ भाव से घर की तबाही देखती रही है, उससे और क्या निष्कर्ष निकलता है ?"

"वैसे दीदी पूरे छः महीने तक बड़े असमंजस से झूलती रही हैं," मैंने कहा।

"यह असमंजस, यह अनिश्चय ही तो उसकी कहानी कह जाता है। उसकी आस्था में जरा भी बल होता तो इतने सोच-विचार की ज़रूरत ही क्या थी ? प्रेम कभी मध्यमार्ग नहीं अपनाता। इट इज़ आइदर यस आर नो।"

"तो यह सब कुछ छलावा था ?"

"नहीं! छलावा नहीं था," भाई ने कहा और उठ बैठे। पीठ पर हाथ बाँधकर कुछ देर तक कमरे में चहलकदमी करते रहे, फिर उसी तरह चहलकदमी करते हुए बोले, "जानती हो शिखा, ये बड़े आदमियों की बीबियाँ ऐसा एकाध प्रेम-प्रसंग पाल लेती हैं। अच्छा रहता है, कभी वक़्त-बेवक़्त उदास होने के लिए एक कारण मिल जाता है। अत्यधिक सुख से जब मन बेस्वाद हो जाता है तो थोड़े-से आँसू बहाने से राहत मिल जाती है। बड़ा कारगर नुस्खा है यह।"

भाई जैसे अपने-आपसे बोल रहे थे। मेरी समझ में नहीं आ रहा था कि मुझे क्या कहना चाहिए, "और शिखा, ये लोग एक-एक सहेली भी रख छोड़ती हैं। ये उनके लिए कस्टोडियन का काम करती हैं।"

"कस्टोडियन ?"

"मतलब, संरक्षिका। सारे प्रेमपत्र, उपहार, फ़ोटो उसे सौंप दिए जाते हैं। उनका अपना घर बेदाग़ रहना चाहिए। जब कभी थोड़ी-बहुत याद आने लगे, तो सहेली के यहाँ चले आए, मन बहला लिया।"

"और सहेली ज़िंदगी-भर यही बेगार किया करे ?"

"पूरी बात तो सुना करो ! हमेशा यह स्थिति थोड़े ही रहती है। दो-चार साल बाद नई ज़िन्दगी का रंग मन पर चढ़ने लगता है। पिछली बातें बेवकूफ़ी-सी लगती हैं। तब यह उदारमना महिला अपनी सहेली से कहती हैं, 'आज से मैं अपना प्रियतम तुम्हें सौंपती हूँ। मेरे भाग्य में इसका सुख नहीं लिखा था। ईश्वर ने शायद तुम्हारे लिए ही इसे बनाया है।''

"तब सहेली क्या जवाब देती है ?"

"जवाब क्या देगी ! साफ़ कह देती है कि प्रेम अपनी जगह है, करुणा अपनी जगह। मुझे इस आदमी से सहानुभूति है, इसका यह तो अर्थ नहीं कि···"

"मैंने भी यही कहा था।"

भाई चलते-चलते एकदम रुक गए, "क्या कहा ?"

"मैंने भी यही जवाब दिया था।"

"माइ गॉड ! यानी कि रेखाजी इतनी अधीर हो उठी थीं कि हनीमून से लौटने तक भी सब्र न हो सका··· ख़ैर, तुमने जवाब अच्छा दिया। बेचारी रेखा कितनी निराश हुई होगी तुम्हारा दो टूक जवाब पाकर।"

भाई के व्यंग्य को अनसुना कर मैंने बताया, "मुझसे कुछ नहीं कहा, पद्मनाभ को पत्र लिखा है।"

"क्या लिखा है ?"

"यही कि शिखा बहुत प्यारी लड़की है। ईश्वर ने उसके साथ एक अन्याय कर दिया है। पर उसकी भरपाई भी खूब की है। तुम दोनों मिलकर एक अलौकिक संगीत

की सृष्टि कर सकोगे।"

"और वह गधा यह सब तुम्हें सुनाने चला आया ?" भाई की मुट्ठियाँ एकदम कस गई थीं।

"उसका कोई दोष नहीं है भाई," मैंने उन्हें शान्त करते हुए कहा, "दीदी ने हज़ार-हज़ार कसमें जो दे रखी थीं, और अभी तो सब कुछ इतना ताज़ा है कि यह बात टाल नहीं सकता। चुपचाप पत्र पकड़ाकर चला गया।"

"और तुम्हारा जवाब ?"

"वह मैंने डाक से भेज दिया। लिख दिया कि माँ-बाप ने बहुत सोच-समझ कर दीपशिखा नाम दिया है मुझे। मैं चुपचाप जीवन-भर जलती रहूँगी, पर किसी की दया की भीख मुझे मंजूर नहीं है। इरादा तो दीदी को ही लिखने का था, पर उनका रंगभंग क्यों किया जाए !"

पर इतना सब कहते-कहते आवेग से मेरा गला भर आया, "भाई ! क्या सचमुच इतनी दयनीय हूँ मैं ?"

"धत् पगली !" उन्होंने कहा और मुझे अंक में भर लिया। बड़ी देर तक मेरे बालों पर, मेरी पीठ पर हाथ फेरते रहे। भाई का यह स्नेहिल स्वरूप मेरे लिए एकदम नया था। पर उनकी यह निःशब्द सांत्वना भी तो मुझसे झेली नहीं गई। पता नहीं मन कैसा हो गया है। कोई प्यार भी करता है तो मुझे उसमें दया की, करुणा की बू आने लगती है।

"वह ऐतिहासिक पत्र देखेंगे ?" बहुत हौले से अपने को अलग करते हुए मैंने कहा।

"रहने दे, उसमें देखना क्या है ?" अपनी पुस्तकें समेटते हुए वे बोले, "यही सब तो लिखा होगा कि मैं अपने प्यार को यथार्थ के क्रूर थपेड़ों से बचाना चाहती हूँ, मेरे मन के तहखाने में इसे सुरक्षित रहने दो··· प्रेम को शाश्वत रखने का इन लोगों का यह तरीका अच्छा है, पर ज़रा कठोर है···है न !" और भाई कमरे से बाहर चले गए।

मैंने दराज खोलकर दीदी का वह पत्र निकाला। बड़ी सुपरफ़ाइन अंग्रेजी में लिखा था :

'मैं जयदेव की पद्मावती बनना चाहती थी। कल्पना की आँखों से रोज़ देखती थी कि संयुक्ता और रघुनाथ पाणिग्रही की तरह हमारी जोड़ी भी रोज़ कीर्ति के नये शिखर चूम रही है···पर मैं जानती हूँ, सभी सपने सच नहीं होते। सत्य कल्पना से कोसों दूर होता है। जीवन-पथ पर सब फूल ही नहीं बिछे मिलते···तब ? क्या मोहभंग के उन क्षणों में मैं तुम्हें प्यार कर पाऊँगी ? मुझे अपने ऊपर इतना विश्वास नहीं है। लेकिन जिससे इतना प्रेम किया है, उससे घृणा करने लगूँगी, यह कल्पना भी दहशत पैदा करती है···'

भाई बिना पढ़े कैसे जान गए सब ! और जैसे दिमाग में एकाएक कुछ कौंध गया। भाई के चेहरे पर पुती वेदना, उनकी आँखों का सूनापन, उसके स्वर का भीगापन··· सभी जैसे एकसाथ अपना इतिहास कह उठे। कैसी मूर्ख थी मैं ! कितने आत्मकेन्द्रित हैं हम सब ! दिन-रात एक भट्ठी-सी सुलग रही है उनके मन में, पर किसी को आँच तक नहीं आती।

मन हुआ दौड़कर उनके पास पहुँच जाऊँ। वे अपने कमरे में नहीं थे। इतनी धूप में छत या आँगन का सवाल ही नहीं था। तभी पापा की केबिन से टाइपराइटर की खटपट सुनाई दी। जाकर कनखियों से देखा, शून्य में ताकते हुए भाई मशीन से खिलवाड़ कर रहे हैं। पर उस खिलवाड़ में भी लगातार एक ही नाम टंकित होता चला जा रहा है। "भाई !" आवाज़ पर एकदम चौंक उठे वे।

मशीन पर लगे कागज़ को अनदेखा-सा करते हुए मैं पास खड़ी हुई, "भाई, एक बात कहनी थी।"

"क्या ?" इस समय तक वे काफी सँभल चुके थे।

"मैं सिर्फ़ यह कहने आई थी भाई, कि दुनिया बहुत बड़ी है···उसमें और भी लोग हैं। और सभी दीदी जैसे···या पुनीता मिश्रा जैसे नहीं है।"

भाई का चेहरा एकदम सफ़ेद पड़ गया।

डूबती-सी आवाज़ में इतना ही कह पाये थे, "थैंक्स शिखा, थैंक्स फॉर अंडरस्टैडिंग··· ।"

नैहर छूटो जाय

गाड़ी जैसे ही स्टेशन में प्रवेश करने को हुई, मेरी कल्पना में भैया का पत्र फिर घूम गया :

'दीदी,

पिछले आठ साल से तुम मेरा निमंत्रण टालती जा रही हो। शायद माँ और बाबूजी के साथ मैं अपनी बहन को भी खो बैठा हूँ। ख़ैर, अब तो मैं यहाँ आ गया हूँ। मेरी गृहस्थी का न सही पर अपनी जन्मभूमि का आकर्षण तुम्हें यहाँ खींच लाएगा, ऐसी आशा है। इस पत्र को अल्टीमेटम समझना।

—तुम्हारा भैया'

घर की दिनोंदिन बढ़ती ज़िम्मेदारियों ने मुझे ऐसा जकड़ लिया था कि किसी तरह जाना ही नहीं हो सका था। इस बार उसके पत्र ने मजबूर कर दिया और सभी झंझटों को पीछे ठेलकर मैं चल पड़ी।

गाड़ी जब रुकी तो मेरे मन में वही उमंग थी जो शादी के बाद पहले-पहले पीहर आने पर होती है। मैंने चलती ट्रेन से ही भैया को देख लिया था। रुकते ही कम्पार्टमेंट में आकर उसने मेरे पैर छुए और हम लोग हाथ पकड़े-पकड़े ही उतर गए। पर मन में कुछ खटका अवश्य। पहले तो वह मुझसे लिपट जाता था। उसी समय दो चपरासियों ने मेरा सामान उठा लिया और मुझे स्मरण हो आया कि अब वह पुराना भैया तो नही है जो दोस्तों की टोली लेकर मुझे लेने आया करता था। आज तो वह एक ज़िम्मेदार अफ़सर है।

स्टेशन भीतर-बाहर से बहुत-कुछ बदला हुआ था, पर ऐसा भी नहीं था कि पहचाना ही न जा सके। पुरानी स्मृतियों में डूबती-उतराती मैं कार में बैठ गई। भैया ने कुछ बोलना चाहा पर मेरे असंगत उत्तरों से उसने शायद मेरी मनःस्थिति भाँप ली और फिर वह चुप ही रहा। कार कोलतार की सड़कों पर फिसलने लगी और उसके साथ ही मेरा मन भी फिसलता हुआ समय के उस पार पहुँचकर स्मृतियों की दुनिया में खो गया।

तंग गली के मोड़ पर ताँगा खड़ा है। बाबूजी ताँगे वाले को पैसे दे रहे हैं। भैया सामान लिए चल रहे हैं और उनके पीछे मैं। मेरे आने की ख़बर तेज़ी से फैल जाती

है और कई जोड़ी आँखें घरों के दरवाज़ों, खिड़कियों और छज्जों से मुझे घूरने लगती हैं। भगतजी मिलते हैं और आशीर्वादों की झड़ी लगा देते हैं। माथुर चाची खिड़की से ही कुशलक्षेम पूछ लेती हैं। चौबेजी की मुन्नी पप्पू को मेरी गोद से छीनकर भाग जाती है। पड़ोस के रामू दादा चिल्लाकर पूछते हैं, क्यों री लाडो, यह कितने नंबर का पार्सल है ? उनके इस प्रश्न पर सभी लोग खिलखिलाकर हँस पड़ते हैं। माँ दरवाज़े पर खड़ी हैं। मुझसे लिपट जाती हैं। हम दोनों के आँसुओं में बिछोह की व्यथा अधिक है या मिलन का आनन्द—कहना कठिन है। बाबूजी, 'जीती रहो, जीती रहो' कहते हुए एक ओर चले जाते हैं।

"आओ दीदी"—मैं चौंकी और वर्तमान में आ गई। गाड़ी एक शानदार कोठी के सामने खड़ी थी और भैया मुझसे उतरने के लिए कह रहा था। तंग गली का वह पुराना मकान यदि कठोर यथार्थ था तो भैया का यह नया घर स्वप्न की तरह सुन्दर ! दरवाज़े पर ही रीता भाभी खड़ी थीं। शादी के दस साल उनके सौंदर्य और सुकुमारता में कोई अंतर नहीं ला पाए थे। सुन्दर उद्यान से घिरे उस भव्य भवन के द्वार पर वे किसी कलात्मक प्रतिमा-सी लग रही थीं। बड़ी ही प्यारी मुसकान के साथ उन्होंने मुझसे नमस्ते की।

"रीता, तुम दीदी के नहाने-खाने का प्रबंध करो, मैं आफ़िस जाता हूँ। अच्छा दीदी, शाम को मिलेंगे।" कहता हुआ भैया सीढ़ियाँ उतरकर गाड़ी में बैठ गया। चपरासी आगे-पीछे दौड़ रहे थे। काश ! माँ और बाबूजी यह सब देखने के लिए जीवित रहते। यह सब मंत्रमुग्ध-सी मैं तब तक देखती रही जब तक गाड़ी आँखों से ओझल नहीं हो गई। फिर एकाएक अपने-आपको बहुत अकेला अनुभव करने लगी, जैसे कोई नन्ही बच्ची भीड़ में खो गई हो।

ऐसा होना तो नहीं चाहिए। मैं तो अपने पीहर आई थी, अपने इकलौते भाई के घर। वह बेचारा मेरी एक-एक इच्छा पूरी करने के लिए भाग रहा था। दोनों भतीजे अपनी किलकारियों से मेरा मन पुलकित कर रहे थे। रीता बेचारी तो बिछी जा रही थी।

सारे घर के लिए मैं एक सम्मानित अतिथि थी, और यही बात मेरे हृदय को आघात पहुँचा रही थी। मैं वह रज्जो नहीं थी जिसके लिए तवा उतारने से पहले मीठा चीला बनाना माँ न भूलती थीं। वह बिटिया नहीं थी जिसके लिए सेवधानी की पुड़िया लाने की बात बाबूजी को सौ कामों के बीच भी याद रहती थी। वह रजनी भी नहीं थी जिसके लिए माथुर चाची आँवले का अचार और पंडिताइन मौसी उड़द के पापड़ अवश्य भेजतीं। अब मैं वह दीदी क्यों नहीं थी जिसके लिए खट्टी इमली से भैया घर भर देता था ?

भैया तो सचमुच अब बहुत ही बदल गया था। यह बात नहीं कि वह मेरी उपेक्षा

करता हो। वह तो बेचारा आफ़िस से जितनी जल्दी हो सके, उतनी जल्दी लौट आता और अधिक-से-अधिक समय मुझे देने का प्रयत्न करता। हम दोनों के बीच एक अदृश्य-सा तनाव बन गया था। कभी मैं सोचती, क्या वही बदला है, समय के चक्र ने मुझे क्या अछूता ही छोड़ दिया है ?

एक रात खा-पीकर बैठे थे कि भैया ने मेज़ पर एक बड़ा-सा नक्शा फैलाते हुए कहा, "दीदी, एक मकान बनवाने की सोच रहा हूँ, इसी शहर में। माँ की भी यही इच्छा थी।"

मकान···इसी शहर में···माँ की इच्छा थी—सुनकर मन को न जाने कैसा लगा। अपना पुराना, अँधेरा, सीलन-भरा मकान याद आया, जिसमें माँ ने अपने जीवन के अट्ठाईस वर्ष काट दिए थे, शायद ऐसे ही किसी सुन्दर घर का सपना देखते हुए।

"हाँ, तो दीदी, बगीचे के ठीक बाद यह हॉल होगा, और उसके पास ही वह लेडीज़ ड्राइंगरूम। ठीक है न ?"

"हाँ, हाँ, बहुत अच्छा रहेगा," मैंने कहा। पर इस समय मैं तो अपने दो कमरों के मकान के बारे में सोच रही थी। बाहर वाले कमरे में फ़र्नीचर के नाम पर होती थी एक मेज, एक टीन की कुर्सी और स्टूल। जब बैठने वालों की संख्या ज्यादा हो जाती तो संदूक और खिड़की से भी काम चलाया जाता।

और लेडीज़ ड्राइंगरूम। इसकी तो कभी ज़रूरत ही महसूस नहीं हुई। दोपहर को सब अपने-अपने दरवाज़े में आ जातीं, कोई बुनाई लेकर तो कोई सिलाई लेकर। कोई चावल बीनती, तो कोई सब्जी साफ़ करती, इस तरह बातें भी होतीं और काम भी। निमंत्रण कभी भी आनंददायक नहीं होते थे, क्योंकि तब उन घरों के अभाव उभर कर सामने आ जाते।

"और दीदी, यहाँ बच्चों का स्टडीरूम रख दिया है। बगीचे का व्यू भी रहेगा और किसी तरह का डिस्टर्बेंस भी नहीं होगा।"

"हाँ, पढ़ते समय डिस्टर्बेंस तो नहीं होना चाहिए।" और मेरी कल्पना में हमारा रसोईघर घूम गया। एक ओर पलंग पर दमे की मरीज़ दादी सोई रहतीं और दूसरी ओर माँ खाना पका रही होतीं। कमरे के बीचोंबीच संदूक पर किताबें रखकर हम दोनों भाई-बहन पढ़ते रहते। दादी की खाँसी, बरतनों की खड़खड़ाहट और गली का शोरगुल—इन सबके बीच भी ज़ब भैया हर बार फर्स्ट आता था तो हम सबके कलेजे गज़-गज़-भर के हो जाते थे।

वह समझा रहा था और मैं सिर हिला रही थी। पर कितना समझ रही थी, इसे तो ईश्वर ही जानता है। उसी रात मेरे कानों में भनक पड़ी, "हर किसी को क्यों प्लान दिखाया करते हैं आप ? कोई ज़रूरी है कि सभी को उसमें दिलचस्पी हो ?"

"हर किसी को कौन दिखाता है ? दीदी को तो दिखाना ही चाहिए। उसे तो इस बात का सबसे ज़्यादा अरमान है।"

"ख़ाक है। आप तो इतनी बारीकी से समझा रहे थे पर उसमें उनका ज़रा भी ध्यान नहीं था।" रीता भुनभुनाई। सच, कितनी बेवकूफ बनती जा रही थी मैं। हरदम अतीत के खोल में दुबका रहना क्या अच्छा लगता है !

धीरे-धीरे मेरे जाने का दिन निकट आता गया और जब एक ही रात बाकी रह गयी तो मेरा मन अनायास भारी हो उठा। भैया दफ़्तर से काफ़ी जल्दी लौट आया था और हम लॉन में बैठे गपशप कर रहे थे। रीता अन्दर रात के विशेष भोज की तैयारियों में व्यस्त थी। एकाएक भैया बोला, "दीदी, घूमने चलती हो ?"

मेरे, "हाँ" कहते ही वह उठ खड़ा हुआ। उसने न मुझे कपड़े बदलने दिए, न खुद ही कपड़े बदले और न रीता को साथ लेने दिया। शोफ़र ने गाड़ी के लिए पूछा तो मना कर दिया।

बँगलों से घिरी हुई उस सड़क पर हम दोनों की घरेलू पोशाक बड़ी अटपटी लग रही थी। भैया ने शीघ्र ही एक ताँगा कर लिया और मैं एक मानसिक बोझ से मुक्ति पा गयी।

ताँगे में बैठते ही फिर परेशानी सामने आयी। बातचीत का कोई सूत्र हाथ नहीं आ रहा था। यद्यपि मन में असंख्य बातें उमड़ रही थीं। अचानक भैया ने कहा, "दीदी, कुल्फ़ी खाओगी ?"

"यहाँ सड़क पर !" मैंने कहा। मुझे याद आया कि बचपन में कुल्फ़ी खाना हमारे लिए बड़ी खुशी की बात हुआ करती थी। अब तो रीता रोज़ ही बच्चों के लिए फ्रिज में दूध के कटोरे भर कर रख देती है।

"कुछ चीज़ें तो सड़क पर ही खाने की होती हैं।" कुल्फ़ी वाले को पैसे देते हुए भैया बोला, "बरसात में सड़क के किनारे सिकते भुट्टों की सुगन्ध से मुँह में पानी भर आता है। है न !"

फिर तो भुट्टों की सुगन्ध और कुल्फ़ी के स्वाद ने मिलकर एक अनोखा जादू कर दिया। भैया की वाणी ऐसे फूट निकली जैसे बाँध टूट पड़ा हो। मार्ग में पड़ने वाली हर इमारत, हर पेड़, हर दुकान से उसकी कोई-न-कोई स्मृति जुड़ी थी। उसे सुनना बड़ा अच्छा लग रहा था।

"बोर हो गयीं दीदी ?" वह जैसे होश में आकर बोला, "बात यह है कि जब से माँ नहीं रही, कई बातें अनकही रह गयी हैं। रीता से तो यह सब कहने में मज़ा ही नहीं आता। वह बेचारी तो मेरे अतीत की कल्पना भी नहीं कर सकती।"

ताँगा रुक गया था और भैया ने मुझे उतरने का संकेत किया। "यहाँ क्यों ?"

मैंने प्रश्नवाचक दृष्टि से उसकी ओर देखा।

"तुम यहाँ आए बिना ही लौट जातीं तो न तुम्हें सुख होता और न मुझे। ठीक है न !" और हम दोनों हँस दिए।

हमने गली में प्रवेश किया। समय ने उसके ढाँचे को ज़रा भी नहीं बदला था। बदले थे तो सिर्फ वहाँ के निवासी। जो तब जवान थे, अब बूढ़े हो गए थे और अपनी धुँधली आँखों से हमें पहचानने की कोशिश कर रहे थे।

माथुर चाची की खिड़की आते ही हठात् ध्यान उस ओर चला गया। वे बदस्तूर वहाँ पर खड़ी थीं। बहुत देर में मुझे पहचान पायीं। फिर "रज्जो" कहकर इस ज़ोर से चीखीं कि रास्ता चलने वाले हमें घूर कर देखने लगे। उनकी बातों का सिलसिला ख़त्म ही नहीं हो रहा था। लगता था, बुढ़ापे ने उनकी ज़बान को और तेज कर दिया है।

उनसे पीछा छुड़ाकर आगे चले तो तरकारी का थैला लिए रामू दादा मिल गए। हम लोगों ने नमस्ते की तो कुछ देर हमें देखते रहे, फिर मेरे सिर पर चपत मार कर साबित कर दिया कि वे हमें भूले नहीं हैं। खींच कर घर ले गए और चाय पिलायी। उनके घर से हमारा पुराना मकान दिखायी पड़ता था जहाँ नये किरायेदारों के बच्चे खेल रहे थे। उनकी किलकारियों में हमारा बचपन जाग रहा था। मकान-मालकिन हमेशा की तरह उन बच्चों को कोस रही थी। मैंने भैया के कान में कहा, "तुम जब अपने घर का मुहूर्त करो तब उस बुढ़िया को अवश्य बुलाना।"

अंत में पहुँचे पंडिताइन मौसी के घर। मौसी के बाल सन की तरह सफ़ेद हो गए थे पर उन पर वह शीशफूल अभी चमक रहा था। यह उनका एकमात्र गहना था जो किसी जजमान की स्त्री ने पुत्र-जन्म की खुशी में दिया था। बचपन में भैया अकसर उसी से झूल जाता था। तब वे कहतीं, 'अरे, छोड़ दे रे दुष्ट ! मरूँगी तो यह तेरी बहू को ही दे जाऊँगी।' मैंने अपनी कल्पना में रीता को वह शीशफूल लगाए देखा और मुझे हँसी आ गयी। मौसी की दशा विचित्र-सी हो गयी थी। हर्ष और शोक—दोनों से विह्वल होकर उन्होंने हमें चिपटा लिया। हम तीनों इस तरह रोये मानो माँ का कल ही देहांत हुआ हो। बड़ी देर बाद वे सँभल पाईं। बोलीं, "बेटा, किसी दिन बहू को भी तो ले आना। देखकर आँखें ठंडी कर लूँ।"

मैंने भैया की रक्षा करते हुए कहा, "मौसी, किसी दिन अपने लड़के का महल भी तो देख आओ।" और विस्तार से उन्हें भैया की वैभव-गाथा सुना दी। वे भी रस ले-लेकर सुनती रहीं और बलाएँ लेती रहीं।

हम लोग जब गली से बाहर आए तो मन बड़ा हल्का हो रहा था, इसलिए नहीं कि पुराने लोग मिल गए थे बल्कि इसलिए कि उनके माध्यम से हम दोनों भाई-बहन वर्षों

की दीवार चीर कर फिर से एक मन एक प्राण हो सके थे।

चौराहे पर मन्नालाल हलवाई की दुकान पर जब भैया रुका तो मैंने कहा, "हद है भैया, अब भी क्या पेट में जगह रह गई है ?"

"अरे दीदी, मिठाई तो मैं अपने प्यारे जीजाजी के लिए ले रहा हूँ जिनकी तोंद ससुराल की मिठाई के अभाव में दुबला रही होगी।"

"शैतान !" मैंने कहा, पर उसने हँसते हुए एक गुलाबजामुन मेरे मुँह में ठूँस दिया और मेरी साड़ी के पल्लू से ही हाथ पोंछ लिए।

कन्यादान

दूध जलने की अजीब-सी गन्ध पाकर मेरा माथा ठनका। मशीन छोड़कर रसोई में झाँका तो देखा, दूध उफन-उफन कर चूल्हे में जा रहा है और सुम्मी का कहीं पता नहीं।

"सुम्मी ?" मैंने चूल्हे से लकड़ी खींचते हुए आवाज़ दी। जब कोई जवाब नहीं मिला तो मैं अनायास ही बैठक की ओर मुड़ गई। सुम्मी खिड़की के पास खड़ी अपलक सड़क की ओर निहार रही थी।

"तू यहाँ खड़ी है और उधर दूध···"

"दीदी को शायद फिर कोई देखने आये हैं।" उसने मेरी बात अनसुनी करके कहा।

"अच्छा।"अब तो मुझे भी कुतूहल हुआ। देखा, दद्दू की आलीशान गाड़ी के साथ एक और भी खूबसूरत कार सड़क पर खड़ी है। योगेश कार के दरवाज़े पर सबकी अगवानी कर रहा था और दद्दू सीढ़ियों पर हाथ जोड़े खड़े थे।

जब सब लोग साथ वाले मकान में अदृश्य हो गये तो मैं वापस मशीन पर आकर बैठ गयी। सुम्मी भी मेरे साथ चली आई। पर अब सिलाई में मन नहीं लग रहा था।

"लड़का कौन-सा था री ? वह नीले सूट वाला या हरे स्वेटर वाला ?" मैंने कहा।

"तुम भी माँ ग़ज़ब करती हो। जीजी के लिए वह स्वेटर वाला कैसा लगेगा ज़रा सोचो तो।"

सुम्मी ठीक ही कह रही थी। राजी के साढ़े पाँच फुटी क़द के सामने अच्छे-अच्छे लड़के भी बोने लग उठते थे। कितनी ही जगह सिर्फ इसी कारण रिश्ता नहीं हो सका था। तब से लड़के की ऊँचाई का ख़ास ध्यान रखा जाता था।

सोचते-सोचते मन हठात् उदास हो आया। दो साल पुरानी वह बात याद आ गई। कितना अच्छा घर था। लड़का इंजीनियर, बाप डिप्टी कमिश्नर। ऊँचाई पाँच फुट साढ़े आठ इंच थी, फिर भी राजी के सामने ज़रा-सा लग रहा था और राज़ी ने मना कर दिया था।

दूसरे दिन योगेश घर पर आया था। पहले तो उसने राजी को खूब कोसा था। फिर बोला, "चाचीजी ! इतना अच्छा लड़का हाथ से जाने देना नहीं चाहते पिता जी। उन्होंने कहा है कि सुम्मी के लिए बातचीत कर ली जाये। अभी दो दिन और वे लोग

शहर ही में हैं। देखने-दिखाने का कहें तो इन्तज़ाम हो भी सकता है।"

मेरे मुँह में तो जैसे पानी भर आया, बड़ी आशा से सुम्मी के पिता जी की ओर देखा। पर इन्होंने बड़ी विद्रूप मुस्कुराहट के साथ कहा था, "योगेश ! अपने पिता जी से कहना, अपनी बेटी की जूठन यहाँ न भेजें। सुम्मी का बाप अभी जिन्दा है।"

योगेश अपना-सा मुँह लिये लौट गया था।

हूँ। बड़ी शान से कह दिया था कि उसका बाप ज़िन्दा है। बाप ऐसे ही तो होते हैं ! दो साल में कितने लड़के देखे हैं ?

दद्दू को देखो, सारा हिन्दुस्तान छान मारा है। कहाँ-कहाँ से लड़के ढूँढ़ लाते हैं। पर राजी की कुंडली में पता नहीं कैसे योग हैं ! कहीं उसकी ऊँचाई आड़े आ जाती है, तो कहीं डबल एम॰ ए॰ की डिग्री। कभी जीजी को घर पसन्द नहीं आया, कभी राजी को वर। और दद्दू या योगश फिर घूमना शुरू कर देते हैं। जब भी वे लोग कोई लड़का नापसन्द कर देते हैं तो मेरा मन उस बच्चे की तरह दुखी हो जाता है जो खुद ख़रीदकर मिठाई खा नहीं सकता, दूसरों की फेंकी हुई उठा नहीं सकता और तरस कर रह जाता है।

इन सब बातों को सोच-सोच कर आजकल मेरी आँखें अपने-आप ही भर आती हैं और किसी काम पर बैठना कठिन हो जाता है।

ये तो दिन-भर बाहर रहते। दिन-भर इतनी बड़ी लड़की आँखों के सामने रहने पर मेरी छाती में कैसा क्या होता रहता है, इन्हें क्या पता ? कहते हैं, "तुम नाहक फ़िक्र करती हो। आजकल तो पच्चीस साल से पहले कोई लड़कियों की शादी की बात सोचता भी नहीं।"

ठीक है, लेकिन वे लड़कियाँ क्या दिन-भर इस तरह घर में बैठी रहती हैं। लड़की को कालेज आप भेज नहीं सकते, खर्च नहीं पूरा पड़ता इसलिए। नौकरी नहीं करवायेंगे, क्योंकि इससे आपकी बेइज्ज़ती होती है। फिर वह बेचारी क्या करे दिन-भर, माँ के साथ खाना बनवाये, सिलाई करवाये या…।

"माँ, दद्दू आ रहे हैं ?"

"कौन ?" मैंने अपनी विचार-तन्द्रा से जागते हुए सुम्मी से प्रश्न किया।

"दद्दू आ रहे हैं। पिछले रास्ते से छत पर होकर आ रहे हैं।"

मैं तो अवाक् रह गई। दद्दू पता नहीं कितने सालों बाद इस घर में आये थे। चार-पाँच साल पहले मुनीश बहुत बीमार हो गया था तब आये थे, बड़े डाक्टर को लेकर।

"बहू !"

रसोई की चौखट पर खड़े होकर दद्दू ने आवाज़ दी। मैंने माथे तक पल्लू खींच कर उनके पाँव छुए और एक ओर खड़ी हो गई।

"बहू ! ज़रा सुम्मी को तैयार करके मेरे साथ भेज दो। राजी को देखने ढेर सारे मेहमान आ गये हैं। उसकी माँ बाहर मेहमानों के पास बैठी है। योगेश की बहू रसोई में अकेली है। सुम्मी साथ रहेगी तो थोड़ा सहारा हो जायेगा।" उन्होंने कहा।

मैंने सुम्मी की ओर देखा, उसकी आँखों में इनकार साफ़ झलक रहा था। मैंने आँखों से उसे आदेश दिया और वह पैर पटकती हुई तैयार होने चली गई।

दद्दू को मैंने एक मोढ़ा खींचकर दिया और सुम्मी के पीछे-पीछे चली आई यह सोचकर कि ऐसा न हो सिलबिल-सी चली जाए और जीजी को उसका रिश्ता बताते हुए शर्म लगे। चार औरतें बाहर की आई थीं। क्या पता कोई घर देखने के बहाने रसोई तक भी आ जाये।

सुम्मी तो जैसे भरी बैठी थी। मुझे देखते ही भड़क उठी, "उनके सब नौकर-चाकर मर गये क्या जो हमें याद किया गया है ? हम नहीं जायेंगे।"

"ऐसे नहीं कहते पगली ! वे खुद चल कर बुलाने आये हैं। वैसी ही कोई ज़रूरत पड़ गई होगी, नहीं तो भला आज तक कभी ऐसा हुआ है," मैंने उसे समझाया।

तब बड़े बेमन से उसने अपना सन्दूक खोला। मैं चुपचाप बाहर निकल आई। अपने मामा की दी हुई बैंगनी रंग की अम्बिका सिल्क पहनकर जब वह बाहर आई तो गले में जैसे कुछ अटक-सा गया। हाथ में, गले में, सारे शरीर पर कहीं सोने का एक तार भी नहीं था, फिर भी लड़की जैसे लक्ष्मी का रूप लेकर ही इस धरत पर आई थी। याद आया, यह छोटी थी तो दद्दू उसे राजलक्ष्मी की जोड़ी के लिए भाग्य-लक्ष्मी कहते थे। राजी तो सचमुच राजलक्ष्मी है पर मेरी यह अभागी बिटिया...वह नाम जैसे उसका उपहास ही बन गया था।

दद्दू के साथ उसे भेजकर मैं पता नहीं कितनी देर सुम्मी की ही बात सोचती रही। वह पूरे चार साल बाद उस घर में कदम रख रही थी। अलग होने के बाद इन दो घरों में ही नहीं, हम लोगों के दिलों में भी दीवार खड़ी हो गई थी। तब से मैंने सिर्फ़ योगेश की शादी में ही वहाँ पाँव दिया था। उस समय भी उपेक्षा, अपमान और तिरस्कार की ऐसी सौगात पाई थी कि दुबारा जाने की इच्छा ही न हुई थी।

फिर भी मैं होली, दिवाली, दशहरा और संक्रान्ति पर बच्चों को बड़ों के पैर छूने भेजती। राखी, भाई दूज पर लड़कों को अवश्य भेजती, जिससे कोई यह न कहे कि देने के डर से मुँह छिपा गए हैं। दिया हुआ सब दुगना करके योगेश, लोकेश, सुम्मी के बहाने लौटा जाते। अजीब-से सम्बन्ध हो गए थे, न छोड़ते बनता था न निभाते।

जैसे-जैसे बच्चे बड़े होते हुए समझने लगे कि उस घर में वे लोग हिकारत से देखे जाते हैं, सबसे पहले सुम्मी ने वहाँ जाने से इनकार किया। दूसरे वर्ष मुनीश ने भी उसका अनुकरण किया। गिरीश और सतीश तो अभी छोटे थे पर इस साल से हरीश भी विद्रोही दल में शामिल हो गया था।

और कोई बुलाने आता तो सुम्मी तो आज भी न जाती। पर दद्दू की बात और थी। उनकी बात टाली नहीं जा सकती थी। उनके लिए सबके मन में एक ऊँचा आसन है। बँटवारे के बाद भी उस स्थिति में फ़र्क़ नहीं आया। ये मुँह से चाहे जो भी कहते रहें, दद्दू की बात टाल दें ऐसा साहस इनका भी नहीं था।

और झगड़ा दद्दू से था ही कब ? बैर तो देवर-भाभी के बीच था, दद्दू उतने ही निरीह थे जितनी कि मैं, और इस रोज़-रोज़ की खटपट से उतने ही त्रस्त भी।

जीजी यह देखकर चिढ़ती थी, कि लाला जी दिन-भर बैठकर ताश खेलते हैं या सिगरेट फूँकते हैं। खानदानी कारोबार में ज़रा भी हाथ नहीं बँटाते। साल दो साल बाद घर में एक प्राणी की वृद्धि करना ही उनके पुरुषार्थ की सीमा है।

देवर को यह कोफ़्त होती थी कि भाभी ठसक किसे दिखाती है, वे किसी और का नहीं, अपने बाप का माल खा रहे हैं। पर कौन समझाता कि बाप की कमाई कोई जिन्दगी-भर बैठ कर नहीं खा सकता। और दद्दू न होते तो घर की ईंटें तक बिक गई होतीं।

और फिर एक दिन विस्फोट हो ही गया था। कारण चाहे जो भी रहा हो, सालों से सुलगती आग को बाहर आने का मौक़ा मिल गया। कहनी-अनकहनी सारी उस दिन ज़बान पर आ गई थी। और यह बात भी कि अब आगे साथ रहना नहीं हो सकता।

दद्दू उस दिन भी बिल्कुल शान्त बने रहे। तूफ़ान थमने के बाद भाई को बुलाकर उन्होंने नगदी, सोना, चाँदी सबका बराबर हिस्सा सम्हलवा दिया। नाप-जोख करके मकान दो हिस्सों में बाँट दिया। नई सड़क पर एक नई फैन्सी क्लाथ की दुकान लेकर दे दी।

मुझे अलग हो जाने से ज़रा भी खुशी नहीं हुई। दद्दू के बच्चों पर मेरी बहुत ममता थी, पर रोज़-रोज़ की किलकिल से छुटकारा पाने की राहत ज़रूर महसूस की।

तीन महीने बीतते-बीतते इन्होंने बकना शुरू किया, "बाप-दादों की दूकान तो लोग-बागों ने अपने लिए रख ली, हमें नई जगह पर बिठा दिया है। भला हमें कोई पूछता है वहाँ !

बात दद्दू के कानों तक भी गई और दूसरे ही हफ़्ते दूकानों की अदला-बदली भी हो गई। साथ ही दोनों मकानों के बीच एक लम्बी-सी दीवार भी डल गई।

मैं योगेश-राजी को देखने के लिए तरस गई पर जीजी के रोज़-रोज़ ताने भी अब नहीं सुन पड़ते थे।

दूकान नई हो या पुरानी, चलाने से ही तो चलती है। देखते-ही-देखते दद्दू की नई दूकान भी चल निकली। बी॰ कॉम॰ के बाद योगेश ने भी पास ही में एक रेडीमेड कपड़ों की दूकान खोल ली। लोकेश के लिए एक फैक्टरी खोली गई थी और वह

उसकी ट्रेनिंग के लिए अमेरिका चला गया था।

अब इनको यह शिकायत है कि दद्दू ने सारे पुराने ग्राहक अपनी ओर तोड़ लिए हैं। पहले-पहल तो मुझे भी इन किस्सों पर विश्वास आ जाता था, पर बाद में समझ गई कि अपनी अकर्मण्यता पर पर्दा डालने के बहाने हैं सब। पुराने न सही इतने दिनों में तो नये ग्राहक भी जुट सकते थे। दूकान को ताश का अड्डा बना लेने का अंजाम तो यही होता है। (जो आदमी मुझे यह खबर दे गया था उसके सातों पुरखों का इन्होंने तर्पण कर डाला था।)

धीरे-धीरे सारी कैश चुक गई। फिर चाँदी का नम्बर आया। फिर एक-एक करके मेरे गहने भी जाने लगे तब घबरा कर मैंने दद्दू के पास सन्देश भिजवाया। उन्होंने खुद जाकर दूकान का मुआयना किया और दूकान में पार्टीशन डलवाकर आधा हिस्सा एक डिस्पेन्सरी के लिए किराये पर उठवा दिया। किराया सीधा मेरे पास पहुँचे यह व्यवस्था भी कर दी। इन्होंने बहुत हाय-तौबा मचाई। जो जी में आया बकते रहे, पर दद्दू की व्यवस्था को बदलने का साहस न कर सके। इससे भी पूरा न पड़ा तो मैंने छत के तीन कमरे और रसोई अपने लिए रख कर नीचे का सारा हिस्सा किराये पर उठा दिया। ऊपर रहने में ढेर-सी असुविधाएँ थीं, पर एक सुविधा थी सबसे बड़ी कि ऊपर वाला हिस्सा अकेला था और मेरी रसोई में क्या पकता है किसी को पता नहीं चलता था।

अपने घर में तो कोई भूखा-प्यासा भी रह लेता है लेकिन बेटी का ब्याह। उसके लिए तो हाथ-पाँव मारने पड़ते हैं। यह काम तो औरतों के करने का नहीं है। दिन-भर घर में बैठी लड़की सूखती जा रही थी और मैं कुछ नहीं कर पा रही थी।

धम-धम पैर पटकती हुई सुम्मी लौटी तो मेरा ध्यान बटा।

"क्यों री ! गए क्या वे लोग ? कैसा है लड़का ? राजी से तो ऊँचा ही बैठेगा न ? कितने लोग थे ? लड़के की माँ भी थी क्या ?" तमाम सवाल मैंने एक साथ पूछ डाले।

पर सुम्मी ने मेरी एक भी बात का जवाब नहीं दिया और भड़ाक से दरवाज़ा बन्द करके साड़ी बदलने चली गई। मुझे अपने ही ऊपर शर्म आई। कैसे-कैसे प्रश्न पूछ बैठी मैं ? मुझे इसकी भावनाओं का ज़रा तो खयाल करना चाहिए। बेचारी का मन कितना कुढ़ रहा होगा कि ताऊजी के यहाँ तो इतनी दौड़-धूप हो रही है, खोजबीन हो रही है, और यहाँ !

अभिमान के मारे अपने भैया के आगे कभी हाथ नहीं फैलाया था। पर अब कल ही लिख दूँगी कि आकर इसे लिवा ले जायें और जैसे भी हो पार लगा दें। शुक्र है भगवान का कि एक लड़की दी। नहीं तो किस-किसके आगे हाथ पसारती ?

रात खाना परोसते हुए मैंने इनसे बताया, "आज फिर राजी को देखने आए थे।"

"वैरी गुड।" इन्होंने हँस कर कहा, "बाप ने ब्लैक में खूब जमकर कमाया है।

अब छोकरी सब हिसाब बराबर कर रही है। आठ-दस हज़ार तो अब तक देखने में ही खर्च हो गए। शादी तो अभी बाक़ी है।"

मुझे बात का यह ढँग अच्छा नहीं लगा। कहा, "जब संयोग बनेगा तभी न शादी होगी ! बेचारे कोशिश करने में तो कोई कसर नहीं छोड़ रहे हैं।"

"और मैं हाथ-पर-हाथ धरे बैठा हूँ, यही कहना चाहती हो न ?" इन्होंने यकायक गरम होते हुए कहा, "ठीक तो है। मैं ददूदू की तरह हाई क्लास का आदमी नहीं हूँ। रोज़-रोज़ इस तरह आ आयोजन नहीं कर सकता तो तुम सोचती हो मुझे कोई फिक्र ही नहीं है। ठीक है, तुमने मेरे बारे में इससे ज्यादा सोचा ही कब है ?" और थाली सरका कर उठ खड़े हुए। सुपारी तक बिना खाए बाहर चले गए।

मैं बड़ी देर तक वहीं चौके में सिर थामे बैठी रही। इस तरह के सीन आए दिन होते ही रहते थे और हर बार मेरा मन पहले से अधिक उदास हो जाता। जब भी राजी को कोई देखने आया, मैं इनके कानों में यह बात जरूर डालती। मन में एक आशा-सी बनी रहती कि कभी तो इनके अन्दर का बाप जागेगा। पर सिवा बड़े भाई को गालियाँ देने के इनसे कुछ नहीं होता था। बहुत हुआ तो मूड़ खराब हो जाने का बहाना करके बाहर निकल जाते और आधी-आधी रात तक घर नहीं लौटते थे।

किसी तरह अपने सोच-विचार को परे धकेल, मैंने रसोई समेटी और बिस्तर पर आकर पड़ रही। दबी-दबी सिसकियों की आवाज़ सुनकर देखा सुम्मी तकिये में मुँह गड़ाकर रो रही है। मैं उठकर उसके पास गई तो प्यार से उसके सिर पर हाथ फेरती रही। उस छोटे-से घर की चहारदीवारी में दुःख सहते-सहते हम लोगों का रिश्ता माँ-बेटी का न रहकर सखियों का सा हो गया था। एक-दूसरे की व्यथा हम लोग बिना कहे ही समझने लगी थीं।

"देख लली," मैंने उसे थपकते हुए कहा, "तू कुछ दिनों के लिए अपने मामा जी के यहाँ हो आ। और कुछ नहीं तो इस रोज़-रोज़ की चख़चख़ से ही छुटकारा मिल जाएगा। बाहर रहेगी तो उतना ही मन अच्छा रहेगा।"

"हमें कहीं नहीं जाना है।" उसने उसी तरह तकिये में मुँह छिपाए हुए कहा।

"क्यों नहीं जाना है ? भाभी हर चिट्ठी में तेरे लिए लिखती रही है। उन लोगों ने एक-दो जगह बात भी···।"

"माँ," सुम्मी एकदम उठ बैठी। नाइट लैम्प की रोशनी में उसका तमतमाया चेहरा साफ नज़र आ रहा था।" माँ ! तुम्हें कसम है, जो तुमने किसी से मेरी शादी के लिए कहा। मैं कुँवारी रह जाऊँगी। तुम मेरे लिए चिन्ता मत करो।"

"लेकिन ऐसा हुआ क्या है ?"

"क्या हुआ है ? तुम्हारे लिए तो शायद कुछ नहीं हुआ है," उसने अजीब-से लहजे में कहा, "पर तुम्हें पता है तुम्हारे इस पागलपन की वजह से आज तुम्हारा, मेरा, हम

सबका कितना अपमान हुआ है ? क्यों जिस-तिस से मेरी शादी की चर्चा करती रहती हो ? क्यों कहा था तुमने दीदी से ? क्यों कहा था ?…" और देखते-देखते उसका चेहरा फिर आँसुओं से भीग उठा।

मैं तो एकदम जड़ होकर रह गई। मैं राजी से सुम्मी की शादी की चर्चा करूँगी ? वह कौन-सी पुरखिन हो गई है ?

लेकिन तभी वह प्रसंग याद आ गया जब राजी से पिछली मुलाकात हुई थी। नवरात्र में रोज मन्दिर जाने का मेरा नियम था।

वह शायद अपनी सहेलियों के साथ दर्शनों के लिए आई हुई थी। मुझे देखा तो दौड़ी आई और इतने लोगों के बीच मेरे पाँव छू लिए। संकोच और ममता से भरकर मैंने तो उसे अपने से भींच ही लिया। आसपास घूरती हुई आँखों का भान हुआ तब मैंने धीरे से उसे अपने से अलग किया। अपने दोनों हाथों से मेरे कन्धे पकड़कर वह देर तक मुझे देखती रही।

"क्या बात है चाची ? बीमार थीं क्या ? कितनी दुबली हो रही हो ? किसी को दिखाया भी था…?"

देखते-देखते वह बचपन वाली राजी बनी जा रही थी और मुझे रोना आ रहा था। उसे बीच ही में टोककर मैंने कहा, "मुझे कुछ नहीं हुआ है लली, बहुत दिनों बाद देख रही हो न, इसीलिए ऐसा लग रहा है।"

"बेकार की बातें रहने दो चाची ! तुम सचमुच बीमार हो और छिपा रही हो। इतनी दुबली तो तुम कभी नहीं थीं। बताओ, मेरे सिर पर हाथ रखकर कहो कि तुम बिल्कुल ठीक हो।"

"दो-दो लड़कियाँ घर में बैठी हैं—यह मेरे मर जाने के ही तो दिन हैं, क्यों ?" मैंने प्यार से उसके गाल थपथपाते हुए कहा।

"यही तो अन्याय है। सारी चिन्ता तुम लोग अपने सिर पर ले लेती हो और फिर लड़कियों की हालत देखो क्या हो जाती है ?" और उसने अपने भरे-पूरे शरीर की ओर देखकर मुँह बिचका दिया।

लौटते हुए सारे रास्ते मेरी आँखों के सामने राजी का गदराया बदन और खिला-खिला चेहरा घूमता रहा। और मेरी सुम्मी ? दिन-भर घर की चहारदीवारी में कैद, माँ की गृहस्थी का भार ढोती हुई, माँ का दुख बँटाती हुई सूखती जा रही है, कुम्हलाती जा रही है…।

और सुम्मी कहती है मैंने राजी से सुम्मी की शादी की बात की थी ! शायद मज़ाक में कही हुई उस बात में अनजाने ही मेरी व्यथा मेरी चिन्ता उभर आई थी ?

मुझे ज्यादा सोचना नहीं पड़ा। कुछ शान्त होने पर खुद सुम्मी ने ही धीरे-धीरे सारी बात बतला दी।

मुझसे मिलने के बाद राजी ने एक दिन दद्दू से चुपचाप कह दिया था कि चाची सुम्मी की शादी की चिन्ता में सूखती जा रही हैं। दद्दू खुद भी चिंतित थे, पर एक बार अपमानित हो जाने के कारण इस झमेले में पड़ना नहीं चाहते थे।

इस बार राजी को देखने जो लड़का आया था, वह शहर में अपनी फूफी के यहाँ ही रुका हुआ था। शाम को जो लोगबाग आये थे, उनमें लड़के का फुफेरा भाई भी था—वही स्वेटर वाला। सब लोगों के साथ यह बात उठी कि यह लड़का सुम्मी के लिए ठीक रहेगा।

योगेश पर मेहमानों का भार छोड़कर दद्दू चुपचाप पिछले रास्ते सुम्मी को बुलाने आए थे। वे जानते थे किसी और के बुलाने पर वह आयेगी नहीं।

सुम्मी को सीधे ड्राइंगरूम में ले गए। सबसे परिचय करवाने के बाद उसे राजी के पास बिठा दिया गया था। राजी ने फुसफुसाकर उसे बता दिया था कि वह स्वेटर वाले को अच्छी तरह से देख ले।

यहाँ तक तो सब ठीक ही हुआ था। उन लोगों के जाने के बाद सुम्मी आने ही लगी थी कि राजी ने हाथ पकड़कर रोक लिया था। बरसों बाद मिली थीं वे, और उन लोगों के सामने बातचीत ज़रा नहीं हो पाई थी।

गपशप और नाश्ते में दोनों बहने डूबी हुई थीं कि सामने वाले कमरे से सास-बहू की बातचीत सुनाई दी, "लड़की तो लाकर दिखा दी, पर यह भी सोचा है कि कितनी ऊँची उड़ान है—" जीजी कह रही थी, "लेना-देना तो अलग उन लोगों के रुतबे के लायक़ इत्रपान भी हो सकेगा ? वे दिन गए जब लोग खानदान भर देखकर लड़की ब्याह लेते थे।"

"तो परवाह क्या है माता जी ?" योगेश की बहू ने कहा, "जब ताऊजी ने इतना धर दिखाया है तो शादी कर पाने का ज़िम्मा भी उनका ही रहा।"

दद्दू शायद आसपास ही कहीं थे। गरज कर बोले, "बहू, शादी का ख़र्च चाहे सुम्मी के ताऊ जी उठायें या उसके पिताजी तुम्हारे पीहर से कुछ नहीं माँगेंगे।' इतमीनान रखो।"

इसके आगे सुम्मी नहीं सुन सकी थी और राजी का हाथ छुड़ाकर भाग आई थी।

सारी बात सुनकर समझ में नहीं आया कि मुझे खुश होना चाहिए या उदास। दद्दू के लिए ज़रूर श्रद्धा उमड़ आई। अपनी लाड़की नाज़ोपली बहू को आज उन्होंने मेरी सुम्मी के लिए कठोर शब्द कहे थे। यह जानकर खुशी तो हुई पर डर भी लगा। उस घर का वातावरण इस घटना के बाद कैसा होगा, इसकी कल्पना की जा सकती थी। ग़नीमत थी कि नीचे वाली बाई उन दिनों छुट्टी पर थी, नहीं तो घर में तूफ़ान उठे बिना नहीं रहता। नर्स बाई जानती थी कि देवर-भाभी को लड़वाना कितना आसान

है"। मुफ्त का तमाशा देखने में किसी को क्या ऐतराज हो सकता है।

पाँच-छः दिन बाद योगेश आया। चाचाजी तो घर पर नहीं हैं न ? उसने बाहर ही से पूछ लिया था।

"चाची ! उन लोगों का सन्देश आ गया है। उन्हें सुम्मी पसन्द आ गयी है, आप लोग क्या कहते हैं बताइये।" उसने बैठते ही शुरू किया।

खुशी के मारे मैं मूक-सी हो गई। उसने मेरी चुप्पी का दूसरा अर्थ लेते हुए कहा, "लड़का जल्दी में आप को दिखाया नहीं जा सका, लेकिन वे लोग यहीं के हैं—किसी भी दिन देख आइएगा। फ़ोटो यह रहा। लड़का डॉक्टर है। प्रैक्टिस अभी जमी तो नहीं है पर पिता की रेप्यूटेशन अच्छी है, जल्दी ही चलने लगेगी। आपने डॉक्टर अवधबिहारी का नाम सुना है न ? उसी का लड़का है।"

"लड़का तो अच्छा है भैया। फिर दद्दू ख़राब थोड़े ही देखेंगे।"

"ये आप कह रही हैं। हमारे यहाँ आकर सीखिये नुक्स कैसे निकाले जाते हैं ?" उसने कहा।

"क्यों, क्या हुआ ? लड़का तो अच्छा था। मैंने खिड़की से देखा था।"

मैंने अपनी ताक-झाँक वाली बात कह दी और झेंप गई। पर योगेश अपनी ही धुन में था, बोला, "इस बार जानती है क्या बात हुई ? लड़के का इनटेलेक्चुअल स्टैंडर्ड नहीं जमा मेम साहब को। वह मिलेट्री का जवान है, बी. एस-सी. पास है। पर इनकी तरह लेक्चर नहीं झाड़ता है न, इसीसे इन्हें पसन्द नहीं आया। मैंने तो चाची, आज ही दो दर्जन जूतों का आर्डर दे दिया है।"

राजी पर इतना गुस्सा आया। पिता और भाई पाँच साल से परेशान हो रहे हैं पर इनके मिज़ाज ही नहीं मिलते। मेरी सुम्मी की सी दशा होती तो पता चलता।

रात मैंने किस उत्साह से इन्हें यह ख़बर सुनाई। इस बार जूठन वाला मामला नहीं था। लड़का सुम्मी के लिए ही देखा गया था। फिर भी इन्हें बिगड़ना था सो बिगड़े भी।

"वाह ! बड़ी जल्दी याद आया कि लड़की के बाप भी है उसे कसना चाहिए। उनसे कहो इतना किया है तो कन्यादान भी कर दें...हूँ ह! लड़की उन्हें पसन्द आने से ही हो जाएगा। हमें भी तो लड़का पसन्द हो।"

"लड़का अच्छा है, मैंने देखा है। शहर ही में तो है। आप जाकर देख आइए। पर घर आया इतना अच्छा रिश्ता मैं जाने नहीं दूँगी।" मैंने अनुनय के स्वर में कहा।

"जाकर देख आने से ही सब कुछ हो जाएगा ? और उन लोगों ने मुँह फाड़कर कुछ माँगा तो क्या करूँ ? घर लौट आऊँ या नदी में डुबकी लगा जाऊँ ?"

उस दिन पहली बार मन में उनके लिए तिरस्कार जागा। जब भी कोई समस्या सामने आई कि मरने-जीने की बातें करने लगेंगे। लेकिन हर बार की तरह यह समस्या

तो समाप्त होने वाली नहीं थी। यह तो लड़की की तरह दिनों-दिन बढ़ती ही जाती। उद दिन मैंने खूब जली-कटी सुनाई। न बच्चों का ख्याल किया, न पड़ोसियों का। पर इतने दिनों से संचित सारा रोष उँड़ेल देने के बाद भी मन हल्का नहीं हुआ, उल्टे और भारी हो गया।

"यह घर बेच दीजिए। एक बार वह घर से चली जाए तो मैं बच्चों को लेकर सड़क पर भी रह लूँगी।"

मैंने आख़िर में कहा, पर कहते याद आया, यह घर भी कहाँ अपना था ! आधे से ज्यादा तो रहन पड़ा था।

थकहार कर मैं जाकर अपने बिस्तर पर लेट रही। क्या पाप किया था मैंने जो ज़िन्दगी-भर इस अकर्मण्य आदमी के पल्ले बँध गई थी ? ग़रीबी से मुझे डर नहीं लगता। अपने पति का साथ हो तो झोंपड़ी भी अच्छी लगती है, नमक-रोटी में भी स्वाद मिलता है। फिर दसवीं तक पढ़ी हुई थी मैं। इनकी रईस खयाली आड़े नहीं आती तो गृहस्थी का बोझ उठाने के लिए नौकरी भी कर सकती थी। दुःख का बोझ अगर बाँट लिया जाए तो इतना भारी भी नहीं लगता। पर इन्होंने ज़िन्दगी-भर क्या किया ? सिर्फ़ दूसरों को कोसा ही है। कभी दद्दू को कि उन्होंने ठग लिया मुझे, इसलिए कि मेरे आते ही लक्ष्मी उनसे रूठ गई थी। कभी बच्चों को कि वे अपने साथ भूख और बीमारी के अलावा कुछ नहीं लाए। जीवन में एक तो ऐसा काम करके दिखाते कि मैं गर्व से सिर उठाकर चलती ?...

एक दिन सुबह-ही-सुबह मुनीश ने ख़बर दी कि दद्दू आ रहे हैं। हम लोग रसोई में चाय पी रहे थे। बाहर वाले कमरों में बिस्तर फैले हुए थे। मैंने और सुम्मी ने जल्दी बिस्तर समेटे। तब तक दद्दू ऊपर आ गए। बगुले के पंख सी धोती-कुर्ता पहने माथे पर चन्दन का टीका लगाए। सीधे मन्दिर से आ रहे थे शायद। मैंने सिर पर पल्ला लेकर उनके पाँव छूए और इन्हें बुलाने भीतर गई। जंगी व अंडरवीयर पहने ये चूल्हे के पास मज़े से ताप रहे थे। मन-ही-मन भाइयों की तुलना कर डाली और विषाद से भर उठी।

"बाहर दद्दू बैठे हैं।" मैंने पजामा पकड़ाते हुए कहा, "और ज़रा ढंग से ही बोलना।" उनके गुस्से की परवाह किए बिना मैंने समझाया।

वे कमरे में चले गए। मैं दरवाज़े से कान लगाये खड़ी रही।

"योगेश मिला था ?" दद्दू ने सवाल किया।

"जी हाँ।"

"उस रिश्ते के बारे में क्या तय किया तुमने ?"

"जी मैंने योगेश को बना दिया था। लड़का हमें पसन्द नहीं है।"

मैं तो दंग रह गई। इन्होंने बाहर ही बाहर इस तरह जवाब भी दे दिया और

मुझे बताया तक नहीं। दुःख और क्रोध से मेरा सारा शरीर काँपने लगा।

उधर दद्दू ने प्रश्नों की झड़ी लगा रखी थी। "किसे पसन्द नहीं है ? तुम्हें ? बहू को या सुम्मी को ? नापसन्द करने जैसा उसमें क्या है ? रंग-रूप, विद्या, बुद्धि, कुल, गोत्र किस चीज़ में तुम्हें दोष नज़र आया ?"

जीवन में पहली बार मैंने दद्दू के सामने बोलने का साहस जुटाया, "जी, लड़के में तो रत्ती-भर का भी दोष नहीं है। इतने ऊँचे घर में सम्बन्ध करने से संकोच हो रहा था इसी से··· ।"

"तो हमारा घर नीचा है ?" दद्दू गरजे, "रही दान-दहेज की बात तो कोई उनके दरवाज़े तक गया भी है पता लगाने ?"

"वे दान-दहेज न भी लें तब भी यह शादी नहीं हो सकती। मेरी इतनी हैसियत नहीं है।" बड़ी देर बाद इन्होंने मुँह खोला।

"तुम अगर सोचते हो कि कोई नारियल-सुपारी के साथ तुम्हारी बेटी ब्याह कर ले जाएगा तो भइये, हिन्दुस्तान में अभी पचासों साल तक वह दिन नहीं आएगा।" दद्दू ने कहा।

"जी, मैं चाहता भी नहीं कंगालों की तरह शादी करना। बस ज़रा सुविधा जुटा रहा हूँ।"

"तुम जिस तरह से सुविधा जुटा रहे हो उसके इन्तज़ार में तो लड़की बूढ़ी हो जाएगी। भइये, फूस की आग पर तापना बड़ा मुश्किल है। जुआ, चाहे सरकारी लौटरी का हो या मटके का–किसी का घर नहीं भरता। मैंने लोगों को रातोंरात कंगाल होते देखा है।" भावावेश में उनका गला भर आया। वे शायद और भी कुछ कहते पर इनके तमतमाये चेहरे को देखकर चुप रह गए। पत्नी के सामने इस तरह अपमानित होना इन्हें शायद अच्छा नहीं लग रहा था।

"खैर, जैसे भी तुम ठीक समझो। बहू ! ये पासबुक रखो। ये पैसा सिर्फ़ सुम्मी की शादी के लिए ही रख छोड़ा था। यह रिश्ता पसन्द नहीं तो कोई बात नहीं, दुनिया में और भी लड़के हैं। लेकिन सिर्फ पैसों की तंगी के कारण लड़की को ज़्यादा दिन तक घर में बिठाकर तो नहीं रख सकते हम।"

उन्होंने पासबुक तिपाई पर रखी ही थी कि वे कड़े स्वर में बोल उठे, "ये आप ले जाइए। ग़रीब सही हम लेकिन भिखारी नहीं हैं।"

"मैं भी कोई महात्मा नहीं हूँ जो तुम्हें दान दे रहा हूँ।" दद्दू ने भी कड़ककर जवाब दिया, "गाँव का मकान बेचकर जो रुपये हाथ आए थे–उनमें से आधे तुम्हारे नाम पर डाल दिये थे। उन पर तो अपना अधिकार मानते हो कि नहीं ?"

"आपने तो बतलाया था कि वह मकान अस्पताल के लिए धर्मार्थ दे दिया है," ये बोले।

“अभी कहा न कि में कोई धर्मात्मा नहीं हूँ, व्यापारी आदमी हूँ। इतनी बड़ी हवेली यूँ ही दान कर दूँ ऐसा सन्त नहीं हूँ।”

“ये बात मुझसे छिपाये रखने की क्या ज़रूरत थी ?” इन्होंने खीज कर पूछा। पर दद्दू ने कोई जवाब नहीं दिया। गोद में रखी टोपी सिर पर रखकर सीढ़ियाँ उतरने लगे और जवाब देने की ज़रूरत क्या थी ? क्या ये स्वयं ही अपने प्रश्न का उत्तर नहीं थे ? काँपते हाथों से मैंने पासबुक उठा ली।

उसमें रुपया जमा करने की तारीख़ उसी महीने के अगले माह की थी जिस महीने में हम लोगों का बँटवारा हुआ था।

घर

पिण्टू ने पिल्ले को इतनी बेरहमी से ज़मीन पर दे पटका कि दीपू का नन्हा-सा मन करुणा से पसीज उठा। इच्छा हुई कि पिण्टू को कसकर एक झापड़ लगाए। पर पिल्ले को गोद में समेटते हुए, उससे बस इतना ही कहते बना, "ऐसे मारा जाता है कहीं ! गूँगा जानवर है बेचारा। देख लेना, भगवान जी तुम्हें खूब पाप देंगे।"

लेकिन इतनी-सी बात पर भी दोनों भाई-बहन उस पर चढ़ बैठे, "बड़ा आया भगवान जी का भगत। हमारा पिल्ला है, हम मारेंगे। हज़ार बार मारेंगे। मार डालेंगे, तुम बीच में बोलने वाले कौन होते हो ?"

दीपू का सारा आवेश ठण्डा पड़ गया। पिल्ला कब उसके हाथ से छिन कर पारुल के पास चला गया, इसका भी उसे होश न रहा। किसी अनाम दुख से सुबकता हुआ वह मम्मी के पास दौड़ गया। उनकी गोद में मुँह छुपाते हुए बोला, "मम्मी, हमें भी एक कुत्ता ला दीजिए न, प्लीज़ !"

मम्मी हस्बे-मामूल किताब पढ़ रही थीं। दीपू की गुहार उनके कानों तक पहुँची ही नहीं। खीज कर उसने किताब खींच ली।

"क्या है रे ? क्यों तग कर रहा है ?" मम्मी चीखीं।

पढ़ते समय कोई परेशान करे तो उन्हें बहुत गुस्सा आता है, पर दिन-भर ही तो पढ़ती रहती हैं। अपनी बात कोई कहे भी तो कब ? कालेज क्या जाने लगी हैं, दीपू की तो मुसीबत हो गई है !

"अब बोल न, क्या बात है ?"

"हमें एक कुत्ता चाहिए," उसने कुनमुनाते हुए अपनी फ़रमाइश पेश की।

"लकी है तो।"

"वह तो पिण्टू का है।"

"तो क्या सबके लिए अलग-अलग कुत्ते आएँगे ? वह अकेला ही तो घर-भर की नाक में दम किए रहता है।"

"लेकिन पारुल-पिण्टू हमें छूने भी नहीं देते। हमें तो अपना वाला चाहिए।"

"चाहिए तो, पर रखोगे कहाँ ? अपना सिर छुपाने के लिए तो ढंग की जगह नहीं," मम्मी ने भुनभुना कर कहा।

दीपू ने अपने चारों ओर देखा। मम्मी ठीक ही तो कहती हैं। कित्ता छोटा-सा तो कमरा है। वो तो दीपू की खटिया दिन-भर मम्मी के पलंग के नीचे बनी रहती है, नहीं तो हिलने की भी जगह न रहे। नानी का पूजा वाला कमरा तो है। उनकी खाट और ठाकुर जी तो अब स्टोर में पहुँच गए हैं। नहीं तो शायद इसी कमरे में उनकी खुल्ल-खुल्ल खांसी भी रात भर सुननी पड़ती।

मम्मी तो फिर से अपनी पुस्तक में खो गई थीं। दीपू उनकी गोद में पड़ा-पड़ा सोचता रहा। फिर कुछ देर बाद ऊब कर बाहर चला आया। कम्पाउण्ड में पिण्टू के दोस्त जुड़ आए थे। शायद क्रिकेट खेलेंगे। अपमान का घाव ताजा था, इसीलिए वह चुपचाप बरामदे में खड़ा निमन्त्रण की राह देखता रहा। लेकिन पिण्टू के पास ढेर-से साथी थे, वह नक्कू क्यों बनने लगा। उनका खेल मज़े से शुरू हो गया—फिर वहाँ खड़े रहना दीपू को बड़ा दयनीय-सा लगने लगा।

वह हाल में चला आया। गोल मेज़ पर ढेर सारी पत्रिकाएँ पड़ी थीं। उन्हें लेकर वह सोफ़े पर बैठ गया और तसवीरें देखने लगा। सबका बच्चों वाला पेज उसने पढ़ डाला, कविताएँ रट लीं, पहेलियों के उत्तर याद कर लिए। अब कोई कुछ पूछेगा तो पिण्टू और पारुल मुँह ताकते रह जाएँगे। 'राजा बेटा' तो दीपू ही बनेगा।

"श्शू-शू दीपू जी, सोफ़े पर पैर लेकर नहीं बैठते। कितनी बार मना किया है।"

उसने चौंक कर देखा—मामीजी पता नहीं कब कमरे में आ गई थीं। पता नहीं कब उसने पैर ऊपर कर लिए थे ! अनजाने में ही हो जाता है सब। वह चुपचाप बैठा अपराधी भाव से मामी जी को देखता रहा, जो यहाँ-वहाँ से क़ाग़ज के टुकड़े बीन रही थीं।

"मामीजी," उसने साहस बटोरते हुए कहा, "पिण्टू हवाई जहाज़ बना रहा था यह कचरा उसी का फैलाया हुआ है।"

"कोई भी फैलाए बेटा, डाँट तो हमीं को खानी है।" मामी जी ने कसैले स्वर से कहा तो उसे लगा व्यर्थ ही अपनी सफ़ाई देता रहा वह। मामीजी को आजकल उसकी कोई भी बात अच्छी कहाँ लगती है ! पहले वाला लाड़-प्यार जाने कहाँ चला गया !

होता क्या है कि बच्चे चाहे लड़ाई करें, चाहे शरारत, नानीजी उसका पक्ष ले लेती हैं और डाँट पड़ती है पिण्टू पर , पारुल पर। मामाजी भी अपने बच्चों को ही घुड़क देते हैं। उससे कोई कुछ नहीं कहता। इसीलिए हर बार मामीजी का मुँह फूल जाता है। बच्चे भी उससे कट जाते हैं। इससे तो अच्छा है, थोड़ी डाँट पड़ जाया करे। तब इतना अकेला तो नहीं पड़ जाएगा वह।

इससे तो सचमुच गाँव में अच्छा लगता था। डाँट पड़ती तो सबको एक साथ, दादाजी खुश हो जाते तो सबको एक-एक चवन्नी इनाम मिलती। तब कुल्फ़ी वाले की राह देखने में कितना मज़ा आता ! दूर से उसकी साइकिल की घण्टी बजती और सब

दौड़ पड़ते।

यहाँ तो कुल्फ़ी का नाम भी ले लो तो ग़ज़ब हो जाए।

गाँव में सचमुच आनन्द था। ख़ूब लम्बा-चौड़ा घर। दूर-दूर तक फैले खेत। बच्चे कहाँ समा जाते, पता ही नहीं चलता। मज़े से कुएँ पर नहा रहे हैं, गन्ना चूस रहे हैं, पेड़ से कच्ची अमिया तोड़ रहे हैं—कोई रोकता नहीं था। न दिन-भर जूते-मोजे पहनने की बन्दिश थी, न बार-बार 'सॉरी' और 'थैंक्यू' कहने का झंझट। डाइनिंग-टेबल पर करीने से बैठकर तमीज़ से खाना खाने का सिर-दर्द भी नहीं था। बस, जब भी भूख लगी, दादी के गले में बाँहें डाल दीं, या ताईजी की साड़ी से लिपट गए। फ़ौरन मम्मी को हुक्त हो जाता और वह चुपचाप थाली लगा कर ले आतीं।

यहाँ तो डाँटने ही लगती हैं, "जाने कौन-से अकाल से चला आया है। दिन-भर भूख-भूख ही चिल्लाया करेगा।" अब उसे बार-बार भूख लग आती है, तो वह क्या करे ?

अंग्रेजी स्कूल की समस्या न होती तो वह गाँव में ही बना रहता। मम्मी चाहे यहाँ चली आतीं। यहाँ उसे ज़रा अच्छा नहीं लगता। मम्मी सुबह कालेज चली जाती हैं, दिन-भर या तो पढ़ती हैं या बुनाई लेकर बैठ जाती हैं। पापा को लम्बी-लम्बी चिट्ठियाँ लिखने का काम और पाल लिया है। अब दीपू को भूख लगती है, तो वह किससे कहे ! मामीजी के पास जाने की हिम्मत नहीं पड़ती। नानी माँ लाड़ तो सब करती हैं, पर उनसे होता-हवाता कुछ नहीं। बस बैठे-बैठे आर्डर दिया करती हैं। मम्मी ने तो जैसे किचन में जाने की क़सम ले रखी है। यह भी नहीं होता कि एकाध बार नानी की चाय ही बना दें।

कभी-कभार मम्मी रसोई में चली जाया करें तो दीपू की भी पहुँच वहाँ हो जाए। कितने दिन हो गए हैं, उसे आटे की लोई से चिड़िया बनाए हुए। भिण्डी के ढंठलों से दीवार पर चित्रकारी करना भी वह जैसे भूलता जा रहा है। ताज़े उबले आलू में नमक लगा कर खाने की बड़ी इच्छा होती है, पर मन मार कर रह जाता है। कढ़ाई में सिकते हुए मूँगफली के दानों की सुगंध से उसके मुँह में पानी भर आता है। पिण्टू उसके हिस्से के चार-छह दाने उसे पकड़ा भी जाता है, पर उससे मन कहाँ भरता है ! मन में तो यही लगा रहता है कि इस पिण्टू के बच्चे ने ज़रूर बेईमानी की होगी।

नारियल की गरी कसने के बाद जो सफेद-सफेद-सा मीठा हिस्सा बच रहता है, घर पर हमेशा उसके ही हिस्से में आता था। पर यहाँ तो तीन-तीन दावेदार मौजूद हैं। उसे पिण्टू की तरह झपटना भी तो नहीं आता। मम्मी का डर बना रहता है। फिर 'पेटू' कहलाने की चिन्ता भी हमेशा सिर पर सवार रहती है। सोफ़े पर पाँव रख दो

तो लोग कैसे-कैसे देखने लगते हैं। फिर खाने के लिए ज़िद करना तो बहुत बड़ी बात है।

होमवर्क करते-करते वहीं बिस्तर पर पसर गया था वह। थोड़ी देर बाद आँखें खुलीं तो देखा मम्मी शीशे के सामने खड़ी जूड़ा बाँध रही हैं।

"कहाँ जा रही हो मम्मी ?"

"जाना कहाँ है रे, यूँ ही घूमने।"

"हम चलें ?"

"चलो।"

फटाफट तैयार होकर वह बाहर आया तो देखा पिण्टू और पारुल मम्मी से झूल रहे हैं, "बुआ पार्क जा रही हो। हम भी चलेंगे।"

और बस मम्मी ने 'हाँ' कर दी। दोनों उछलते हुए कपड़े बदलने चले गए। इतना गुस्सा आया उसे। "मना क्यों नहीं कर दिया ?" उसने मुँह फुलाकर कहा।

"अरे वाह ! ऐसे मना करते बनता है पगले !"

"हमसे कुट्टी है दोनों की।"

"दिन में दस बार तो तुम्हारी कुट्टी होती है। अच्छा चलो, हम दोस्ती करवा देंगे।"

दोस्ती हो तो गई, पर घूमने का सारा मज़ा किरकिरा हो गया। थोड़ी देर को मम्मी के साथ एक अलग दुनिया बसाने की सोच रहा था। सब चौपट हो गया। अब पूरे रास्ते पिण्टू पटर-पटर बोलता जाएगा। पारुल तो ऐसे चिपट जाएगी जैसे उसकी अपनी मम्मी हों। पार्क में मम्मी कहानी भी सुनाएँगी तो पारूल गोद में चढ़ी रहेगी।

सबसे ज्यादा मुसीबत यह है कि ये लोग साथ में होते हैं तो मम्मी कुछ भी नहीं खिलातीं। घर पर तो कभी जी भर कर खा नहीं पाता दीपू। पार्क में ज़रूर थोड़ी-सी ज़िद कर लेता है। मम्मी फिर कभी-कभार ले भी देती हैं। पर ये लोग साथ में होते हैं तो झट घर चुगली कर देते हैं। न भी करें तो अगले ही दिन किसी का गला खराब हो जाता है, तो किसी का पेट। बस, मामाजी फ़ौरन ताड़ जाते हैं। "कल बुआजी के साथ पिकनिक मनी होगी। क्यों ?" वह कहते हैं और लगे हाथ मम्मी को भी एक हल्की-सी डाँट पिला देते हैं।

पता नहीं कैसे लोग हैं ? ज़रा-सा कुछ हज़म नहीं कर सकते। दीपू को खिलाकर देखे कोई। सच, पापा में यह बात अच्छी है। खूब खाएँगे—खूब खिलाएँगे। मम्मी टोकेगी तो डाँट देंगे—खाने दो उसे, अपनी तरह नाजुक-मिजाज़ मत बनाओ।

अब तो पापा भी चाट-पकौड़े खाने के लिए तरस गए होंगे। वहाँ तो ये सब चीज़ें क्या मिलती होंगी। वैसे उस दिन तो मामाजी बतला रहे थे कि अब तो लन्दन में ढेर सारे हिन्दुस्तानी होटल खुल गए है। सब तरह का खाना मिलने लगा है। मतलब

पापा वहाँ भी मज़े कर रहे होंगे और दीपू यहाँ हिन्दुस्तान में भी कुछ चीज़ों के लिए तरस गया है।

पार्क में गीली घास पर बैठा वह यही सब सोचता रहा और कुढ़ता रहा।

"पापा कब आएँगे मम्मी ?" रात को उसने रोज़ की तरह मम्मी की गोद में दुबकते हुए पूछा।

"क्या पता कब आएँगे ? मैं तो इतना बोर हो गई हूँ।"

"कहीं चलो न, मम्मी !"

"कहाँ चलेंगे, बेटा ?" मम्मी ने हताश स्वर में कहा। सच तो था, कहाँ जाएँगे ! मौसी के यहाँ अभी पिछली छुट्टियों में ही तो होकर आए हैं। बार-बार जाना क्या अच्छा लगता है। फिर ?

ले-देकर एक गाँव ही रह गया है। दीपू की तो वहाँ मौज रहती है। पर मम्मी बेचारी बड़ी परेशान हो जाती हैं। कहने को इतना बड़ा घर है, पर ढंग का एक कमरा भी नहीं। न बिजली है, न नल, बस गर्मी में तपते रहो। पानी तो ख़ैर महरी लाती है, पर ढंग का बाथरूम तो हो। मम्मी हर बार अपना ट्रांजिस्टर ले जाती हैं, पर सुनने का समय ही नहीं मिलता। किताब तो वहाँ वह छूती तक नहीं। बस दिन-भर ताईजी के साथ रसोई में घुसी रहती हैं या गाँव की औरतों से घिरी दादी के पास बैठी रहती हैं। खूब आगे तक सिर ढके चुप-चुप रहने वाली यह मम्मी कितनी अजनबी-सी लगती हैं ! कितनी बेचारी-सी !

न। अपनी खुशी के लिए मम्मी को परेशान नहीं करेगा वह।

"अपने घर कब चलेंगे, मम्मी ?"

"अपने घर पापा तो आ जाएँ।"

"पापा कब आएँगे ?"

बस घूम-फिर कर वही प्रश्न—पापा कब आएँगे मम्मी ?

आख़िर पापा की वह चिट्ठी आ ही पहुँची, जिसका इतनी बेसब्री से इन्तज़ार था। कितना खुश था दीपू उस दिन ! सारे घर में नाचता हुआ गा रहा था—अब तो हम अपने घर जाएँगे।

मामीजी से आख़िर न रहा गया। पूछ ही लिया, "दीपू जी, यह घर किसका है फिर ? तुम्हारा नहीं है ?"

"न" उसने बेतक़ल्लुफ़ी से कहा, "यह तो पिण्टू लोगों का है। हमारा तो भोपाल में है।"

"भोपाल को भूल जाओ बेटे। अब कलकत्ता की बात करो।" मामाजी ने पीठ थपथपा कर कहा। पर कलकत्ता की कल्पना उसे गुदगुदा न सकी। उसके मन-प्राणों

में तो वही पुराना घर बसा हुआ था।

पापाजी को लिवाने मामाजी के साथ दीपू और मम्मी दोनों बम्बई गए थे। हवाई जहाज देखने की उसकी बरसों की तमन्ना पूरी हुई थी, और वहाँ तो इतने ढेर सारे हवाई-जहाज थे। वहाँ उतने सारे लोगों में दूर ही खड़ा रहा। पापा को पहचान भी न सका। पास आने पर भी कुछ देर तो संकोच में दूर ही खड़ा रहा। आखिर पापा ने ही उसे गोद में उठा लिया। "कितना लम्बा हो गया है रे !" उन्होंने प्यार से उसे चूमते हुए कहा।

वह धीरे-धीरे पापा के गालों को छूकर देखता रहा। फिर धीरे से बोला, "पापा ! अपन अब घर चलेंगे न ?"

पापा उसके लिए ढेर-सारे खिलौने लाए थे। फ़रवाला कोट, रंगीन स्वेटर, तस्वीरों वाली रंगीन किताबें खुशी का जैसे पूरा सामान ले आए थे। पर सबसे बड़ी खुशी थी तो बस घर जाने की। अपने घर जाने की।

पापा आए तो मेहमाननवाज़ी का एक लम्बा दौर शुरू हो गया। कभी किसी के यहाँ खाने पर जाना है, तो कभी किसी के यहाँ चाय पर। दो-चार पार्टियाँ तो मामाजी ने ही दे डालीं। दीपू बुरी तरह बोर हो गया था। इन लोगों को छे साल से देखते-देखते तंग आ चुका था। अब कोई आकर्षण बाक़ी नहीं था। लगता था, पापा पता नहीं कितनी लम्बी छूट्टी लेकर आए हैं। घर चलने का नाम ही नहीं लेते।

मामाजी के यहाँ से चले तो सीधे गाँव पहुँचे। वहाँ भी तो इन्तज़ार हो रहा था। दादी ने पता नहीं कितनी, कैसी-कैसी पूजा भाख रखी थी। गाँव पहुँचते ही वह खटराग शुरू हो गया। मिलने वालों का यहाँ भी ताँता लगा रहा। पापा इंग्लैण्ड क्या हो आए, जैसे अजूबा बन गए। दादी तो उन्हें ऐसे देखती कि बस। रोज़ शाम को नज़र उतारी जाती। मम्मी कोने से छिपकर हँसती रहतीं।

राम-राम करके चलने का दिन आया तो सबकी आँखें गीली हो रही थीं। पर दीपू का मन बल्लियों उछल रहा था। वह अपने घर जा रहा था। वहाँ मेज पर चढ़कर 'हाईजम्प' लगाएगा। बाल्कनी पर घुड़सवारी करके मम्मी को डराएगा। रेडियो के सुर में सुर मिलाकर गायेगा—ये सारे काम उसने कब से मुलतवी कर रखे हैं।

पर मम्मी के साथ उस कबूतरखाने में प्रवेश करते ही उसका मन बैठने लगा। "यह क्या मम्मी ? यह अपना घर नहीं है !"

"यही है बेटा। यह कलकत्ता है। यहाँ ऐसे ही छोटे-से घर में रहना पड़ेगा।"

धत् तेरे की। क्या सोचा था और क्या निकला ? दूसरे दिन ही ट्रक आ गया था।

धीरे-धीरे सामान खुलने लगा तो हर्ष और विस्मय से उसकी बाँछें खिल गईं। वह हर चीज़ को सूँघता रहा। मम्मी छत पर गद्दे सुखाने लगीं, तो उन पर लोट-पोट

होता रहा। दो साल तक बन्द रहने के बाद भी उसमें एक परिचित महक बच गई थी। यह महक, यह गन्ध दीपू के मन में सोई यादों को तरोताजा कर गई। मम्मी पर भी जैसे जादू हो गया था। दिन-भर बनी-सँवरी, लेकिन गुमसुम रहने वाली मम्मी गुनगुनाती हुई काम में जुट गई थीं। सलवटों पड़ी साड़ी और बिखरे-बिखरे बालों में मम्मी एकदम घरेलू लग रही थीं।

पापा दनादन पैकिंग खोलते जा रहे थे। मम्मी सामान धो-पोंछकर जमाती जा रही थीं। दीपू उन दोनों के बीच फुदकता छोटे-मोटे काम कर रहा था।

शाम तक किचन सही शक्ल में आ गया था। ड्राइंग-रूम भी बैठने के लायक हो गया था। दोनों हाथ ऊपर उठाकर पापा ने एक लम्बी-सी जमुहाई ली और ऐलान कर दिया कि बाक़ी काम कल किया जाएगा। और यह भी कि रात का खाना होटल में खाएँगे।

एकदम घर में उत्सव का-सा वातावरण बन गया। उसके हाथ-मुँह ख़ूब अच्छे-से धुलवा कर मम्मी ने उसे नये लन्दन वाले कपड़े पहना दिए और ख़ुद नहाने चली गईं। पापा वाश-बेसिन के सामने खड़े होकर 'शेव' बनाने लगे।

नाइट-सूट पहनकर शेव बनाते पापा उसे बड़े अपने-से लगे। उनका यह रूप तो वह भूलता जा रहा था। जब से आए थे पापा बढ़िया सूट में सजे-धजे ही घूम रहे थे। लोगों से धीमी-धीमी आवाज़ में बात करते पापा, नानी के सामने बड़े अदब-क़ायदे से रहने वाले पापा, उसे मेहमान-से ही लगे थे। गाँव जाने पर सूट तो उतर गया था, पर लोग-बागों से घिरे, बुन्देली बोलते हुए पापा बड़ी दूर की चीज़ लगते। कभी दादी की गोद में सिर रखकर लेट जाते तो कभी ताईजी के पल्लू से हाथ पोंछने लगते—उस समय वे बिल्कुल बच्चों के से लगते, पापा तो बिल्कुल ही नहीं।

"सुनो।" मम्मी नहाकर आ गई थीं, "वह गीजर ठीक से काम नहीं कर रहा।"

"देख लूँगा अभी।"

"गैस कम्पनी को कल याद करके फोन तो कर दोगे न ?"

"यस, बाय आल मीन्स।"

"दीपू के स्कूल का क्या करें ? मिड सेशन के एडमीशन तो मिल जाएगा न ?"

"देख लेंगे। ढेरों स्कूल हैं यहाँ। कहीं-न-कहीं तो मिल ही जाएगा।"

"कहीं-न-कहीं नहीं जी, अच्छा स्कूल चाहिए। अच्छा, दूध का क्या करेंगे ? डेरी वाले घर दे जाते हैं क्या ?"

"पड़ोस में पूछ लो।"

"काम के लिए भी किसी को तलाशना होगा। कोई छोकरा या आया।"

"ओफ़्फो। क्या यह सब आज की ही तारीख़ में तय हो जाना ज़रूरी है ?" पापा एकदम झल्ला पड़े, "और क्या हर काम मुझे ही करना होगा। कम-से-कम महरी का

इन्तज़ाम तो तुम कर सकती हो। अड़ोस-पड़ोस में शरीफ़ लोग बसते हैं। जाकर पूछ लो।"

मम्मी तो एकदम सुबकने ही लगीं।

"ओफ़्फो !" पापा ने बेज़ारी से कहा और मम्मी के पास चले आए। एक गाल पर साबुन का झाग फैला हुआ, दूसरा सफ़ाचट। पेटीकोट-ब्लाउज से ऊपर तौलिया लपेटे मम्मी, शंकरजी की तरह बालों का जूड़ा बनाया हुआ। सच, देखकर इतनी हँसी आई दीपू को।

वह बाहर गैलरी में आकर देर तक हँसता रहा। मन इतना हल्का हो गया था।

घर अब सचमुच घर बनता जा रहा था।

उफान

पोस्टमैन की आवाज़ सुनकर माँजी बाहर आईं। दो चिट्ठियाँ थीं, दोनों ही बहू की थीं। एक उनके लिए, एक हरीश के लिए। हरीश का लिफ़ाफा उन्होंने उसकी दराज़ में खकर इतनी ज़ोर से उसे बन्द किया, मानो अपना सारा रोष उसी निर्जीव लकड़ी के टुकडे पर निकाल रही हों। फिर अपना वाला कार्ड टुकड़े-टुकड़े करके खिड़की से बाहर फेंक दिया। एक बार पढ़ा भी नहीं।

उनका बस चलता तो हरीश की चिट्ठी का भी वही हाल होता। शुरू-शुरू में दो-तीन चिट्ठियाँ उन्होंने सचमुच ग़ायब कर दी थीं। हरीश दफ्तर से लौट कर रोज़ दराज़ देखता, फिर चुप रह जाता। एक दिन आख़िर उसने कह ही दिया, “अम्मा, मैं दफ्तर के पते से चिट्ठियाँ मँगाया करूँ तो तुम्हें बुरा तो न लगेगा ?”

हरीश एकदम अपने पिता पर गया है। वाद-विवाद के फेर में नहीं पड़ता। जो कुछ कहना है एक शब्द में कहकर चुप हो जाता है।

वे लेकिन शर्म से पानी-पानी हो गई थीं। अपने इस घुन्ने लड़के के सामने अपनी चोरी पकड़े जाने का अहसास उन्हें बहुत दिनों तक घेरे रहा था। तब से चिट्ठियाँ चुपचाप दराज में पहुँचने लगीं।

बहू की चिट्ठी को वह हवा पर सवार होकर इधर-उधर होते देखती रहीं। मुआ कार्ड जल्दी से उड़ता भी नहीं। इससे तो शाम को सिगड़ी के नीचे डाल देती तो ठीक था। पर उतनी देर भी उसे अपने पास रखने की उनकी हिम्मत नहीं पड़ी। लगता था, पास रहने पर वह पढ़ने का लोभ संवरण न कर पाएँगी। तब बहू की शहद भीनी बात उन्हें अपने साथ बहा ले जाएगी।

अपनी मिठबोली बहू की याद आते ही मन न जाने कैसा होने लगा ? उसकी पहली चिट्टी आई थी तब वह पूरे मोहल्ले में दिखाती फिरी थीं। बहू के पीहर जाने पर इन्हीं चिट्ठियों के सहारे तो वह उनके पास बनी रहती। राम-श्याम के जन्म के बाद से तो उनका मोह इतना बढ़ गया था कि आठवें दिन चिट्ठी नहीं आती तो बेचैन हो उठतीं। हरीश के पास पत्र आता तो वे दिनभर घड़ी की ओर देखती रहतीं। दफ्तर से लौटकर हरीश ज्योंही पत्र खोलता, वे वहीं पहुँच जातीं और अधीरता से पूछ बैठतीं, “क्यों रे, क्या लिखा है उसने ?”

तब हरीश बेचारा लड़कियों की तरह शर्म से लाल हो उठता और अपनी बेवकूफ़ी पर माँजी खुद ही झेंप जातीं।

बहुत पुरानी बातें तो नहीं हैं ये फिर भी लगता है पता नहीं कब का क़िस्सा है यह सब। पत्ता नहीं उनकी ममता का, स्नेह का झरना एकाएक कैसे सूख गया ! बहू के भाई की शादी में क्या गईं कि अपनी सारी खुशी ही लुटाकर लौटी थीं वह।

कितनी मनुहार कर-करके बुलाया था समधीजी ने ! कितने आदर-मान के साथ स्वागत किया था, कैसी-कैसी ख़ातिर की थी ! लौटीं तो कितना-कितना सामान दिया था !

नई भाभी के साथ कुछ रोज़ रह लेने के बहाने बहू वहीं दिल्ली में रह गई थी। माँजी और हरीश लौट आए थे। रात को पहुँच की चिट्‌टी लिखते हुए हरीश ने पूछा था, "छाया के पापा को चिट्‌ठी लिख रहा हूँ। तुम्हारी ओर से आशीष वगैरह तो लिख दिया है। और कुछ लिखवाना है?"

वे चुप।

"कब तक भेजने के लिए लिख दूँ?" हरीश ने फिर पूछा। वे जैसे फट पड़ीं—"लिख दे, अपनी लाड़ली को वहीं रख लें। यहाँ भेजने की कोई ज़रूरत नहीं है।"

हरीश सुन्न रह गया था।

"क्या बात है अम्मा? किसी ने कुछ···मेरा मतलब है, तुम्हारा अपमान किया है किसी ने? मेरे खयाल से उन लोगों ने···क्या तुम्हारी खातिर में कुछ कमी रह गई ? लेने-देने में कुछ क़सर रह गई क्या? हुआ क्या है आख़िर?"

"लेने-देने में, ख़ातिरदारी में कमी क्यों होगी भला ! बड़े आदमी जो हैं। पर हम भी कोई भिखारी नहीं हैं कि रुपयों से हमारी झोली भरकर वे हमें चुप कर देंगे।"

"भगवान के लिए, अम्मा, कुछ बताओ भी!"

तब माँजी ने हरीश को सब कुछ बताया था। शादी में ढेर-के-ढेर रिश्तेदार इकट्ठे हुए थे। सब के तो नाम भी उन्हें याद नहीं। उन्हीं में से एक महिला ने उन्हें बतलाया था कि छाया का कॉलेज के किसी लड़के से प्रेम हो गया था। दोनों ने भागने की भी योजना बना ली थी। छाया तो स्टेशन पर पहुँच भी गई थी, पर लड़का ऐन मौक़े पर हिम्मत हार गया। और समय रहते छाया को घर लौटाया जा सका था। तभी न इतनी दूर जाके लड़की ब्याही है। और माँजी बेचारी अब तक इसी भ्रम में थीं कि उनके लड़के की कीर्ति इतनी दूर से लड़की वालों को खींच लाई है।

सारी बात सुनाने के बाद मांजी ने सोचा था कि हरीश उबलेगा, बिफरेगा, चीख़ेगा। पर ऐसा कुछ नहीं हुआ, वह उसी तरह शान्त बैठा रहा। माँजी जब जी भरकर दिल्ली वालों को कोस चुकीं, तब वह धीरे से बोला, "अब तुम्हारा क्या विचार है?"

"विचार क्या होगा?" उन्होंने हैरत से कहा, "सब कुछ जान लेने के बाद भला अब उस लड़की को घर में ला सकते हैं हम? घर की बात कोरट-कचहरी तक जाय

अच्छा नहीं लगता। पर दूसरा उपाय ही क्या है? शादी से पहले पता चल जाता तो और बात थी।"

"मुझे पता था।"

"क्या?"

"ठीक कह रहा हूँ, अम्मा ! मुझे पता था। छाया ने ही खुद पत्र लिखकर मुझे सारी बातें बतलाई थीं।"

"और फिर भी तू उसे ब्याहने चला गया ! उन लोगों की अमीरी का ऐसा जादू चल गया तेरे ऊपर?" आश्चर्य और दुःख के कारण उनसे बोला नहीं जा रहा था।

"जादू तो मुझ पर चल गया था अम्मा, पर उन लोगों के बड़प्पन का नहीं। दान-दहेज के बारे में तो मैंने उस समय सोचा भी नहीं था। मैं तो उनकी ईमानदारी का क़ायल हो गया था। जो बात बाद में चार शुभचिन्तकों ने चार तरह से मुझ तक पहुँचाई, वह बात सबसे पहले मुझे छाया ने ही बतलाई थी। सोचो तो, उसने कितना बड़ा ख़तरा मोल ले लिया था ! इस अभागे देश की लड़की के लिए मैं सोचता हूँ यह बहुत बड़ी बात थी।"

अम्मा कुछ नहीं बोलीं। बस घृणा से मुँह बिचका दिया।

"और यह भी तो सोचो अम्मा, कोई डरपोक व्यक्ति अगर उसे समय पर धोखा दे गया तो इसमें उसका क्या दोष है? किसी और की नालायक़ी की सज़ा वह क्यों उठाए?"

"बस तू ही तो रह गया था न्याय करने के लिए। धन्य है रे लड़के!" और वह दोनों हाथों में सिर पकड़कर बैठ गई थीं। कमरे में एक भयानक चुप्पी छा गई थी। बड़ी देर बाद हरीश धीरे से बोला था, "चिन्ता मत करो, अम्मा! जब तक तुम नहीं कहोगी मैं उसे यहाँ नहीं लाऊँगा। तुमने मेरे लिए ज़िन्दगी में बहुत दुःख उठाए हैं। अब यह एक और दुःख, अनचाही बहू के साथ रहने का दुःख, मैं तुम्हें नहीं दूँगा।"

हरीश ने बात वहीं समाप्त कर दी थी। माँजी मन में कुढ़कर रह गईं। हीरे-से लड़के की ज़िन्दगी बरबाद होने का दुःख उन्हें साल रहा था। धोखेबाज़ मिठबोले समधियों के लिए गुस्सा उबला पड़ता था। और बहू—उसके भोले-भाले रूप के पीछे यह चलित्तर छिपा होगा किसने सोचा था?

और इसी कुलक्षणी लड़की के लिए लड़का उनका पराया हो गया है। वह मुँह से कुछ नहीं कहता, उन्हें किसी तरह की शिकायत का मौक़ा नहीं देता। उनकी सुख-सुविधा का खयाल रखता है। हारी-बीमारी में सेवा-टहल में कोई कसर उठाकर नहीं रखता है। व्रत-उपवासों पर फल-फूल ले आता है। तीज-त्योहारों पर, पर्वों पर मिठाई, दान-दक्षिणा का प्रबन्ध करना नहीं भूलता। पर माँ होकर वह क्या इतना नहीं समझतीं कि वह भीतर-ही-भीतर उनसे कट गया है। पहले की तरह अब वह लाड़ से

उनकी गोद में आकर नहीं लेटता, अपनी पसन्द के नाश्ते की फरमाइश नहीं करता, खाना खाने के बाद उनके पल्लू से हाथ नहीं पोंछता···

सोचते-सोचते सिर भारी हो गया तो वे रसोई में आ गईं। अभी तीन ही बजे थे, पर वे शाम के नाश्ते की तैयारी में जुट गईं। रसोई में बरतन खनकते हैं तो उनका अकेलापन कुछ कम हो जाता है। इस अकेलेपन से उन्हें डर-सा लगने लगा है। इसीलिए वह अकसर महरी से, दूध बाले से, जमादारिन से देर तक बतियाती रहती हैं। पर उन लोगों से भी ज़्यादा देर बात नहीं हो पाती। घूम-फिर कर सभी एक बात पर आ जायेंगे, "बहूरानी कब आ रही है? मुन्ना बाबू कब आयेंगे?"

तब लाड़ले राम श्याम की याद आकर कलेजे में कैसा तो होने लगता है? उन लोगों के रहते दिन कब कहाँ कैसे बीत जाता है पता ही नहीं चलता था। उनकी किलकारियाँ, बहू की चाँदी की घंटियों-सी आवाज़ घर को कैसा भरा-भरा रखती थी। तब हरीश भी इतना चुप्पा नहीं रहता। अब तो अव्वल उसका पाँव घर में टिकता नहीं। घर में रहेगा भी तो किसी किताब में सिर देकर बैठा रहेगा। कभी-कभी उसकी यह उदासी यह सूनापन देखा नहीं जाता। लगता है सारा रोष सारा अभिमान ताक पर रखकर कह दें, जा, ले आ बहू को। मेरा क्या है? एक कोने में पड़ी रहूँगी ठाकुर जी को लेकर। तुम राजारानी आराम से रहो।

पर बात ओठों तक आते-आते कड़ुई हो जाती और वे प्रयास कर चुप ही रहतीं। मन-ही-मन कहतीं–'तू अपनी जिद का पक्का है तो मैं भी तेरी माँ हूँ। मैं क्यों अपनी बात ओछी पड़ने दूँगी···'

हरीश आया, सब्जी का थैला रसोई में रखकर कमरे में चला गया। वह चाय बनाकर बैठी रहीं। बड़ी देर तक वह नहीं लौटा तो खुद ही नाश्ते की प्लेट और चाय का कप लेकर कमरे में चली गईं। वह पत्र पढ़ रहा था। उन्हें तो पत्र की बात याद ही न रही थी। माँ को देखकर उसने लिफ़ाफा दराज में डाल दिया और चुपचाप नाश्ता करने लगा। माँ का मन रखने के लिए उसने इधर-उधर की कोई बात छेड़ी थी पर बातचीत जम ही न पायी।

चाय पीकर वह फिर से बाहर जाने के लिए तैयार होने लगा तो उन्हें घबराहट होने लगी, "कहीं जा रहा है?"

"हाँ अम्मा! और रात खाने पर इन्तजार मत करना।"

"क्यों?"

"आज पार्टी है। अपना मनोज है न, वह विलायत जा रहा है।"

"अच्छा तो एक दिन अपने यहाँ भी बुला ले न उसे। तू तो उसका पक्का दोस्त है। सबसे पहला न्यौता तो तेरी ओर से ही होना चाहिए था।" हरीश का चेहरा क्षणभर को तो कैसा हो गया। धीरे से बोला, "दरअसल अम्मा, पार्टी मैं ही दे रहा हूँ। घर पर

ही बुलाना चाह रहा था, पर काफी लोग हैं। तुमसे सम्हल नहीं पाता—मतलब है कि तुम्हें तकलीफ़ होती इसीलिए···"

"होटल में पार्टी दे रहा है, यही न।" माँजी का मन हुआ कि लड़के को खूब खरी-खोटी सुनाएँ। तक़लीफ का तो बहाना है। सच तो यह है कि अब अम्मा के हाथ का खाना भाता नहीं है। बहू की तरह विलायती खाना उन्हें थोड़ा ही आता है।

पर उन्होंने कुछ नहीं कहा। चुपचाप उसे तैयार होते देखती रहीं। मन हुआ कि पूछें कि जब घर पर खाना नहीं था तो ये ढेर-की-ढेर सब्ज़ी किसके लिए लाये हो? पर यह भी नहीं कहा। बस बुत बनी बैठी रहीं।

हरीश के जाने के बाद घर और सूना लग उठा। शायद इसी सूनेपन की कल्पना से वे इतनी अधीर हो उठती थीं। दिन-भर तो वह किसी तरह रह लेती हैं, पर शाम को खाली घर उन्हें काटने दौड़ता है। इस समय किसी के यहाँ जाना भी अच्छा नहीं लगता। सब के यहाँ चहलपहल होती है। सबके पास अपने-अपने काम होते हैं। सब के बीच में वे ही एक फालतू-सी लगती हैं। आज तो रात को खाने का भी कुछ झंझट नहीं था। फुरसत ही फुरसत थी। सारे घर की बत्तियाँ जलाकर वे बाहर जाकर दरवाज़े में बैठ रहीं, सड़क की रौनक देखती रहीं।

"पाँय् लागी काकी।"

उन्होंने चौंक कर सिर उठाया। मकान-मालिक की बहन कान्ता अपने छोटे बच्चे के साथ खड़ी हुई थी।

"अरे कान्ता बेटी! आओ-आओ।" उन्होंने उल्लसित स्वर में कहा। इतनी लम्बी शाम काटने का एक सहारा-सा मिल गया था उन्हें। उसकी आवभगत करने में उससे बातें करने में काफी समय निकल गया।

"भैया नहीं लौटे क्या अभी?" ज़रा देर बाद कान्ता ने पूछा, "भाभी नहीं है तो क्या दफ़्तर में ही बैठे रहते हैं?"

माँजी को लगा जैसे किसी ने उनके मर्म पर ही चोट की है।

वो नहीं है तो क्या बूढ़ी माँ तो बैठी है। उसके लिए तो समय पर आना ही पड़ता है। मुझे तो बिन्नी ज़रा देर हो जाए तो फ़िक्र होने लगती है।

"अभी-अभी तो बाहर गया है। किसी पार्टी में गया है," उन्होंने लम्बी-चौड़ी सफ़ाई दी।

"उनसे एक काम था। आप ही से कहे जाती हूँ। सुबह शायद न आ पाऊँ।"

"बताओ।"

"आज के पेपर में एक स्कूल का विज्ञापन निकला था। खंडवा में है। आप लोग तो वहीं के हैं। अगर भैया किसी को जानते हों तो मेरे लिए कोशिश कर देवें।"

"तू नौकरी करेगी?" माँजी को इतना आश्चर्य हुआ। बड़े घर की बेटी है।

खाते-पीते घर की बहू है, इसे क्या गरज आ पड़ी?

फिर याद आया, पति तीन साल के लिए अमेरिका गये हैं। इसलिए अपने चारों बच्चों को लेकर वह पिछले साल से यहाँ आ गई है। अकेले समय नहीं कटता होगा। कान्ता से बोलीं, "नौकरी ही करनी है तो इतनी दूर जाने की क्या ज़रूरत है लल्ली? यहीं ढेर-सी नौकरियाँ मिल जायेंगी। सेठजी तो कितनों को जानते-पहचाते हैं।''

"यही तो बात है काकी!" मैं दादा से कहना नहीं चाहती। और मैं यहाँ नौकरी चाहती भी नहीं। कहीं बाहर ही मिले तो अच्छा। यहाँ रहकर अलग घर लेना भी अच्छा नहीं लगता।"

माँजी का माथा ठनका, "क्यों री, कुछ खटपट हो गई है क्या भाभियों से?"

"नहीं खटपट तो नहीं हुई। पर, अब तुमसे क्या छिपाना काकी! लड़की तो मेहमान की तरह आये तो अच्छी लगती है। यूँ हमेशा के लिए घर⋯।"

"हाय-हाय, ऐसा कुबोल क्यों बोलती है! भगवान करे तू अपने घर में सौ साल तक राज करे। दो-तीन साल की तो बात है। अभी आये जाते हैं कुँवर जी।"

"ये तुम कह रही हो काकी! पर उन लोगों को इतना सब्र कहाँ है! उन्हें तो लगता है मैं हमेशा के लिए उनके गले पड़ गई हूँ। तुम्हें क्या बताऊँ घर में कैसा व्यवहार हो रहा है? पुरुषों की तो आँखों में यह सब आता भी नहीं। मैं भी उन लोगों से कहने जाऊँ अच्छा नहीं लगता।"

"जीजी कुछ नहीं कहती?"

"अम्मा! सबसे ज्यादा दुःख तो उन्हीं के कारण है। चुपचाप सब देखती रहती है पर कुछ नहीं कहती। उल्टे मुझी को सुनाती है कि तू तो कल को अपने घर चली जाएगी। मुझे तो इन्हीं बहुओं से निबाह करना है। मैं क्यों बुरी बनूँ।''

बोलते-बोलते कान्ता का गला भर आया, माँजी की आँखें भर आईं। दूध वाले ने आवाज़ दी तो कान्ता की रामायण थोड़ी देर को रुकी। माँजी के हाथ में भरी हुई दूध की पतीली देखकर उसने फिर कहा, "दूध की ही बात लो काकी! घर में दो भैंसें लग रही हैं, पर मेरे बच्चों के हिस्से में वह काढ़ा आता है चाय का। छोटके को भी एक गिलास दूध नहीं मिल पाता।"

"क्यों? क्या होता है इतने दूध का?"

"कमरों में पहुँच जाता है। रसोई में इतना-सा आता है। उसी से दिन-भर काम चलता है। यूँ तो देवरानी-जिठानी दिन-भर लड़ती रहेंगी पर मेरे वक्त बिलकुल माँ-जाई बहनें बन जाती हैं। इससे तो ससुराल ही में रह जाती तो अच्छा था। पर इतनी बड़ी नाक ले आई थी। अब किस मुँह से जाऊँ वहाँ!"

कान्ता के जाने के बाद भी बड़ी देर तक उनका मन उदास बना रहा। कान्ता तो पीहर में थी और उसके पति सिर्फ़ कुछ सालों के लिए परदेस गये थे। उन्होंने तो

पति के पीछे पूरे पन्द्रह बरस देवरानी के राज्य में बिताये थे। रसोई से लेकर जचकी तक कौन-सा ऐसा काम था, जो उन्होंने नहीं किया था। पर छोटी का मुँह हमेशा चढ़ा ही रहता। जिस-तिस से कहती फिरती, "हमें तो बहना दो-दो गृहस्थी पालनी होती हैं।"

देवर लेकिन सतयुगी थे, भाभी को पूजते थे। हरी को अपने सामने ही रखते, अपने साथ खाना खिलाते। पर वे ठहरे मर्द मानुस। वे क्या जानें कि किसकी दाल में घी है, किसकी रोटी चुपड़ी नहीं है, किसके दही में कितनी शकर है, दूध में कितना पानी पड़ा हुआ है?

घर में नित नई चीज़ें बनतीं, उन्हें खुद ही खटकर बनानी होती थीं। पर हरीश की थाली में बस एकाध बार ही वे जातीं। बाकी सब छोटी के बच्चे चट कर जाते। कई बार चोरी-छुपके माँजी ने बेटे को कुछ खिलाना चाहा तो उसने साफ़ इनकार कर दिया। बचपन से ही बड़े तेवर वाला था वह।

कॉलेज की पढ़ाई के लिए जब पहली बार शहर गया था हरीश तो चिन्ता के मारे माँजी खाट ही से लग गई थीं। छुट्टियों में जब वह लौटा तो उसके भरे-भरे गाल देखकर उनकी आँखें जुड़ा गई थीं। होटल का ही सही पर वह अपनी मर्जी का तो खा रहा है। रोज़ किसी की कड़ुई ज़हर बातें तो नहीं सुननी पड़तीं। हर कौर पर कोई टोकता तो नहीं है।

छोटी लेकिन जलभुन गई थी—और लोग तो घर छोड़ कर दुबला जाते हैं, पर इधर देखो। अरे हम तो पराये हैं। पर माँ की तो याद आई होती।

सच, बहुत परेशान किया था उसने। बेटे के राज में इतना सुख मिला कि पिछला दुख-दर्द उन्हें भूल ही गया था। आज कान्ता की बातों से पुराने घाव फिर हरे हो गये, और उनका रोम-रोम छोटी को कोसने लगा। लाख दुश्मनी निभाई उसने, पर मेरे बेटे के भाग्य में विद्या थी, ओहदा था, सो तो उसे मिलकर ही रहा। उसके अपने बेटे तो दसवीं तक भी घिसटते हुए पहुँचे हैं। मोहल्ले-भर में कहती फिरी है—हमारी सारी कमाई तो राजकुमार को पढ़ाने में ख़र्च हो गई। अपने बच्चों का हाथ खाली ही रहा। सब बकवास है। बच्चे इस लायक़ हों तो पहले। जैसा किया है वैसा ही तो भरेगी।

अब देख-देख कर जलती है। हरीश की शादी में आई थी तो बहू को देखकर, दान-दहेज देखकर आँखें फटी-फटी रह गईं थीं।

और यकायक उन्हें लगा कि छोटी की बुरी नज़र ही उनके संसार को छिन्न-भिन्न कर गई है। यूँ दिखाने को तो बड़ी तारीफ़ के पुल बाँधती है हमेशा, पर ज़रूर ही उसकी जान जल गई होगी। अब यह नया क़िस्सा सुनेगी तो उसके कलेजे में कैसी ठंडक पड़ेगी···

दूध जलने की गन्ध से उनका ध्यान खिंचा। अपना बुढ़ापे का शरीर ठेलठाल

कर वह रसोई तक पहुँचीं, तब तक पता नहीं कितना उफन गया था। फर्श पर दूध-ही-दूध हो रहा था। इतना गुस्सा आया उन्हें गैस के चूल्हे पर—मरा राक्षस की तरह जलता है।

फिर याद आई कान्ता की। उसी के सामने दूध लिया था। ज़रूर उसी की नज़र लग गई है आज। उसके बच्चों को दूध नहीं मिलता तो मेरे बच्चे को भी टोक लगा गई। दूध की ओर टुकुर-टुकुर देखता हुआ कान्ता का छोटा बच्चा उनकी आँखों में घूम गया। एक कप दूध उसे पिला ही देती तो ठीक था।

धीरे-धीरे कान्ता के बच्चे की शकल उनके राम और श्याम में बदल गई। लगा जैसे वे भी मामा के बच्चों की ओर टुकुर-टुकुर ताक रहे हैं—एक कप दूध के लिए।

फिर याद आई बहू। मुई मुझ जैसी कठ-करेजी भी तो नहीं कि छाती पर इतना दुःख सह ले। बच्चा गिर पड़े तो पहले खुद रोने बैठ जायेगी। सामने वाला उसे चुप कराये कि बच्चे को। बच्चे को बुखार हो जाये तो आधी बीमार ये खुद हो जायेगी। कान्ता की तरह होशियार भी तो नहीं कि···और उन्हें अपनी अकर्मण्य, भावुक, भोली-भाली बहू पर बेहद गुस्सा आने लगा और वे रगड़-रगड़ कर फ़र्श पोंछने लगीं।

"यह क्या हुआ अम्मा? दूध फैल गया क्या?"

हरीश ने घर में पाँव देते ही पूछा। पर वे नहीं बोलीं। उसी तरह ज़ोर लगा कर फ़र्श रगड़ती रहीं।

"तुम उठो अम्मा! मैं साफ़ कर दूँ।"

"रहने दे भैया। काम करने के लिए तो हम बने हैं। हमारी तो हड्डी मसान में नहीं पहुँच जाती तब तक हमें खटना है। तुम साहब बने डोलते रहो। वो अपने बाप के यहाँ मौज मार रही है। घर में मुफ़्त की नौकरानी जो रखी हूँ।"

वे गुस्से में इसी तरह ऊटपटाँग बड़बड़ाती हुई फ़र्श धोती रहीं। आँख उठाकर उन्होंने एक बार भी ऊपर नहीं देखा।

देखतीं तो पता चलता कि हरीश उनके इस रुद्रावतार पर मन्द-मन्द मुसकरा रहा है।

यथार्थ से आगे

दरवाजा मैंने खोल तो दिया, किन्तु वहीं पर खड़ी-की-खड़ी रह गयी—जड़वत्। क्षण-भर प्रतीक्षा करने के बाद उन्होंने ही पूछा, "अन्दर आ जाऊँ?" तब कहीं होश में आ मैंने दरवाज़ा छोड़ा।

सोफ़े पर बैठकर वे रूमाल से पसीना पोंछने लगे। सफ़र की थकान चेहरे पर स्पष्ट झलक रही थी। मैंने पंखा खोल दिया और एक स्टूल सामने लाकर रख दिया। सहज भाव से उस पर पाँव फैलाकर उन्होंने आँखें बन्द कर लीं।

भीतर जाकर मैंने पहले तो गैस पर चाय का पानी रखा, फिर घड़े से एक जग भरकर गिलास के साथ रख आई। (फ्रिज का पानी उन्हें कभी भाता नहीं था और घर में सब इसे एक तरह का कामप्लेक्स मानते थे।)

रसोई घर में लौटकर मैंने चाय बनाई, खूब स्ट्रांग, चीनी कम, दूध अधिक। सारा फार्मूला जैसे रटा हुआ था। क्रॉकरी की अलमारी में ही बिस्कुट और दालमोठ के पैकेट थे, पर उनकी ओर मैंने देखा तक नहीं। 'प्लेन टी' उनका नारा था—जिससे मुझे हमेशा चिढ़ होती थी। चाय की टेबल पर जब तक दो-चार चीज़ें न हों, मज़ा नहीं आता था।

चाय लेकर पहुँची तब तक वे काफ़ी सुस्ता चुके थे। चाय पीकर जैसे एकदम ताज़े हो गए। बोले, "और लोग कहाँ हैं?"

"अम्मा तो हरिद्वार गयी हुई हैं। भैया-भाभी किसी शादी में। बबलू की वजह से मैं नहीं जा सकी···।" कहते-कहते मैं यों ही मेज़पोश की सिलवटें ठीक करने लगी। डर था कि कहीं जान न लें कि अम्मा की अनुपस्थिति और बबलू की बीमारी ने मुझे भाभी के साथ हर जगह जाने की मजबूरी से निजात दिला दी है। फिर विषय बदलने की गरज से कहा, "खाना तो नहा कर खाइएगा न?"

"खाना रतलाम में खा लिया था, पर पानी अगर मिले तो नहा ज़रूर लूँगा।"

मैंने अभ्यस्त हाथों से अटैची खोली। कपड़े निकालते-निकालते ढेर-सारे खिलौने फ़र्श पर बिखर गए। मैंने ऊपर देखा—वे मेरी ही ओर देख रहे थे। खिसियाये स्वर में बोले, "बबलू के लिए लाया था। कैसा है अब?"

"जी, अब ठीक है, पर उस समय एक बार तो मैं घबरा ही गई थी।"

"हाँ, यह स्वाभाविक है," उन्होंने उठते हुए कहा।

उन्हें नहाने भेजकर मैंने सब्जी की टोकरियाँ टटोलनी शुरू कीं। एक ओर मुझे हँसी भी आ रही थी। कह दिया, 'रतलाम में खा लिया था।' होटल का खाना और वह भी बस अड्डे पर। कभी खाया भी है आज तक? बाहर खाने की बात को लेकर तो पता नहीं कितनी बार झड़प हुई थी! और फिर बिना नहाये कब खाया है? शीलू तो हमेशा 'पण्डितजी' कहकर चिढ़ाया करती थी। उस बार आबू में दो बजे तक नहाने की सुविधा नहीं हो पाई थी, पर मजाल है एक कौर भी मुँह में लिया हो।

वे नहाकर निकले तब तक मैंने लौकी का रायता और भरवाँ बैंगन तैयार कर लिए थे। प्याज़ी पुलाव पक रहा था। उन्हें तेल-शीशा देते हुए मैंने देखा, कनपटी के पास कितने सारे बाल सफ़ेद हो आए थे।

वे हँस पड़े, "क्या देख रही हो? बूढ़ा हो गया हूँ न!"

"बैंक का मरा काम ही ऐसा है। दिन-भर आँखें फोड़ो और दिमाग़ खपाओ। बाल सफ़ेद होंगे नहीं तो क्या होगा?"

"रात को थोड़ी ब्राह्मी की मालिश क्यों नहीं करते? तलवों में लौकी लगाने या गाय का घी मलने से ठंडक रहती है।" कहते-कहते मुझे लगा, मैं नहीं कोई दादी-अम्मा बोल रही है। वे एकटक मुझे देख रहे थे। सकुचा कर मैंने कहा, "बबलू के पास बैठेंगे न थोड़ी देर ! खाना बस अभी बना ही जाता है।"

बबलू अपनी मसहरी में बैठा तस्वीरों वाली पुस्तक देख रहा था। वह कब जग आया पता ही न चला। हम लोगों की आहट से चौंककर उसने ऊपर देखा, बड़ी देर तक देखता रहा। फिर धीरे-धीरे मेरे कान में फुसफुसा कर बोला, "पापा हैं न?"

इस प्रश्न का उत्तर देने के करुण कर्तव्य से उन्होंने उबार लिया और लपककर उसे गोदी में उठा लिया। मैं फिर वहाँ खड़ी न रह सकी।

रसोई मुझे बुला ही रही थी। पुलाव जलने को था। झट उतार कर मैंने अँगीठी पर कुछ कोयले लगाये। तवे पर सिकी रोटियाँ उन्हें ज़रा नहीं भाती थीं। बरनियाँ टटोलकर उनकी पसन्द का (ख़ास कर अम्मा के हाथ का बना) कटहल का अचार निकाला।

दो फुलके जब बन गए तो मैं थाली लगाकर कमरे में ले गयी। देखा, बबलू महाशय पापा की ठोड़ी पर गाल रगड़ते हुए आराम से लेटे हैं। बातें—निरर्थक बातें—करने का उन्हें समय नहीं है।

मैंने खिलौनों का ढेर उसके सामने पटककर कहा, "देख तो तेरे लिए क्या-क्या चीज़ें आई हैं?" लेकिन और दिनों की तरह वह झपटा नहीं। बस अपने आसन पर बैठा देखता रहा। अपनी कृतज्ञता जताने के लिए उसने पापा को ज़ोर से भींच लिया—बस। उसका नन्हा-सा मन भी जान गया था कि खिलौनों के लिए तो काफ़ी समय पड़ा है।

पाँवों में जैसे पर लग गए हों। मैं फुलके बनाती रही, देती रही। आख़िर जब उन्होंने कहा, "कितने दिनों का इकट्ठा खिला रही हो?" तब कहीं जाकर मैंने उन्हें

उठने दिया।

थाली लेकर जब मैं लौटी तो अचानक सामने भैया पड़ गए। अपनी रौ में मैंने कार की आवाज़ तक नहीं सुनी थी। भैया का चेहरा तना हुआ था और आवाज़ को प्रयत्नपूर्वक धीमा करते हुए उन्होंने कहा, "हज़रत अब क्या चाहते हो?"

"बच्चे को देखने आए हैं," मैंने जैसे दीवार को जवाब दिया। मेरे स्वर से भैया चौंके और चुपचाप बाहर चले गए।

पिछले दो घंटों से मैं जैसे किसी कल्पना-लोक में थी और अब मेरे पाँव जमीन पर आ लगे।

भैया का भी वैसे दोष क्या था! इनको लेकर उनकी राय कभी भी अच्छी नहीं रही। इस शादी में दोनों पक्षों में से किसी की भी सम्मति नहीं थी। हम लोग सामाजिक, मानसिक किसी भी धरातल पर समकक्ष नहीं थे। केवल प्रेम का क्षणिक आवेग ही हमें बाँधे हुए था।

सबका विरोध मोल लेकर जिस नींव पर हमने दांपत्य की नींव डाली थी, शादी के तुरन्त बाद ही वह धसकने लगी। अपने परिवार का, परिवेश का बिछोह दोनों को ही सहन न हो सका। प्रेम का पहला उफान ख़त्म होते ही गिद्धों की तरह एक-दूसरे की कमज़ोरियों को, घावों को नोचने लगे। बबलू के जन्म से भी इस खाई को भरा नहीं जा सका था।

दोनों के परिवारों ने इस सम्बन्ध को बिगाड़ने में ही अधिक दिलचस्पी ली। मेरे परिवार के लिए यह रिश्ता स्तर से नीचे का था। उनके यहाँ तो मुझे कभी सहानुभूति नहीं मिली। हमारे लिए खुशी की बात यह थी कि हमने सौजन्य के साथ एक-दूसरे से बिदा ली। वहाँ वाले तो उधार खाये ही बैठे थे। तलाक के दूसरे ही वर्ष उनकी शादी कर दी।

फिर भी आज उन्हें देखकर मन में आक्रोश नहीं, बल्कि दया या कृतज्ञता-सी मन में जगी थी। बेचारे महज बबलू के लिए इतनी दूर से दौड़े आए थे।

पता नहीं क्यों पिछले वर्ष से बबलू को अपने पापा के विषय में बड़ी जिज्ञासा हो चली थी। शायद स्कूल जाने का यह परिणाम हो। एक बार तो उसने यहाँ तक कह दिया था, "मम्मी, क्या शीलू की तरह पापा भी भगवान के यहाँ चले गए हैं?"

मैं फटी आँखों से देखती रह गई थी। उसका भी क्या दोष? इस घर में उनका कोई स्मृति-चिह्न न था। उनका नामोल्लेख तक यहाँ वर्जित था। तब मैंने ही चुपचाप सारे अलबम ट्रंक की तलहटी से निकाल लिए थे। बबलू घर-भर की नज़रें बचाकर घंटों उनमें खोया रहता। मुझसे कुरेद-कुरेद कर उसने पापा की आदतें, उनके कपड़े तथा शौक जैसे कंठस्थ कर लिए थे। उसने पता नहीं कैसे उनके चेहरे की एक-एक रेखा को आत्मसात् कर लिया था कि चार साल बाद भी उन्हें देखते ही पहचान गया था।

इस बार जब उसे डिप्थीरिया हुआ तो पता नहीं उसने कितनी बार करुण स्वर में उन्हें याद किया। मुझसे रहा नहीं गया। एक दिन जी कड़ा करके मैंने लिख ही दिया—यह पत्र पता नहीं कितनी बार लिखा गया, जलाया गया। लिफ़ाफ़े में बन्द होने पर भी अनिश्चय की अवस्था में न जाने कितने दिन तक मेरे पर्स में झूलता रहा था।

पर उन्हें यह असमंजस नहीं व्यापा था। पत्र मिलते ही चले आए थे। इस अहसास से मेरे आँसू निकल आए। मैंने ईश्वर को धन्यवाद दिया कि आज घर में कोई नहीं था। नहीं तो क्या इस तरह जी भरकर उन्हें खिला सकती थी, उनके पास बैठकर बात कर सकती थी!

लौटकर कमरे में गई तो देखा, अख़बार मुँह पर ढककर वे आराम-कुर्सी पर सो रहे थे। मन-पसन्द भोजन की तृप्ति उनके चेहरे पर थी। मेरी आहट से उनकी तन्द्रा टूटी। बोले, "अरे, कहाँ रह गई थीं तुम? तुम्हारा चेहरा कैसा हो रहा है?" फिर कुछ धीमी आवाज़ में कहा, "क्या भैया ने कुछ कह दिया? नेवर माइण्ड। आई वाज नेवर इन हिज़ गुड बुक्स।"

कितनी सरलता से कह गए थे! और दिनों तो इन्हीं बातों को लेकर घंटों महाभारत होता था। प्रसंग बदलने के लिए मैंने कहा, "घर पर सब ठीक है?"

"सब ठीक है। माँ का मोतियाबिन्द का आपरेशन हुआ है। महेश ने एम॰ एस-सी॰ का इम्तहान दिया है। भानु की शादी नवम्बर में हो रही है।"

"और···और··· गुड्डी कैसी है? क्या नाम रखा है?"

"मुग्धा।"

सुनकर मन में एक कचोट-सी लगी। परिवार-नियोजन के समस्त नियमों को ताक पर रखकर मैंने बच्चों के नामों की जो लिस्ट बनाई थी, उसमें एक नाम यह भी था। मैंने उनकी ओर देखा। उनके चेहरे पर इस तरह का कोई भाव न था; बल्कि वे घड़ी देख रहे थे, "चलें भई, नहीं तो साढ़े पाँच वाली ट्रेन नहीं मिलेगी।"

"क्या आज ही···" शब्द मेरी जिह्वा तक आते-आते रुक गए। बस मैंने इतना ही कहा, "मैं चलूँ स्टेशन तक?"

"मैं भी।" खिलौनों में उलझा बबलू एक झटके के साथ उठ खड़ा हुआ। अभी उसे हम लोग बाहर नहीं ले जाते थे, पर आज ये सब फ़ालतू बातें सोचने का समय नहीं था।

तैयार होकर हम निकले, पर धूप चिलचिलाती हुई थी। कोलतार की सड़क एकदम चमचमा रही थी। उन्होंने बबलू को उठा लिया था। अटैची मेरे हाथ में थी। इस तरह चलना कितना भला मालूम हो रहा था! दूसरी ओर धूप का ख़याल न होता तो मैं टैक्सी भी न करने देती।

स्टेशन पर हमेशा की तरह हाय-तोबा का वातावरण था। उन्होंने पर्स मुझे देते हुए कहा, "तुम टिकट लेकर आ जाओ। हम प्लेटफार्म पर चलते हैं।"

धक्का-मुक्की में टिकट लेकर जब प्लेटफ़ार्म पर आई तो देखा—स्टेशन के कोने पर दूर लकड़ी की बेंच पर दोनों बैठे हैं। मैं भीड़ को चीरती पास तक आ गयी, पर अपनी बातों में दोनों ऐसे उलझे थे कि मुझे देखा तक नहीं। बबलू ही बोल रहा था। वे तो बस श्रोता बने बैठे थे। दोस्तों की बातें, मास्टर जी की तारीफ़, नानी का लाड़-दुलार, मामा का नियन्त्रण और मामी का रूखापन—बारी-बारी से सबका वर्णन हो रहा था। कई बातें तो मेरे लिए भी नई थीं। बबलू जैसा शर्मीला लड़का इतनी जल्दी घुलमिल जाएगा, मैंने कल्पना भी न की थी।

मेरी चूड़ियों की खनक से अनायास उनकी बातों का सिलसिला टूटा। पर्स और टिकट उन्हें लौटाते हुए मैंने वे पुस्तकें भी उन्हें दीं जो मैं सफ़र के लिए लाई थी। पुस्तकें रखने के लिए बैग खोलते ही चकित रह गये। ऊपर ही एक पैकेट पड़ा था। उन्होंने मेरी ओर देखा। उन निगाहों से बचते हुए मैंने कहा, "गुड्डी के लिए है—बबलू की ओर से।"

दरअसल यह फ्रॉक मैंने बेहद छिपा कर रखा था और उम्मीद थी कि यहाँ से जाने के बाद ही देख पायेंगे। छिपाकर इसलिए कि वे कहीं नाराज़ न हो जायें कि बबलू के खिलौनों का बदला दिया जा रहा है, पर उन्होंने मुसकुरा कर कहा, "हम कितने फ़ार्मल होते जा रहे हैं!"

बात शायद व्यंग्य की कही गई थी, पर मैं तो इससे भी बड़े विस्फोट की आशा कर रही थी। यह फ्रॉक मैंने भाभी की पिंकी के जन्म-दिन के लिए रात-रात-भर जाग कर काढ़ा था। मैं उन्हें सरप्राइज़ देना चाहती थी, पर उस देने में शायद एक ऋण चुकाने का-सा भाव रहता। इस देने में एक अनजानी तृप्ति थी।

अन्तिम घंटी बजी और स्टेशन पर एक हलचल-सी मच गई। बबलू उनके घुटनों में मुँह छिपाकर खड़ा हो गया। शायद रुलाई रोकने की चेष्टा कर रहा था। उसे गोद में उठाकर देर तक वे प्यार करते रहे। मैं दूसरी ओर मुँह किये उनका बैग थामे रही। मन के द्वार पर एक प्रश्न बार-बार थपकी दे रहा था, 'अब कब आइएगा?' पर शब्द अधरों तक आकर लौट-लौट जाते थे।

रेल मानो कलेजे पर हथौड़े की चोट करती धड़धड़ाती स्टेशन में दाखिल हुई। बड़ी कठिनाई से उन्होंने बबलू को मेरी गोद में दिया और लपककर किसी डिब्बे में जा चढ़े। एक बार भी पीछे मुड़कर नहीं देखा।

लौटते समय टैक्सी में बबलू मेरी गोद में सिसकते हुए कह रहा था रुआन, "मम्मी, यह रेल कैसी है जो पापा को इतनी दूर ले जाती है?"

और मेरा मन कह रहा था, बेटे कैसी तो तेरी मम्मी है! नहीं तो इस रेल निगोड़ी की क्या मजाल थी जो इस तरह तेरे स्नेह की छाया, तेरे अधिकारों का घर छिन जाता!

उसने नहीं कहा

वह नहा कर निकला ही था कि शोभा ने कहा, "जरा बाहर जाकर तो देखिए!"

"क्या है?" उसने बेजारी से पूछा, पर अपनी उत्सुकता को रोक न सका।-गीले बालों को तौलिए से रगड़ता हुआ बरामदे में आ खड़ा हुआ।

देखने को वहाँ कुछ भी तो नहीं था।

अपने पीछे चली आई शोभा पर वह बरसने वाला ही था कि उसने कहा, "जरा बाहर तो देखिए—बाबूजी को।"

इस बार उसने देखा, दरवाज़े पर एक ठेला खड़ा है, और बाबूजी उसे पैसे दे रहे हैं। इससे पहले कि वह शोभा को अच्छी चुभती-सी बात कहता बाबूजी तीन-चार पुड़ियाँ बगल में समेटे गेट बन्द करने की कोशिश कर रहे थे।

"यह क्या ले लिया बाबूजी?" उसने आगे बढ़कर फाटक बन्द करते हुए पूछा।

"कुछ नहीं, थोड़ा-सा नमकीन···!" अपना बोझ प्रमोद के हवाले करते हुए बाबूजी ने कहा, "अच्छा दिखा तो ले लिया। बच्चों वाला घर है ! दिन-भर बच्चों को मुँह चलाने के लिए कुछ चाहिए ही।"

और इतना कहकर बाबूजी जैसे कर्त्तव्यमुक्त होकर अपने कमरे में लौट गए, पर उनके जाते ही ओट में खड़ी शोभा सामने आ गई।

"लो भई सँभालो अपनी अमानत।" प्रमोद ने सामान उसकी ओर बढ़ाते हुए कहा, किन्तु वह वैसी ही तनी हुई मुद्रा में दूर खड़ी रही।

"अरे, लो भाई, मुझे तैयार होने दो अब, सवा नौ हो रहे हैं।"

"यह है क्या?" उसने रूखे स्वर में पूछा।

"नमकीन है। बाबूजी बच्चों के लिए खरीद कर लाए हैं।"

"आपके बच्चों ने कभी राह चलते ठेले की कोई चीज़ खाई है?"

"ठीक है भई! पर मैं बाबूजी से तो यह सब कह नहीं सकता न! उन्हें अपने लाड़ले पर प्यार आ गया है तो बीच में बोलने वाला मैं कौन होता हूँ! उनका मन हुआ तो वे ख़रीद लाए। अब तुम्हारा मन हो तो घर में रखो, नहीं तो नौकरों में बाँट दो। बस, बात खत्म!"

"नहीं, बात यहीं ख़त्म नहीं।"

प्रमोद भीतर जाने को मुड़ा ही था कि शोभा का सख्त स्वर सुन कर बीच ही में रुक गया, "क्या?"

"यह कि मैं इसका मतलब खूब समझती हूँ।"

"साफ़-साफ़ कहो न! वक्त-बेवक्त कुछ देखती नहीं। बस, बहस लेकर बैठ जाती हो। जरा घड़ी तो देखो।"

"मुझे मालूम है, यह सब मुझे दिखाने के लिए किया गया है।"

"मेरी समझ में अब भी कुछ नहीं आ रहा। ठीक से बताओ।"

"दो-चार दिन से उनकी मण्डली को नाश्ता नहीं दे पा रही हूँ न, इसीलिए यह नाटक रचा गया है।"

"लेकिन क्या नाश्ता नहीं दिया गया? तुम्हें मालूम है, बाबूजी सूखी चाय कभी नहीं पीते।"

"बाबूजी के लिए किसने मना किया? पर पूरी बारात को तो मैं रोज़ खिला नहीं सकती। बिस्कुट-उस्कुट से काम चल जाता तो तब भी ग़नीमत थी। पर आपके पिता तो चाहते हैं कि दिन-भर हलवाई की कढ़ाई चढ़ी रहे। पता नहीं किस ज़माने में रहते हैं! न तो उन्हें इस बात की परवाह है कि बाज़ार आकाश छू रहा है, न इस बात का ही खयाल कि घर में गैस नहीं है या कि नौकर बीमार पड़ा है।"

"मजबूर हैं बेचारे! माँ ने ऐसी शाही आदतें डाल दी हैं। अब भला इस उम्र में छूटेंगी वे?"

पर शोभा की तसल्ली नहीं हुई। खाने की मेज़ पर भी उसका भुनभुनाना जारी रहा। आख़िर तंग आकर प्रमोद बोला, "अच्छे-भले पड़े थे गाँव में। तुम्हें ही शौक चढ़ा था बुलाने का। अब क्यों रोती हो?"

"हम लोगों के होते हुए वहाँ उनका अकेले रहना क्या अच्छा लग रहा था? आख़िर सन्तान किस दिन के लिए होती है?" शोभा ने बुजुर्गाना लहजे में कहा।

"जब इतनी समझदार हो तो सहना भी सीखो। तुमने क्या सोचा था कि बाबूजी आएँगे तो मोम के गुड्डे की तरह कमरे में बैठे रहेंगे?"

"मैं क्या पागल हूँ। बल्कि मैंने तो सोचा था कि घर में बड़े बुजुर्ग के रहने से एक दबदबा-सा रहेगा। बच्चों पर कुछ अच्छे संस्कार होंगे। आपके टूर पर चले जाने के बाद अकेला-सा नहीं लगेगा। कभी-कभार सिनेमा या क्लब जाते समय बच्चों को निश्चिन्त होकर छोड़ा जा सकेगा।"

"तुम्हारी यह सारी ख्वाहिशें पूरी नहीं हो रही हैं! फिर जरा-सी बात का बतंगड़ क्यों बना लेती हो? जरा सब्र से काम लेना सीखो।"

कहने को प्रमोद कह गया, पर जानता था कि अब मेज़ पर बैठना खतरे से खाली नहीं है। शोभा अगर शुरू हो गई तो दफ्तर के लिए लेट करवा कर ही छोड़ेगी।

बार-बार घड़ी की ओर देखता हुआ वह फुर्ती से उठ खड़ा हुआ और वाश-बेसिन पर हाथ धोने लगा।

बात आधे में ही टूट जाने से शोभा क्षुब्ध हो गई है, वह साफ देख रहा था। वह सौंफ, इलायची, पेन, रूमाल, स्कूटर की चाबियाँ—सारी चीज़ें चुपचाप उसके पास आकर रख दी गईं और वह चुपचाप सिर झुकाए जूते पहनने का नाटक करता रहा। घड़ी की सुई प्रतिपल आगे भाग रही थी, और मान-मनौवल का ज़रा भी समय उसके पास नहीं था।

यही तो हो जाता है।

शोभा ज़रा-ज़रा-सी बात पर बुरा मान जाती है। पर वही बातें वह कितनी बार सुने! और सुन भी ले तो निराकरण का उपाय क्या है!

यह सच है कि बाबूजी के आते ही घर में आमदरफ्त बढ़ गई है। पिछले दस साल से वह इस शहर में हैं, पर गिने-चुने लोगों के यहाँ ही आना-जाना होता है। मोहल्ले वालों से तो बस दुआ-सलाम होती रहती है। कभी घण्टे-दो घण्टे किसी के यहाँ गए हों ऐसा याद नहीं पड़ता। यहाँ कोई उसका बुरा भी नहीं मानता। सभी अपनी व्यस्त दिनचर्या में डूबे रहते हैं।

बाबूजी को यहाँ बुलाते समय प्रमोद इसी बात को लेकर चिन्तित था कि उनका समय यहाँ कैसे कटेगा? जब से याद पड़ता है, उसने बाबूजी को हमेशा लोगों से घिरा हुआ ही देखा है। जानता है कि अकेलेपन से बढ़कर कोई सज़ा उनके लिए नहीं है। और यहाँ तो दिन-भर घर पर सन्नाटा-सा खिंचा रहता है। बच्चे सुबह नौ बजे ही स्कूल निकल जाते हैं और स्कूल के बाद ट्यूशन आदि से निपट कर ही घर लौटते हैं। वह भी दस बजे का गया छह बजे तक लौट पाता है। इतनी देर बाबूजी घर में क्या करेंगे? लायब्रेरी की किताबें भी आखिर कोई कितनी पढ़ेगा? वैसे भी उन्हें पढ़ने का ज़्यादा शौक कभी नहीं रहा।

परन्तु बाबूजी के सामने यह समस्या कभी उठी ही नहीं। पहली ही बार सुबह की सैर को गए तो 3-4 पेंशनरों को साथ पकड़ लाए। उन्हें गरमागरम चाय-नाश्ता कराया। प्रमोद भी खुश हुआ कि चलो, हमउम्रों के बीच अब आसानी से इनका वक़्त कट जाएगा।

प्रमोद तो अपनी परेशानियों से मुक्त होकर हल्का अनुभव करने लगा था, पर शोभा की परेशानियाँ एकदम बढ़ गई थीं। सुबह का समय वैसे ही घड़ी से होड़ करके बीतता था। अब इन बुजुर्गवारों के चाय-नाश्ते का काम और बढ़ गया था। बाबूजी सैर से लौटते ही दीपू को चाय का आर्डर भेज देते। तब शोभा को बड़ी कोफ्त होती। अब वह बच्चों को तैयार करे, रसोई देखे या सुबह से चाय ही बनाती रहे। सितम यह

होता है कि भल्ला साहब के पिताजी दूध लेने के लिए घर से चलते हैं और फिर बाबूजी की बैठक में रम जाते हैं। फिर गोपाल को उनके यहाँ दूध पहुँचाने भी जाना पड़ता है। दीपू, नीतू को तैयार करती शोभा खीझ उठती है। इन लोगों को तो कोई काम नहीं, तो क्या सभी लोग पेंशन लेकर बैठ जाएँ !

यह तो होती है सुबह की महफ़िल। दोपहर को बाबूजी शतरंज लेकर बैठ जाते हैं। दो-चार खेलने वाले और दो-चार देखने वाले जुट ही जाते हैं। पाँच बजे तक चाय और शरबत के दो-चार दौर हो जाते हैं। इस समय बाबूजी की इच्छा होती है कि घर का बना कोई गरमागरम नाश्ता भी परोसा जाए। फिर बाबूजी इशारा करके मेहमानों को खिलाते जाते हैं और बहू की तारीफ़ भी करते जाते हैं।

पहले शोभा इस प्रशंसा से बड़ी पुलकित होती थी, पर अब उसे कोफ्त होने लगती है।

शाम को मिश्राजी के बड़े भाई साहब प्रीति को डान्स-क्लास में छोड़ने के लिए घर से निकलते हैं। प्रीति को अकेले जाते डर भी लगता है और ताऊजी के साथ जाते शर्म भी आती है। वह यहाँ तो साथ आ जाती है, फिर नारंग साहब की ज्योति के साथ आगे बढ़ लेती है। घर वापस लौटने की बजाय ताऊजी, बाबूजी के पास बैठकर तो भतीजी की प्रतीक्षा करते हैं और नई सभ्यता को कोसते रहते हैं। चाय उनके लिए भी बनती ही है।

अपनी पूरी-की-पूरी पेन्शन बाबूजी प्रमोद के हाथ में पकड़ा देते हैं तो वह संकोच से गड़ जाता है। पर शोभा भुनभुनाती रहती है—डेढ़ सौ रुपये पकड़ा देते हैं तो सोचते हैं जग जीत लिया। ज़रा बाज़ार जाकर पता करें तो गश आ जाए।

परेशान हो उठता है प्रमोद। पत्नी को कैसे समझाए कि ज़िन्दगी-भर यही तो कमाया है बाबूजी ने, जंगल में भी बैठ गए हैं तो चार लोग आस-पास जुट आए हैं। फिर यह तो इतना बड़ा शहर है!

दिन-भर बहुत बेचैन बना रहा प्रमोद।

शोभा की परेशानी को वह समझ रहा था। पर माँ! फिर माँ कैसे ताल-मेल बिठा लेती थीं?

माना कि ऐसी सर्वग्रासी महँगाई उन दिनों नहीं थी। पर आमदनी भी तो ज़्यादा नहीं थी। फिर चार बच्चों के साथ और ऐसा मजमेबाज पति! पर घर में कभी चख-चख नहीं मची। कभी परेशान भी होतीं तो बच्चों के सामने कह-सुन कर हल्की हो जातीं। बाहर वालों ने हमेशा उन्हें मुस्कराता ही देखा। उनका अतिथि-सत्कार उस समय भी मिसाल के रूप में गिना जाता था।

याद है उसे, कई बार सब्जी के लिए उबले आलुओं को मसल कर ही माँ ने कचौड़ी बना दी हैं और बच्चों को सिर्फ़ कोरी दाल से रोटी तोड़नी पड़ी है। कभी उबलते दूध में चावल डाल कर खीर बना दी गई है। दोपहर की चाय न मिली तो न सही। कभी महीने का अन्त है तो बच्चे अचार से ही काम चला रहे हैं। पर उस समय भी कोई भूला-भटका आ निकलता तो माँ झट से कढ़ाई चढ़ा कर बेसन घोल लेतीं और आँगन में लगे अजवाइन या पोई के पत्तों की पकौड़ी उतार देतीं।

उनका एक ही सिद्धान्त था—अपने घर में हम कैसे भी रह लें, पर घर आया मेहमान सन्तुष्ट होकर जाना चाहिए।

और घर में आने वालों की संख्या क्या कम थी! नाते-रिश्तेदार तो खैर थे ही, उनसे ज्यादा संख्या तो बाबूजी के दोस्तों की थी। कुछ तो इतने बेतकल्लुफ कि सीधे रसोई में आ धमकते और बच्चों के साथ ही शुरू हो जाते। पर माँ के माथे पर कभी बल नहीं पड़े।

उन दिनों बाबूजी एक खास 'रविवारीय भोज' का आयोजन करते थे। उसके लिए माँ ने चीनी की प्लेटें, एक भगोना और कलछी अलग रख छोड़े थे। आँगन के छोर पर बने एक चूल्हे पर यह कार्यक्रम चलता।

माँ रविवार को सुबह उठकर वहाँ झाड़ू-बुहारी करतीं, मसाला पीस कर रखतीं, आटा सान कर रखतीं। सारा सामान एक बार वहाँ सजा देने के बाद जो मन्दिर की राह लेतीं तो शाम ढले ही घर लौटतीं। दिन-भर उनके मुँह में अन्न का दाना भी नहीं जाता। पड़ोसिनें कहतीं, "पति के पापों का प्रायश्चित्त कर रही है बिन्नो की माँ!"

माँ हँस कर कहतीं, "कोट का पाप, कटि का पुन्न! अब किसी का खाने का मन है और हमें बनाना नहीं आता तो हम यहाँ बैठकर क्या करें! उतनी देर ठाकुरजी की सेवा ही सही।"

"लेकिन अपने घर में तुम्हें यह सब अच्छा लगता है! इतने सारे होटल तो हैं। बिन्नो के बाबूजी वहीं जाया करें तो क्या हर्ज?"

"अरे व़ाह" माँ तमककर कहतीं, "अपना घर होते हुए होटल में क्यों जाएगा कोई? वहाँ खाने से मन भरता है कभी? और इतने संगी-साथी लेकर होटल जाने का बूता है किसी का?"

सच तो था, बाबूजी के समय सामिष भोज में 10-12 लोग तो कम-से-कम आते ही थे। होता यह चन्दे से ही था। पर उनमें से कई ऐसे थे जो घर से छिपा कर आते थे। वृषभान चाचा तो ऐसे थे जो चन्दा भी नहीं दे पाते थे, पर बिना बुलाए ही आ टपकते। तब माँ कहतीं, "मर्द मानुस है, खाने-पीने की हवस को कहाँ तक दबाएगा बेचारा! घर में नहीं मिलता, तभी तो इधर-उधर लार टपकाता फिरता है!"

शुरू-शुरू में तो माँ बच्चों का खाना बनाकर रख जाती थीं, पर बाद में आमिल

चाचा बच्चों को खींच कर अपनी पंगत में ले जाने लगे। माँ को पता चला तो हाथ जोड़कर बोलीं, "लाला लड़के तुम्हारे हैं। जैसे चाहे गुण सिखा देना। मैं कुछ नहीं बोलूँगी। पर लड़कियों को बख्श दो। पता नहीं कैसी ससुराल मिले। मर्द मानुस तो अपने शौक बाहर जाकर पूरे कर लेता है, पर यदि इनकी जीभ को स्वाद लग गया तो छटपटाती फिरेंगी।"

उस समय तो सारी बातें इतनी रुटीन हो गई थीं कि कुछ भी अस्वाभाविक नहीं लगती थीं। पर आज सोचते हुए कैसा आश्चर्य होता है! मुश्किल से चार किताबें पढ़ीं, कट्टर धार्मिक संस्कारों में पली-बढ़ी माँ! इतनी सूझबूझ! इतना विवेक, इतनी सुघड़ता कहाँ से ले आईं वह! कौन-सा विश्वविद्यालय था जहाँ से माँ ने यह विद्या सीखी थी—अभावों में मुसकराने की विद्या, पति के दोषों को खूबसूरती से ढाँपने की विद्या, बच्चों के भविष्य में दूर से झाँक लेने की विद्या, मध्यमवर्गीय विपन्नता के बावजूद भी सिर उठा कर चलने की विद्या—कहाँ से सीखा था माँ ने यह सब!

माँ के प्रति उसका मन नए सिरे से श्रद्धानत हो आया। सच, ऐसी संगिनी को खोकर बाबूजी कितने अकेले पड़ गए होंगे!

पता नहीं उसके मन में कैसा ज्वार उमड़ा कि घर लौटते समय उसके स्कूटर की सामने वाली बास्केट तरह-तरह के खाद्य-पदार्थों की थैलियों से भरी हुई थीं! इतने पर भी उसका मन नहीं भरा तो कृपाराम हलवाई की दुकान के सामने गाड़ी रोककर उसने 10-12 गरम कचौड़ियाँ भी तुलवा लीं।

स्कूटर पार्क कर वह किसी स्कूली बच्चे की सी आतुरता से सीधा बाबूजी के कमरे में घुस गया।

"बाबूजी! कचौड़ी लीजिए—बिल्कुल कढ़ाई से निकलवाकर लाया हूँ। अपने यहाँ का मशहूर हलवाई है। आपके शहर की टक्कर का तो नहीं⋯।"

बाबूजी विस्मित हो उसकी ओर देखते रहे। फिर धीरे से बोले, "इतनी क्या है बेटे? अन्दर भिजवा दो! सब लोग साथ ही ले लेंगे।"

संकोच से गड़ गया वह! ठीक तो है। बाबूजी क्या ऐसे ही हाथ में लेकर खा लेंगे! अपनी उमंग में उसे याद ही न रहा कि शाम की चाय बाबूजी उसके साथ भी ले लेते हैं।

स्कूटर का सामान निकाल कर गोपाल अन्दर ले जा रहा था कि उसने उसे आवाज़ दी। कचौड़ी का लिफ़ाफ़ा उसे पकड़ाते हुए बाकी सामान खुद ले लिया और अलमारी में एक-एक सिरे से जमाने लगा।

बाबूजी कुछ देर तो शान्ति से देखते रहे, फिर धीरे से बोले, "यह क्या हो रहा है बेटे?"

"ज़रा शहर तक निकल गया था! बड़ी फेमस दुकान है वहाँ 'अग्रवाल-नमकीन

भण्डार'। सोचा, यहाँ तक आया हूँ तो कुछ लेता चलूँ।"

"यह कुछ है? तुम तो पूरी दुकान ही उठा लाए बेटा!"

"तो क्या हुआ बाबूजी! यह खराब होने वाली चीज थोड़े ही है! तली हुई मूँग की दाल, ये बीकानेरी भुजिया, ये रतलामी सेव, और ये तली हुई मूँगफलियाँ। इन्हें आजकल 'टेस्टी' कहते हैं।"

"ठीक है, ठीक है।" बाबूजी ने उसे रोकते हुए कहा। अब ले आए हो तो ठीक है, पर यहाँ क्या नुमाइश लगा रहे हो? जाकर बहू को सँभलवा दो।"

इसी प्रश्न से प्रमोद बचना चाहता था। हकलाते हुए बोला, "उधर के लिए भी लाया हूँ। गाड़ी में पैकेट्स रखे हैं।"

"इधर के लिए अलग से लाए हो? क्यों?"

"अक्सर आपके पास लोग-बाग आते रहते हैं न!"

"तो?"

बाबूजी का स्वर उनकी दृष्टि की ही तरह तीखा था। प्रमोद की सिट्टी-पिट्टी गुम हुई जा रही थी फिर भी हिम्मत करके बोला, "दरअसल मैंने सोचा कि कभी आपको अन्दर से मंगाते हुए सँकोच लगे तो···मतलब यह कि वह वेवक्त कोई आ भी गया तो आप परेशान नहीं होंगे।"

"तो बेटे एक काम और करो···।"

"जी!"

"एक बिजली का चूल्हा और पतीली भी यहाँ रखवा दो। बेवक्त कोई आए तो मैं चाय भी बना लिया करूँ।"

"बाबूजी, आप समझ नहीं रहे हैं···।"

"मैं सब समझ रहा हूँ, बेटे। और एक बात तुम भी समझ लो कि मेरे पास जो भी लोग आते हैं, वे खाते-पीते घरों के शरीफ़ आदमी हैं। एक कप चाय अगर हम उन्हें पिलाते हैं तो उसमें अपने ही घर की इज्ज़त बढ़ती है। अपना ही बखान होता है। हम किसी पर कोई अहसान नहीं करते।"

"मैं क्या यह सब समझता नहीं बाबूजी! इसी वातावरण में तो पल कर बड़ा हुआ हूँ। पर होता क्या है कि कभी-कभी कोई 'प्राब्लम' आ जाती है, तो लेडीज़ परेशान हो जाती हैं इसीलिए कह रहा था···।"

"हाँ बेटे, यह बात तूने ठीक कही। न कहता तो शायद मेरी समझ में कभी आती ही नही।"

बाबूजी ने नाटकीय मुद्रा में कहा, "दरअसल, बेटे, मेरे घर में तो कोई 'लेडी' थी नहीं। एक सीधी-सादी घरेलू औरत थी। इसलिए नहीं जानता कि परेशानी क्या होती है। अच्छा किया बेटे तुमने बतला दिया।"

इतनी देर से प्रमोद किसी स्कूली लड़के की तरह भीगी बिल्ली बना हुआ खड़ा था। लेकिन इस व्यंग्य से, जैसे वह तिलमिला उठा। एक तो वैसे ही दिन-भर सोच-सोच कर परेशान हो गया था। बाबूजी की इस बात ने उसका रहा-सहा संयम भी छीन लिया। चीख कर बोला, "आप कैसे जानेंगे कि परेशानी क्या होती है? आपने कभी जानने की कोशिश भी की है? हमसे पूछिए कि माँ ने किन हालात में गृहस्थी की गाड़ी खींची है। आपके शौक पूरे करने के लिए उसने क्या कुछ नहीं सहा है! कितने-कितने त्यौहार पुरानी साड़ियों में मना लिए हैं! कितनी सर्दियाँ एक इकलौते ऊनी स्वेटर में निकाल दी हैं! कितनी राखियों पर उन्होंने मैके जाने से इन्कार कर भाइयों को दरवाजे से लौटा दिया है! कितनी बार···।"

लेकिन प्रमोद अपनी बात पूरी नहीं कर पाया। उसने देखा कि बाबूजी का चेहरा सफेद पड़ गया है, पैर काँपने लगे हैं। एकाएक उसका सारा आक्रोश ठण्डा पड़ गया। उन्हें सहारा देकर पास की आरामकुर्सी पर बिठाते हुए उसने पूछा, "आपकी तबीयत तो ठीक है न?"

बाबूजी कुछ नहीं बोले। अपनी हथेलियों में मुँह छिपाए कुछ देर खामोश बैठे रहे। प्रमोद धीरे-धीरे उनके तलुए सहलाता रहा। इससे ज्यादा उसे कुछ सूझा ही नहीं।

एक लम्बे अन्तराल के बाद बाबूजी ने सिर उठाया और डूबती-सी आवाज़ में बोले, "मैं जानता हूँ बेटे कि मेरी गृहस्थी एक मामूली-से क्लर्क की गृहस्थी थी। पर तुम्हारी माँ ने राजा-रईसों की-सी शान दे दी थी। साक्षात् लक्ष्मी का रूप थी वह!

''मुझे मालूम है कि उसके लिए रोज-रोज नई साड़ियाँ मैं नहीं जुटा सका। पर यह भी जातना हूँ कि घर आई हर बहन-बेटी नई चूनर के साथ ही विदा हुई है। अपनी जिन्दगी चाहे उसने एक ऊनी कपड़े में गुज़ार दी हो, पर तुम्हारे चाचा लोग शादी होने तक उसी के हाथ के स्वेटर पहनते रहे। घर में हम लोग चाहे जैसा खाते-पहनते रहे हों, पर आने वाला मेहमान तृप्त होकर ही लौटा है···मुझ जैसे की गृहस्थी चलाना उसी के बस की बात थी। वह न होती तो पता नहीं क्या होता।" बाबूजी ने एक दीर्घ निश्वास लिया और बोले, "वह न होती तो गृहस्थी का इतना फैलाव ही क्यों होता! लोग गृहिणी का मन देखकर ही देहरी चढ़ते हैं। नहीं तो क्या चाय होटलों में नहीं बिकती?"

प्रमोद उत्तर में कुछ कहता इससे पहले ही जैसे उन्हें कुछ याद आ गया। बोले, "अच्छा सच बताना अभी जो तुम इतना सब-कुछ कह गए तो क्या उसने कभी तुमसे यह सब कहा था? तुम्हें मरने वाली की कसम, सच-सच बताना!"

उनके स्वर की आर्द्रता से प्रमोद परेशान हो उठा। क्षणिक आवेश में कही गई उसकी बात इतने गहरे पैठ जाएगी उसने नहीं सोचा था।

सान्त्वना में वह कोई अच्छी-सी बात कहना चाह रहा था कि गेट खड़का। उसने उचक कर देखा—मिश्राजी के बड़े भाई साहब आ रहे थे। उसे लगा जैसे ये प्रीति के ताऊजी नहीं, साक्षात् भगवान हों।

"बाबूजी, ताऊजी आ रहे हैं—मिश्राजी के भाई साहब!" उसने बाबूजी का ध्यान बँटाते हुए कहा।

सचमुच इन शब्दों ने जादू का-सा काम किया। पल-भर में बाबूजी सहज हो गए। दूसरे ही क्षण वह फुर्ती से उठ खड़े हुए। पैरों में चप्पल सरकाते हुए उन्होंने खूँटी पर टँगा अपना कोट भी पहन लिया।

ताऊजी अपनी डगमग चाल से जब तक कमरे में पहुँचते, बाबूजी तैयार होकर बाहर निकल आए और बोले, "चलिए मिसुरजी, जरा चौराहे तक हो आएँ। मेरे पान बिल्कुल चुक गए हैं।"

और उन्हें 'अवाउट-टर्न' करवा कर सचमुच वे चल पड़े।

प्रमोद ठगा-सा उन्हें जाते देखता रहा। करीने से सजी हुई देसी पान की डलिया उसका मुँह चिढ़ाती रही!

शोभायात्रा

माँजी किसी आँधी की तरह कमरे में घुस आयी थीं। हड़बड़ाहट में मैं उठकर ठीक से खड़ी भी न हो पायी थी कि उन्होंने फायरिंग शुरू कर दी, "मुन्ना कहाँ है? कब से गया है? अब तक लौटा क्यों नहीं? क्या रोज इतनी रात गये लौटता है?"

और फिर सबसे अंत में—"तुम यहाँ बैठे-बैठे क्या कर रही हो? क्या इसीलिए तुम्हें ब्याह कर लाए थे? पति आधी रात तक शहर की सड़कें नापता घूम रहा है और तुम मजे से लेटी उपन्यास पढ़ रही हो?"

जाहिर था, इनमें से किसी भी बात का उत्तर मेरे पास नहीं था। इसलिए चुपचाप सिर झुकाकर सारी बमबारी झेलती रही।

दस-पंद्रह मिनट तक इसी तरह गर्जन-तर्जन करने के बाद वे तो वापस हो गयीं, परन्तु मेरी चेतना को लौटने में कुछ समय लगा। और लौटती चेतना के साथ जो पहला भाव जगा वह रोष का था। मन हुआ, दौड़कर जाऊँ और उनका रास्ता रोककर पूछूँ—'ये आज ही आपको अचानक अपने लाड़ले की याद कैसे हो आयी? वे तो रोज ही इतनी-इतनी देर तक बाहर रहते हैं। जब आप ही उनका पता-ठिकाना नहीं जानतीं तो मेरी तो औक़ात ही क्या है?'

और यह सब कह चुकने के बाद उन्हें एक बार ठीक से जता दूँ कि उनका इस तरह बेधड़क कमरे में चला आना मुझे जरा भी अच्छा नहीं लगा है।

यह सिर्फ मेरे रोष का उबाल ही था जो मुझमें इतना जोश भरे दे रहा था। दूसरे ही क्षण वह ठंडा हो गया। अपना सारा आक्रोश मन-ही-मन पी गयी मैं, क्योंकि जानती थी—माँजी के सामने सिर उठाकर खड़े रहना भी मेरे लिए कठिन है। फिर कुछ कहने का तो प्रश्न ही नहीं उठता।

इस दबंग महिला के प्रति एक अजीब-सी दहशत भर गयी है मन में। नौकरों-चाकरों या परिवारजनों के सामने तो वे स्नेह की प्रतिमूर्ति बनी रहती हैं पर अकेले में जब भी सामना हुआ, डाँट-फटकार या ताने-उलाहनों के सिवाय कुछ नहीं मिला।

न सही माँ से, लेकिन बेटे से तो आज जंग छेड़नी ही है। कोई मोम की गुड़िया समझ लिया है मुझे कि जब चाहा प्यार कर लिया, जब चाहा दुतकार दिया।

रात डेढ़ बजे के करीब मोटर साइकिल की परिचित आवाज अहाते में गूँजी। अपने तरकश के सारे तीर भाँजकर मैं हमले के लिए तैयार ही बैठी थी कि माँ ने बेटे को बीच ही में लपक लिया, "कहाँ थे अब तक?"

ये शायद इस आक्रमण के लिए तैयार नहीं थे। इसलिए हड़बड़ाहट में सच बोल गये, "बाँध पर गया था।"

"इतनी रात बाँध पर क्या कर रहे थे?"

"डिनर था।"

"किसने दिया था?"

"बृजकिशोर ने।"

"झूठ मत बोलो। वह आज सुबह ही चाचाजी के साथ गया था।"

"उससे क्या फर्क पड़ता है! डिनर उसकी तरफ से था।"

"तुम्हारे साथ और कौन था वहाँ?"

"उसकी बीवी।"

"शर्म नहीं आती यह कहते हुए? वह आदमी तो शर्म-हया सब बेचकर खा गया है। बहाल होने के लिए कुछ भी करने को तैयार है। पर तुममें तो कुछ अकल होनी चाहिए कि नहीं! घर में नयी-नवेली बहू बैठी हुई है और तुम..."

"आपको गुस्सा किस बात का आ रहा है?" माँजी की बात काटते हुए इन्होंने शांत स्वर में कहा, "आपको दुख किस बात का हो रहा है? मेरे बाँध पर जाने का या अपने पंद्रह हजार खोने का? उसे बहाल हो जाने दीजिए, आपकी फीस आपको मिल जायेगी।"

आश्चर्य! इतनी कड़वी बात का माँजी ने कोई उत्तर नहीं दिया। कुछ ही क्षणों में उनकी भारी-भरकम पदचाप क्रमशः गलियारे से दूर होती चली गयी। दरवाज़े से कान लगाये खड़ी थी मैं। पीछे हटने को ही थी कि ये दरवाज़ा जोर से ठेलकर भीतर आ गये। मुझे एकदम सामने पाकर कसैली आवाज में बोले, "आपको भी पूछना है कुछ?"

"नहीं!" (वैसे अब पूछने को था ही क्या?)

"लेकिन मुझे पूछना है!" इन्होंने जलती आँखों से घूरते हुए कहा।

"पूछिए।"

"अम्मा से शिकायत किसने की थी?"

उनकी आँखों में ही नहीं, आवाज़ में भी अंगारे थे। लेकिन उनकी आँच मुझे दहला नहीं सकी, क्योंकि वे तो सिर्फ अंगारे थे, मेरे अंतस् में तो समूचा ज्वालामुखी धधक उठा था।

हे ईश्वर! यह मुझे कहाँ लाकर डाल दिया? किस घर में माँ-बेटे इस स्तर का वार्तालाप करते होंगे? दुनिया का कौन-सा पति इतना बेशर्म होगा कि पत्नी से ही आकर लड़े कि 'अम्माँ से शिकायत किसने की?'

"भाभी! आपके चाचाजी आये हैं।" सुनीता ने आकर बताया तो हर्ष और विस्मय से मैं उसे देखती रह गयी।

"नीचे चलिए न!" उसने कहा, तब जाकर मुझे होश आया। चाचाजी मुझसे मिलने मेरे कमरे तक थोड़े ही आयेंगे। उनसे मिलने नीचे बड़े हॉल में ही जाना होगा। कई जोड़ी आँखों के सामने उनसे मिलना होगा—हजार पहरों के बीच बातें करनी होंगी। मिलने का आधा उत्साह तो वहीं शेष हो गया। दो जीने उतरकर सुनीता के पीछे-पीछे जब बड़े हॉल में प्रवेश किया तो बचा-खुचा आनंद भी जाता रहा।

सामने सोफे पर बल्लू चाचा (हमारे पड़ोसी) बैठे हुए थे। मुझे देखते ही वे उठ खड़े हुए और स्नेहसिक्त स्वर में बोले, "कैसी हो बिटिया?"

उनके इस स्नेह-सम्बोधन से ऐसा दुलार छलक पड़ रहा था कि मेरे आँसू निकल आये। बचपन में कई बार उनके कंधे पर चढ़कर कच्चे आम तोड़े हैं, उनके गले में झूलकर कई फरमाइशें की हैं। मन हुआ, फिर से वही नन्ही-सी वंदना बन जाऊँ और ठुनककर कहूँ, 'चाचाजी, हमें अपने साथ ले चलिए। अब हमारा यहाँ मन नहीं लगता।' दूसरे ही क्षण याद आ गया कि इस किले से बाहर पैर देना इतना सरल नहीं है। बिना किसी तीज-त्योहार के, बिना किसी बुलावे के अम्माँजी मुझे अड़ोसियों-पड़ोसियों के साथ कभी नहीं भेजेंगी।

बल्लू चाचा अब इत्मीनान से बैठकर हॉल की सजावट का निरीक्षण कर रहे थे। मैं भी उनकी प्रशंसा-भरी दृष्टि का अनुसरण कर रही थी। इतनी फुरसत से मैं भी पहली बार ही वैभव के उस भोंड़े प्रदर्शन को देख रही थी। इससे पहले जब भी यहाँ आयी हूँ, प्रदर्शन की वस्तु बनकर ही आयी हूँ, कई जोड़ी आँखों से बिंधी घंटों बैठी हूँ पर कभी आँख उठाकर देखने का साहस नहीं हुआ।

सुनीता इस बीच चुपचाप उठकर चली गयी थी। शायद समझी हो कि उसके सामने मैं ठीक से बात नहीं कर पाऊँगी। घर में वही एक समझदार जीव है, और संवेदनशील भी।

इस तरह चुपचाप बैठना सचमुच बड़ा खराब लग रहा था। आखिर मैंने ही पूछ लिया, "कब आना हुआ चाचाजी?"

"यहीं पासवाले गाँव में एक बरात में आया था। अपने रविप्रताप सिंह के लड़के की शादी थी। यहाँ तक आया था तो सोचा बिटिया से भी मिलता चलूँ।"

"घर पर तो सब ठीक हैं न?"

"एकदम मजे में। योगेश रायपुर से बदलकर आ गये। राजेश का भी कालेज में एडहाक एप्वाइंटमेंट हो गया है।"

"अच्छा! मुझे किसी ने खबर ही नहीं की। चलो अच्छा हुआ। बड़े भैया उतनी दूर रायपुर में थे तो माँ-बाबूजी को बड़ी चिन्ता रहा करती थी।"

"अरे, अब सब अच्छा ही होने को है, देखती जाओ। मुहल्ले में अब दोनों वक्त पानी आने लगा है। गली के मोड़ पर बिजली का खंभा लग गया है। गली तो ऐसी चकाचक रहती है कि बस...खुद नगरपालिका वाले आकर देख जाते हैं। जानते हैं न

मिनिस्टर साहब के समधी हैं। किसी दिन मंत्री महोदय की निगाह पड़ गयी तो सब-के-सब धर लिये जायेंगे। इसीलिए चौकन्ने रहते हैं। खुद कलेक्टर ने दो-तीन बार फोन करके पूछा कि कोई तकलीफ तो नहीं हैं! भाभी को छींक भी आ जाये तो सिविल सर्जन दौड़ा चला आता है...तुम्हारे बाबूजी के दफ्तर के बाहर मुन्नालाल धोबी ने जबर्दस्ती ठेला डाल लिया था न प्रेस का, पुलिस की एक ही डाँट में सीधा हो गया। ओसारा खाली करके चलता बना।''

चाचाजी सुनाते चले जा रहे थे, और एक-एक बात मेरे कानों पर हथौड़े की तरह बज रही थी।

''बिटिया!'' चाचाजी के स्वर की याचना ने मुझे चौंका दिया, ''अपनी अम्माँजी के पास जरा हमारी अर्जी भी पहुँचा दो।''

''काहे की?''

''वही लालपुरवाली जमीन की। पाँच साल से केस अटका पड़ा है। दो जज बदल गये तब से।''

''आप...। कल-वल आते तो ठीक रहता चाचाजी। चाचाजी शायद सबेरे तब लौट आयें।''

''न बिटिया, इतने बड़े आदमी के सामने तो हमसे मुँह ही नहीं खोला जाएगा। तुम तो अम्माँजी से निवेदन कर देना। सब जानते हैं कि असली मंत्री कौन है। और फिर...वे एकाएक चुप हो गये। मैंने मुड़कर देखा, सुनीता लौट आयी थी और उसके पीछे चाय की ट्रे लिये जगदीश था।

चाय का सरंजाम देखकर चाचाजी एकदम उठ खड़े हुए, ''नाहक परेशान होती रहीं आप बिट्टोरानी! पर मुझे माफ करना होगा। भला बिटिया के घर चाय पी सकता हूँ कभी!...न बिटिया, इस पाप में मत ढकेलो मुझे। मैं तो राजी-खुशी पूछने चला आया था। बहनजी के दर्शन नहीं हो पाये। उनके चरणों में हमारा प्रणाम निवेदन कर देना। चलूँगा मैं अब!'' और हम दोनों के हाथ में ग्यारह-ग्यारह रुपये थमाकर बल्लू चाचा चले गये।

बल्लू चाचा की छोटी-सी मुलाक़ात मुझे एकदम पत्थर बना गयी।

पिछले चार दिन और चार रातें मैंने बड़े ऊहापोह में बितायी थीं। बार-बार घर लौट जाने की योजनाएँ बना रही थी पर एक भी गले से नहीं उतर सकी थी। बल्लू चाचा ने तो सारे सोच-विचार पर ही पूर्ण विराम लगा दिया था।

बड़े भैया पाँच साल से ट्रांसफर के लिए परेशान थे। पलक झपकते उनका काम हो गया। छोटे भैया एम. एस-सी के रिजल्ट के बाद एक दिन खाली नहीं बैठे। बैठे-बिठाये नौकरी मिल गयी। गली में बिजली लग गयी है। रोज सफाई होने लगी है। मिनिस्टर

के समधी होने का इतना फल तुरंत मिलता है! लगता है, संसार के सारे व्रतों से यही व्रत श्रेष्ठ है। तभी न पूरा परिवार इस रिश्ते के लिए इतना उत्सुक था।

मुझे तो सगाई के बाद पता चला कि श्रीमान् जी बी. ए. भी नहीं हैं। इतना रोयी थी मैं उस दिन! अंग्रेजी साहित्य की विद्यार्थिनी मैं एक अनपढ़ के पल्ले बाँध दी जाऊँगी—सोचा भी न था। हैरत तो यह थी कि बिना किसी जाँच-पड़ताल के इन लोगों ने बात चलायी ही कैसे? लेकिन अर्चना ने ही बतलाया कि जान-बूझकर मक्खी निगली जा रही है। सुनकर आपे से बाहर हो गयी थी मैं। माँ को जाने कितना उल्टा-सीधा सुना डाला था।

माँ लेकिन जरा भी नाराज़ नहीं हुई, उल्टे प्रेम से समझाने लगीं, "बेटे, पढ़ाई में क्या रखा है! आजकल बी. ए., एम. ए. मारे-मारे फिरते हैं। कोई बाबूगीरी के लिए भी नहीं पूछता। यह तो मेरी किस्मत है कि इतनी ऊँची जगह तेरा रिश्ता लग गया। हम तो अपना सब कुछ बेच भी देते तो ऐसा घर ढूँढ़ नहीं पाते। लाखों की जायदाद है, कोठी है, कार है, नौकर हैं, चाकर हैं, मिनिस्ट्री की शान है, सो अलग।"

"पर, मिनिस्टर तो उनके चाचा है माँ?"

"तो क्या हुआ! सब कुछ इन्हीं लोगों का तो है। उनके कोई बाल-बच्चा थोड़े ही है। बीवी भी, कहते हैं, पागल थी, सो छोड़ रखी है।"

मन को कहीं से भी माँ के ये तर्क बाँध नहीं पाये थे। फिर भी मैंने परिस्थिति से समझौता किया। एक हिन्दुस्तानी लड़की और कर भी क्या सकती है!

शादी बहुत धूम-धाम से संपन्न हुई। गाजे-बाजे के साथ आयी बरात में नेता थे, मंत्री थे, अफसर थे, लखपती थे। इस भव्य बरात का स्वागत-सत्कार हम लोगों के बस का नहीं था। पर शहर का पूरा सरकारी अमला सहायता के लिए दौड़ पड़ा था। मेरा विवाह एक पारिवारिक आयोजन न रहकर सरकारी समारोह बन गया था।

दूल्हे के रूप-रंग के लिए सखियाँ मुझे बधाई दे रही थीं और खुश होने का प्रयास कर रही थी।

लेकिन दोस्तों की जमात देखकर शिवजी की बरात याद आ गयी। उनके भोंडे मजाक, भद्दे हाव-भाव और निर्लज्ज हँसी देख-सुनकर मन खट्टा हो गया। जो व्यक्ति दिन-रात इन लोगों के साथ उठता-बैठता है, उसका अपना मानसिक स्तर कैसा होगा इसकी कल्पना की जा सकती थी। न सही विद्या, पर मनुष्य में संस्कार तो हों। और संस्कारशून्य व्यक्ति के साथ कोई भावुक मन कैसे जुड़ा रह सकता है!

मेरा सोचा हुआ जरा भी गलत नहीं था, इसका पता पहली भेंट में ही चल गया। पत्नी-संबंधी अपनी मान्यताओं को और पत्नी की सीमाओं को उन्होंने पहले दिन ही स्पष्ट कर दिया। वह एक कठोर सत्य था, फिर भी मुझे उसके कथ्य से इतनी शिकायत नहीं है। पर जिस भाषा में वह कहा गया वह संभ्रात परिवारों की भाषा में नहीं था। विवाह के प्रति मन में कोई उत्साह नहीं रह गया था, फिर भी मेरे संस्कारी मन ने भाग्य

के निर्णय को सिर-माथे लिया था। बड़े यत्न से मन में एक मंदिर बनाया था परंतु प्राणप्रतिष्ठा होने से पहले ही प्रतिमा खंडित हो गयी।

कई बार सोचती हूँ—कोई दस मिनट बात भी कर ले तो इस आदमी की औक़ात समझ में आ जाती है। फिर बड़े भैया तो कई बार आकर मिल गये थे। बाबूजी भी एक बार आये थे। उस समय मंत्रीजी के यहाँ संबंध करने की उतावली में वे लोग क्या अपना विवेक कहीं छोड़ आये थे? उन्हें भान न रहा कि अपने स्वार्थ के लिए वे वंदना नाम की एक संवेदना का गला घोंट रहे हैं?

छोटी दीदी सुबह से परेशान थीं। दो-चार बार ऊपर आकर अपने भैया के लिए पूछ गयी थीं। उनकी व्यग्रता देखकर बड़ा आश्चर्य हो रहा था क्योंकि भाई-बहन में जैसा प्यार था, मैं जानती थी।

फिर सुनीता ने बतलाया कि दरअसल दीदी भैया के लिए नहीं, उनके जीजाजी के लिए परेशान हैं। दोनों सुबह से ही निकल गये हैं। यह सुनकर तो और भी विस्मय हुआ। साले-बहनोई के स्नेह-संबंध सर्वविदित थे। दोनों भरसक एक-दूसरे के सामने नहीं पड़ते थे। जब भी सामना होता, झड़प होकर ही रहती। मुझे जीजाजी पर तरस भी आता और गुस्सा भी। क्यों वह व्यक्ति इतनी लांछना और अपमान सहकर ससुराल में पड़ा हुआ है? सुना था, वे एल-एल बी कर रहे हैं। मैंने कभी उन्हें कालेज जाते नहीं देखा। दिन-रात उनके कमरे में ताश की बाजी जमी रहती, यार-दोस्तों का हुजूम लगा रहता और दीदी दौड़-दौड़कर सबके लिए चाय-नाश्ता बनाती रहतीं। भाई-बहन दोनों के मन में वैमनस्य की जो गाँठ थी, उसके मूल में जीजाजी ही थे। इसीलिए मुझे आश्चर्य हो रहा था। मैंने पूछा, "सुनीता, आज यह अघट कैसे घट गया?"

"क्या?"

"तुम्हारे भैया और जीजाजी साथ-साथ कैसे हैं?"

"भैया, जीजाजी का हिसाब चुकाने गये हैं।"

"मतलब?"

मेरे प्रश्न के उत्तर में सुनीता ने जो बताया वह सचमुच अद्‌भुत था। हुआ यूँ कि जीजाजी कल अपने कुछ दोस्तों के साथ एक होटल में बैठे हुए थे। खा-पीकर जैसे ही उठने को हुए, बैरे ने बिल लाकर सामने रख दिया। बस, फिर क्या था, जीजाजी ने आव देखा न ताव, कस कर उसे एक थप्पड़ दिया। पल-भर में सारा होटल उनके आसपास सिमट गया। कहा-सुनी होते-होते हाथापाई तक की नौबत आ गयी। जीजाजी तो जैसे-तैसे बच निकले पर उनके दो साथियों को मरहम-पट्टी करवाने अस्पताल जाना पड़ा। आज दोनों वीर उसी अपमान का बदला चुकाने गये हुए हैं।

"लेकिन सुनीता, एक बात समझ में नहीं आयी। झगड़े की जरूरत ही क्या थी? वेटर ने बिल ही तो दिया था, कोई अदालती नोटिस तो नहीं था?"

"क्या बात करती हो भाभी? जानतीं नहीं, हम इस इलाके में एकछत्र सम्राट हैं, हमसे पैसे माँगने की कोई जुर्रत नहीं कर सकता। जो करेगा, मुँह की खायेगा।"

सुनीता ने यह बात एकदम मर्दानी आवाज में ऐसे आवेश के साथ कही कि उसका अभिनय देखकर हँसी से दोहरी हो गयी मैं। हँसी का वह दौर थमते ही उसी लहजे में मैंने पूछा, "फिर महाप्रतापी जीजाजी की यह दुर्दशा क्योंकर हुई श्रीमान्?"

"उनसे एक चूक हो गयी भद्रे!"

"कौन-सी श्रीमान्?"

"चूक यह हुई कि जीजाजी गलत जगह पहुँच गए। वह दरबारी का रेस्तराँ था। अव्वल तो जीजाजी को वहाँ जाना ही नहीं था। अगर गये भी थे तो खा-पीकर चले आना था। ताव दिखाने की जरूरत नहीं थी।"

इस बार सुनीता कुछ गंभीर थी। इसलिए मैंने भी गंभीर होकर पूछा, "यह दरबारी कौन है?"

"पेट्रोल डीलर है। शहर में उसके दो होटल चलते हैं। एक रेडियो की दूकान भी है। भैया से उसकी पुरानी रंजिश चली आ रही है। इसलिए वे कभी उसके ठिकानों के पास भी नहीं फटकते। दूसरे पेट्रोल पंप बंद हों तो घर में बैठे रहेंगे पर उसके पंप पर कभी नहीं जाते।"

"जीजाजी यह सारा इतिहास जानते तो होंगे?"

"जानते क्यों नहीं? यही तो रोना है।"

सुनीताा से बातें करने के बाद मैं भी सोच में डूब गयी। मन में अजीब-अजीब आशंकाएँ उठने लगी थीं। उनकी मंगलकामना करते हुए मैं सारी शाम दरवाजे पर ही बैठी रही—अपने इष्टदेव का जाप करते हुए।

अकसर दीदी पर आश्चर्य हो जाता है और ईर्ष्या भी। अपने नितांत अकर्मण्य पति पर कितनी श्रद्धा रखती हैं वे! दिन-भर आगे-पीछे दौड़ती रहेंगी। रसोई के लिए मिसरानी काकी हैं, गोविंदी है—फिर भी वे दिन-रात वहाँ खटकर जीजाजी के लिए कुछ-न-कुछ बनाती रहेंगी, दौड़-दौड़कर कमरे में पहुँचाया करेंगी।

हफ्ते में तीन-तीन व्रत रखती हैं वे। एक उनकी परीक्षा में सफलता के लिए, एक उनकी मंगल की पीड़ा के लिए—एक उन्हीं की साढ़े साती को शांत करने के लिए। सोमवार, मंगलवार, शनिवार—हफ्ते में तीन दिन दीदी अपने पति के लिए निराहार रहती हैं।

लगता है, पतिभक्ति का यह संस्कार हम लोगों को घुट्टी में ही पिला दिया जाता है। नहीं तो इनकी सुरक्षा के लिए मैं इतनी आकुल-व्याकुल हो उठूँगी, इसका मुझे भी अनुमान नहीं था। दिन ढले जब उन्हें अपनी मोटर साइकिल पर बैठकर सही-सलामत लौटते देखा तो मैंने स्वस्ति की साँस ली।

कमरे में आकर ये बैठे ही थे कि सुनीता आ गई, ''भैया! दीदी पूछ रही हैं कि चाय अभी लेंगे या ठहरकर?'' वे कुछ क्षण तो घूरते रहे, फिर बोले, ''वे जो चाय के शौकीन नीचे बैठे हैं, उन्हें ही जी भरकर पिला दो। हमारी फिक्र करने की जरूरत नहीं है।''

सुनीता अपना-सा मुँह लेकर मुड़ी ही थी कि इन्होंने फिर आवाज दी, ''गुड्डी! जरा दीदी से कहना कि अपने बबुआ को खूँटे से बाँधकर रखें। लड़ने का दम तो है नहीं, सबसे उलझते फिरते हैं।''

और सुनीता के जाते ही ये मुझ पर बरस पड़े, ''क्या मेरे लिए चाय भी बनाकर नहीं ला सकतीं तुम?''

उनके उस कर्कश स्वर से पल-भर पहले मन में उपजी सारी कोमल मधुर भावनाएँ बिला गईं। भारी मन से नीचे उतरकर आई तो देखा, दीदी ने नाश्ते का शाही सरंजाम किया हुआ है। उनका उल्लास देखते बन रहा था। किसी होटल के कर्मचारियों से हाथापाई करके लौट हुए पति का वे ऐसा स्वागत कर रही थीं जैसे वे हल्दीघाटी का युद्ध जीतकर लौटे हों।

रात के सन्नाटे में फोन की घंटी बड़ी कर्कश लगी। दिन-भर के कार्य-कलापों से थककर ये गहरी नींद सो रहे थे। दिन-भर के मानसिक उद्वेलन के कारण मेरी नींद कोसों भाग गई थी। इसीलिए बाहरवाले छोटे कमरे में बैठकर कुछ पढ़ने का, कुछ बुनने का यत्न कर रही थी। इन्हें रोशनी से कष्ट न हो इसलिए मैंने बीचवाला दरवाजा भी ठेल दिया था।

देश-काल से बेखबर अपने विचारों में ऐसी खोयी हुई थी मैं कि फोन की घंटी से बुरी तरह चौंक उठी। एक बार मन हुआ इन्हें जगा दूँ—इतनी रात को फोन आया है तो इन्हीं के लिए होगा। पर हिम्मत नहीं पड़ी। एक तो शाम से ही मूड उखड़ा हुआ था, उस पर सोते समय एक पैग चढ़ाकर सोये थे। ऐसे में उनकी नींद में व्यवधान डालना मुसीबत बुलाना ही था।

''हैलो!'' मैंने रिसीवर उठाते हुए हौले से कहा।

''कौन, भाभी जी बोल रही हैं? नोमोस्कारम् भाभीजी!'' मैं चुप।

''अरे भाभीजी, हमसे न बनिए। हम आपको पहचान गए हैं। इतनी महीन आवाज़ उस घर में किसी की नहीं। सबके सब फटे हैं।''

''काम क्या है, बताइए!'' मैंने यथाशक्ति कठोर स्वर में कहा।

''आपके छैला बाबू क्या कर रहे हैं?''

''सो रहे हैं।''

''जग जायें, तो हमारा एक संदेशा उन तक पहुँचा दीजिएगा। कहिएगा कि दो-चार गुंडे हमने भी पाल रखे हैं। एक ठो पिस्तौल भी हमारे पास है।''

तड़पकर मैंने रिसीवर नीचे रख दिया। पर उसके बाद भी वह धमकी-भरा स्वर कानों में गूँजता रहा। एक बार फिर इन्हें जगाने का मन हुआ पर जब्त कर गई। क्या अभी ही उठकर चल दें। दिन-भर इतना तनाव झेला था मैंने। अब हिम्मत नहीं थी।

अगले दो-चार दिनों में ही सब कुछ सामान्य हो गया। फोन की बात मेरे दिमाग से एकदम उतर गई थी कि एक दोपहर को फिर से वह घनघनाया। दिन में तो इनका घर पर रहने का सवाल ही नहीं उठता था, मुझे ही उठना पड़ा। ''हैलो!'' मैंने कहा।

''नोमोस्कारम् भाभीजी! आराम में खलल डाल रहा हूँ, माफ करेंगी। पर मेरी अर्जी के बारे में पूछना था। साहब बहादुर तक पहुँची कि नहीं अभी तक?''

मैंने तिलमिलाकर फोन रख दिया। पर उसके बावजूद उसकी हँसी देर तक मेरे कानों से टकराती रही।

फिर तो जैसे यह क्रम ही बन गया। हर दो-चार दिन बाद एक रिंग करता। ये अकसर घर पर नहीं होते। या क्या पता, जान-बूझकर ऐसा समय चुना जाता हो। उसकी आवाज सुनते ही मैं फोन रख देती। पर सलामी के तौर पर कहा गया विशिष्ट अंदाज वाला 'नोमोस्कारम्' और उसका अनुसरण करती हुई फार्मूला फिल्मों की-सी खलनायकी हँसी—इतना तो सुनना ही पड़ता।

अजीब परेशानी में घिर गई थी मैं। फोन की घंटी सुनते ही मन काँप-काँप उठता था। एक-दो बार तो टाल भी गई थी मैं पर दुर्भाग्य से वह इन्हीं का फोन निकला। कमरे से अपनी अनुपस्थिति की सफाई देते-देते मुझे पसीना छूट गया।

आखिर एक दिन जब मेरी सहनशक्ति ने जवाब दे दिया तो मैंने इनसे सब कह डाला। गंभीर होकर ये कुछ देर तक सोचते रहे, फिर बोले, ''उसका भी इलाज हो जायेगा। डोंट वरी।''

उनके इस आश्वासन से मेरा डर घटा नहीं बल्कि और भी बढ़ गया। जिस दिन भी ये देर रात तक बाहर रहते, मन में नाना शंकाएँ उठने लगतीं। लगता, इससे तो वह फोन वाला चक्कर ही ठीक था। कम-से-कम निरापद तो था। उस निर्जीव उपकरण की शिकायत करके मैंने क्या पाया! बेचारे की रवानगी नीचे वाले कमरे में हो गयी। मेरा डर वैसा ही कायम रहा—बल्कि और बढ़ ही गया।

ये रोज की तरह रात के बारह बजाकर लौटे थे।

रोज की बात और थी पर आज तो इनके पास कारण भी था। सुनीता की सहेली की शादी थी। सुनीता ही नहीं, सारा घर वहाँ आमंत्रित था। मेरे लिए तो विशेष मनुहार की थी विद्या ने। सुनीता ने भी बहुत कहा था पर माँजी नहीं मानीं। बोलीं, ''किसी और दिन ले जाना। भीड़-भाड़ में नहीं भेजूँगी। सौ तरह के लोग आते हैं।''

पता नहीं किस युग में जी रहे थे ये लोग! चेकअप करवाने के लिए भी मेरा अस्पताल जाना इनकी शान के खिलाफ था। कल ही डाक्टर घर पर आकर देख गई

थी। बोली, "बस, खुश रहा करो। और सुबह-शाम थोड़ा घूम लिया करो। तुम्हें तो कहीं बाहर जाने की जरूरत भी नहीं है। घर में ही इतना बड़ा कंपाउंड है।"

अब उन्हें क्या बताती कि यहाँ तो कमरे से निकलने से पहले भी दस बार सोचना पड़ता है! जीजाजी चौबीसों घंटे घर पर रहते हैं इसलिए बीचवाली मंजिल मेरे लिए एक तरह से वर्जित ही है। नीचे चाचाजी के कारण हरदम एक मेला-सा लगा रहता है। वहाँ जाने का प्रश्न ही नहीं उठता। बस, कभी माँजी के पास या सुनीता के पास बैठ लिया। सो भी बहुत कम। माँजी के पास तो बिना बुलावे के कभी गई नहीं। सुनीता अपनी पढ़ाई में, अपनी सहेलियों में मगन रहती है। फुरसत में रहती है तो ऊपर खुद ही चली आती है। अपने लिए बस, यह छोटी-सी छत है और उससे लगे ये जुड़वाँ कमरे। इन्हीं में रहकर खुश हो लो या उदास, क्या फर्क पड़ता है?

ये लौटे तो सीधे भीतर चले गए। मेरे मन में कई प्रश्न फुदक रहे थे—शादी कैसी हुई? दूल्हा कैसा है? बरात में कितने लोग थे? डिनर कैसा रहा था? दहेज में क्या-क्या दे रहे हैं? पर इनका मूड देखकर चुप लगा गई। नाइट सूट निकालकर पलंग पर रख दिया और प्रतीक्षा करती रही। तभी दरवाजे पर दस्तक हुई।

कौन होगा इस समय? सुनीता तो नहीं! शायद भाई के साथ लौट आई हो! कोई जरूरी बात कहनी हो। शायद दीदी हों। सिम्मी को उस दिन जैसा फिट न आ गया हो कहीं! या माँजी—उनके लिए तो समय की कोई पाबंदी ही नहीं है।

मैंने बाथरूम के बंद दरवाज़े की ओर एक बार देखा और बाहर आकर दरवाज़ा खोल दिया।

गलियारे में एक दीर्घकाय सुदर्शन युवक खड़ा था।

"नोमोस्कारम् भाभीजी!"

मुझे लगा, मैं जहाँ पर खड़ी हूँ, वह जमीन एकदम भुरभुरी हो गई है।

"श्रीमान जी कहाँ हैं?"

मेरे मुँह से आवाज़ नहीं निकली।

"मेरी गैरहाजिरी में मेरे घर पर जौहर दिखाकर आए हैं। उनसे कहिए, हिम्मत हो तो सामने आकर बात करें। मैं खुद चलकर उनकी माँद में आया हूँ। उनकी तरह दुम दबाकर भागने वाला नहीं हूँ।"

उसकी आँखों में से ऐसी लपटें निकल रही थीं कि मैं मंत्रकीलित-सी वहीं खड़ी रह गई—एकटक उसे देखते हुए। लगा कि मेरी पलक झपकते ही यह आदमी झपट्टा मारकर मुझे दबोच लेगा।

तभी बाथरूम का दरवाज़ा खुलने की आवाज आई। साहस कर मैंने पीछे मुड़कर देखा—ये बीचवाले दरवाज़े में आ खड़े हुए थे।

मैं कुछ कहने को ही थी कि इनका हाथ उठा...एक धाँय की आवाज़ हुई...और... और वह लंबा-चौड़ा व्यक्ति मेरे देखते-देखते धराशायी हो गया।

पल-भर को जैसे सारा संसार-चक्र सहमकर थम गया था। फिर एकदम मेरी संज्ञा लौट आई—होनी अपनी संपूर्ण भयावहता के साथ मेरे सामने खड़ी थी।

"माँजी!" मैं जोर से चीखी और फिर उनके नाम की गुहार लगाती हुई वे सौ-पचास सीढ़ियाँ एक साँस में उतर गई। दरवाज़ा खुलवाने की जरूरत नहीं पड़ी, शायद उन्होंने मेरी आवाज सुन ली थी।

"क्या बात है?" उन्होंने कड़ककर पूछा।

"माँजी, खून! वहाँ—ऊपर!" हाँफने के कारण मुझसे ठीक से बोला भी नहीं जा रहा था। पेट पकड़कर मैं वहीं जमीन पर धम्म से बैठ गई। एक मरोड़ थी जो नीचे से उठकर सारे शरीर को व्याप गई थी। उस प्राणांतक पीड़ा को होंठों में ही पी लेने के प्रयास में सारा घर मेरे सामने घूम गया था। एक अँधेरा था जो प्रतिक्षण मुझे लीलने को बढ़ा आ रहा था।

उन डूबते क्षणों में भी मैंने स्पष्ट देखा कि कमरे के अँधेरे से चाचाजी की आकृति उभरी थी। अपनी सुदीर्घ देहयष्टि पर केवल तहमद लपेटे वे माँजी के पीछे आकर खड़े हो गए थे। आसन्न मूर्च्छा की अवस्था में भी मैंने आधी रात को माँजी के कमरे में उनकी उपस्थिति को लक्ष्य किया और...आश्चर्य में डूब गई।

पता नहीं कितनी देर बाद मुझे होश आया। जागने पर अपने-आप को नितांत अपरिचित चेहरों से घिरा पाया। केवल एक ही आकृति जानी-पहचानी-सी लग रही थी, वे शायद माँजी थीं। "माँजी ! खून...न !" मैं चीखी पर आवाज गले में फँसकर रह गयी।

"क्या कह रही हैं?" कोई फुसफुसाया।

"ज्यादा ब्लीडिंग हो गयी है न, घबरा गयी हैं।"

"नहीं--वो बात..."

"चुप रहो !" उस नीम-बेहोशी की अवस्था में भी मैंने उस आवाज़ की कड़क को महसूस किया। अगले ही क्षण उस आवाज़ में मिश्री घुल गयी थी, "देखो, तुम सीढ़ियों पर से गिर गयी थीं न ! तुम्हारे सिर में चोट आयी है। सख्त आराम की जरूरत है। लेटी रहो।"

"नहीं !" मैंने फिर प्रतिवाद करना चाहा पर आवाज़ ही नहीं निकली। एक पीड़ा का अंधड़ था जो पूरे शरीर में चक्कर काट रहा था। उसे झेलने के प्रयास में फिर मेरी संज्ञा धीरे-धीरे लुप्त होती चली गई।

तीन-चार दिन तक मैं उसी अर्धजाग्रत् अवस्था में लेटी रही। बार-बार कोई आकर कानों में मंत्र-सा फूँक जाता, "तुम्हें आराम की जरूरत है। तुम सीढ़ियों से गिर गयी थीं। तुम्हें बहुत चोट आयी है।"

मन इस बात की गवाही नहीं देता था, पर प्रतिवाद करने की शक्ति भी नहीं रही थी। चुपचाप पड़ी रहती थी मैं। पाँचवें दिन उस अपरिचित माहौल में एक युग-युगांतर से परिचित चेहरा नज़र आया।

"माँ !" अपनी सारी शक्ति लगाकर चीखी और उनसे लिपट गयी। पता नहीं, कितने दिनों से संचित आँसू बाँध तोड़कर बह निकले। माँ-बाबूजी अस्पताल में ही दो-तीन दिन रहे। वहीं से मैं विदा हुई।

गाड़ी जैसे ही चलने को हुई, माँजी एकदम माँ के पास आयीं और बोलीं, "देखिए, इसे जबरदस्त शॉक लगा है। एक तो गिरने का, दूसरे, बच्चा भी नहीं रहा। इसलिए इस प्रसंग को घर में न ही चलायें तो अच्छा। और लोगों को भी मना कर दें।"

यह पहला अवसर था जब किसी ने मेरे अजात शिशु के दुःखद अवसान की चर्चा मेरे सामने इतना खुलकर की थी। वह भी इस हिदायत के साथ कि मेरे सामने यह चर्चा न चलायी जाए।

माँ ने घबराकर कनखियों से मेरी ओर देखा, पर मैं शांत भाव से सुनीता से बात करती रही। मन का आकाश क्षण-भर के लिए अवसाद से घिर भी गया था लेकिन मैंने किसी को इसका संकेत नहीं दिया।

एक नन्हा खिलौना हाथ में आंने से पहले ही गिरकर टूट गया। इस दुर्घटना को मैंने भाग्य का लेख मानकर स्थितप्रज्ञता से स्वीकार कर लिया था। मेरे दुख की जड़े इससे बहुत गहरी थीं, पर देखने वाले जो समझ रहे थे उनके लिए वही सत्य था।

माँ की आँख बचाकर कई बार दादी मेरे पास आकर बैठ जातीं। मेरा सिर अपनी गोद में रखकर समझाने लगतीं, "बेटे ! दाता जो देता है वे सभी फल अपने थोड़े ही होते हैं। जो अपनी झोली में बच जाएँ, बस उन्हीं पर हमारा हक होता है। मुझे देख, कच्चे-पक्के कुल मिलाकर..."

दादी बेचारी अपना लेखा-जोखा पूरा नहीं कर पातीं और माँ को भनक पड़ जाती। दौड़ी-दौड़ी आतीं और कोई दूसरा प्रसंग छेड़कर दादी की काँपती मरियल आवाज़ को वहीं दबा देतीं।

मुझे इतनी हँसी आती। दोनों अपनी ममता की मारी हैं बेचारी। अपने-अपने ढंग से मेरा दुख हलका करना चाहती हैं। और वे ही क्यों, पूरा घर मेरे इर्द-गिर्द घूम रहा था। भाभियाँ बिछी जाती थीं—एक-एक शब्द झेलती थीं। बहनें दिन-भर तीमारदारी में लगी रहतीं। भाई लोग फल-फूल और दवाइयों से कमरा भर देते। अपने काम से जरा-सी फुरसत पाते ही बाबूजी मेरे पास आ बैठते। दुनिया-जहान की बातें करके मेरा मन बहलाते।

ठीक होने में मुझे पूरे दो महीने लगे। फुरसत में आदमी बहुत गहरे तक देख लेता है। मैंने भी लक्ष्य किया कि बल्लू चाचा गलत नहीं कहते थे। घर का नक्शा सचमुच बदल गया है। बाबूजी वैसे भी अच्छी हैसियत वाले व्यक्ति थे; पर मेरी शादी के बाद उनकी प्रतिष्ठा में आश्चर्यजनक वृद्धि हुई थी।

बिस्तर पर पड़े-पड़े मैंने एक बात और भी महसूस की। सारी साज-सँभाल और लाड़-दुलार के बावजूद सबके मन में मुझे लेकर एक बेचैनी-सी व्याप्त है। दो महीने मैं बिस्तर से लगी रही, पर मुझे देखने घर से कोई नहीं आया। सुनीता की ही दो-चार उखड़ी-उखड़ी चिट्ठियाँ आयी थीं; पर जिनके पत्र की प्रतीक्षा थी, वह नहीं आया।

जब तक बीमार रही, तब तक तो चलता रहा। पर ठीक होने के बाद समस्या सचमुच गंभीर हो गयी। दो-ढाई महीने मुझे यहाँ रहते हो गए थे पर घर से अब तक कोई बुलावा नहीं आया था। बिना बुलावे के लौटने की राह नहीं बन रही थी। जाने के लिए मैं बहुत उत्सुक नहीं थी, पर सबकी आँखों में झलकता संशय सोचने के लिए मजबूर कर देता था।

फिर धीरे-धीरे मैंने घर के रुटीन में अपने-आप को ढालना शुरू कर दिया। सुबह-शाम भाभी के साथ चौके में थोड़ा काम करा दिया, दोपहर में माँ के ब्लाउज में बटन टाँक दिए, दादी को रामायण सुना दी। शाम को बाबूजी को चाय-नाश्ता करा दिया। रात प्रमोद, विनोद को होम-वर्क करवा दिया या रोली की कहानी सुना दी।

दिन निरानंद ही सही, बीत चले थे।

सुबह की चाय अपने पूरे ताम-झाम के साथ चल रही थी। चौबीस घंटों में यही समय होता था जब घर के सब लोग एक साथ बैठ पाते थे। इसलिए लंबी-चौड़ी डाइनिंग टेबल सुबह को ठसाठस भरी होती थी। बच्चों के लिए अलग से स्टूल आदि का इंतजाम करना पड़ता। सबके साथ खा-पीकर सब लोग प्रसन्न मन से अपने-अपने काम पर निकल जाते। बाबूजी का तो कहना था कि सुबह-सवेरे अपने बच्चों के साथ आधा घंटा हँस-बोल लेता हूँ तो दिन-भर मेरी बैटरी चार्ज्ड रहती है।

बाबूलाल अख़बार ले आया और सब-के-सब उस पर झपट पड़े। रोज ही यह धमा-चौकड़ी मचती थी। अंग्रेजी का अखबार तो सीधे बाबूजी के पास चला जाता था। हिंदीवाले अख़बार को लेकर खूब खींच-तान होती। उसके सारे पेज अलग करके बाँट लिए जाते। फिर भी कहीं दो-दो सिर एक साथ खुँसे हुए रहते। कहीं कोई आगे से पढ़ता और दूसरा पीछे से। पत्रिकाएँ आतीं तो अल्पना और भाभी उन्हें सबसे पहले लपक लेतीं।

माँ अकसर डाँट लगाती रहतीं पर उसमें कोई दम नहीं होता। उनकी शक्ल से साफ जाहिर होता कि उन्हें यह हड़बोंग बहुत प्यारी लग रही है। उनकी खुशहाल गृहस्थी का बिगुल था वह।

एक हाथ में चाय का कप थामे सब लोग अपने-अपने हिस्से का पेज पढ़ रहे थे कि बड़े भैया एकदम बोले, "बाबूजी ! ये पढ़ा आपने? दरबारीलाल हत्याकांड का अभियुक्त रामसजीवन काछी अपने घर में मृत पाया गया। वह अभी कुछ दिन पहले ही जमानत पर छूटा था।"

"क्या हुआ दीदी?" भैया की बात पूरी भी न हो पाई थी कि अर्चना चिल्लायी।

"कुछ नहीं रे, चाय छलक गयी थी। अभी साफ करके आती हूँ, नहीं तो दाग नहीं छूटेगा," मैंने उठते हुए कहा और चाय से सनी साड़ी की पटलियाँ हाथ में थामकर बाहर निकल गई।

जाते-जाते मैंने सुना, माँ डाँट रही थीं, "सुबह-सवेरे कोई अच्छी ख़बर नहीं सुना सकते तुम लोग ! वही मरने-मारने की बातें, जब देखो तब, तेरे अख़बार वालों को भी और कुछ नहीं मिलता।"

किसी तरह साड़ी पर पानी डाला मैंने और वहीं पिछले बरामदे की सीढ़ियों पर ही पसर कर बैठ गयी। शरीर की सारी ताकत जैसे किसी ने एकदम सोख ली थी। उठकर कमरे तक जाने का हौसला न रहा।

चाय तो दरबारी का नाम सुनते ही छलक गयी थी। बड़े यत्न से विस्मृत किया हुआ वह प्रसंग आँखों के सामने घूम गया था। वह दीर्घकाय आकृति, वह सुदर्शन चेहरा, खलनायकी हँसी, खास ढंग से कहा गया 'नोमोस्कारम', वह रौबीली आवाज़--और फिर कटे वृक्ष की तरह एकदम ढह जाना। क्षण-भर में वह सब किसी चलचित्र की तरह मेरी आँखों के सामने घूम गया था।

लेकिन उसके बाद क्या कहा था भैया ने ! किसका नाम लिया था ! रामसजीवन यानी कक्का। लेकिन उस दिन तो बेचारे घर पर भी नहीं थे। दीदी लोगों के साथ शादी वाले घर में गए हुए थे। जीजाजी उस दिन कानपुर एक दोस्त की शादी में गए थे। इन्होंने साफ कह दिया था कि वे शादी में तो जायेंगे लेकिन किसी को लाने ले जाने की जिम्मेदारी नहीं लेंगे। इसीलिए फिर कक्का को साथ जाना पड़ा। वैसे चाचाजी वहीं थे उस समय इसलिए गाड़ी भी थी, पर लड़कियों के मामले में माँजी किसी पर भरोसा नहीं करती थीं। सिर्फ कक्का ही उनके विश्वस्त थे। बेचारे बीस साल से ड्योढ़ी पर थे। अकसर अपनी खिड़की से मैं देखती रहती--सफेद झक धोती, सफेद कुर्ता, कलफ लगा साफा, कमर में लाल कमरबंद, जिसके पीतल के बटन दूर से झिलमिलाते--कंधे पर झूलती रहती वह बंदूक। नुकीली मूँछों के साथ कक्का किसी राजपूत सामंत से कम नहीं लगते।

"यहाँ बैठी क्या कर रही है बिन्नू?" माँ घबरायी-सी मेरे पास आकर खड़ी हो गयी थीं।

"कुछ नहीं माँ, साड़ी सुखा रही थी।"

"अरे वाह ! क्या यही एक साड़ी रह गयी है पहनने को ! गीले कपड़े पहनकर बीमार पड़ना है क्या ! चल उठा।"

"सच बताऊँ माँ ! कक्का की ख़बर सुनकर मन कैसा तो हो गया है।"

"सो तो होगा ही रे !" माँ खुद ही मेरे पास बैठ गईं, बोलीं, "इतने-इतने दिन हो जाते हैं तो नौकर, नौकर थोड़े ही रहते हैं, घर के आदमी हो जाते हैं। और उसने तो बेचारे ने घर के बड़े बुजुर्गों-सा ही काम किया। नहीं तो लड़की बच पाती भला?"

"क्या हुआ था माँ? ठीक से याद नहीं आ रहा।"

"तुझे याद कहाँ से होगा ! तू तो अस्पताल में थी न ! घर के सभी लोग तेरे साथ अस्पताल में थे। सुनीताा अकेली थी घर पर—दीदी के बच्चों के साथ।"

"उस दिन तो वे सब शादी में गई थीं।"

"गई तो थीं, पर तेरी तबीयत खराब होते ही माँजी ने फोन करके सबको बुलवा लिया था। कुँअरजी तो पहले आ गए थे मोटर साइकिल पर। लड़कियाँ बाद में आईं। सब लोग चले गए थे। सुनीताा अकेली कमरे में थी। यह भला आदमी पता नहीं कहाँ से टपक पड़ा। उस दिन कुँअरजी उसके भाई के साथ मार-पीट कर आए थे, इसलिए बदला लेने आया था। भाई तो मिला नहीं, बहन हाथ आ गई। उसकी चीख सुनकर रामसजीवन दौड़कर न आया होता तो अनर्थ हो गया होता...जानती है, तेरी सास ने फौरन हजार रुपये निकालकर उसे दिये थे, बोली, 'पुलिस की नजरों में वह हत्यारा हो सकता है, हमारे लिए देवता है। उसने घर की इज्जत बचाई है।' "

घर की इज्जत तो सचमुच बचा ली थी कक्का ने, पर कैसे—यह बात माँ कभी न जान पाएँगी। और ऐसा त्यागी वीर पुरुष अपने घर में मृत पाया गया—क्यों? अख़बार ने लिखा है, मृत्यु के कारणों का पता नहीं चल सका। इससे एक बात तो स्पष्ट हो ही जाती है कि मृत्यु स्वभाविक नहीं थी। क्यों?

दिन-भर मेरा मन इसी उधेड़बुन में खोया रहा।

शाम को बाबूजी का समय होते ही मैं किचन में चली आयी। मैं किसी को भी यह आभास नहीं होने देना चाहती थी कि मैं परेशान हूँ या अन्यमनस्क हूँ।

"वंदू बेटे ! देख तेरे लिए क्या लाया हूँ।" मुझे देखते ही बाबूजी ने कहा।

"क्या लाए हैं?" मैंने भरसक हुलसते हुए पूछा।

"फ्रीडम ऐट मिडनाइट। बहुत दिनों से कह रही थी न। आज बाररूम में एक के पास देखी तो उठा लाया।"

किताब को हाथ में लेकर उलट-पुलट करती रही मैं। कब से उत्सुक थी इसके लिए। इस छोटे-से कस्बे के बाररूम से बाबूजी वह दुर्लभ पुस्तक मेरे लिए खोज लाए थे। पर मन में कोई उत्साह ही शेष नहीं रह गया था। बाबूजी के इस कमरे में पुस्तकें-ही-पुस्तकें थीं। चमकीली जिल्दोंवाली, करीने से लगी हुई, जमीन से लगाकर छत तक किताबें-ही-किताबें। उनकी मेज पर भी एक साथ पंद्रह-बीस किताबें गिनी जा सकती थीं। मुझे लगा, जैसे बाबूजी ने मुझे बहलाने के लिए किताबों के इस समुद्र से एक उठाकर मुझे पकड़ा दी हो।

उनके लिए चाय डालते हुए मैंने कहा, "हत्या के अभियुक्त की कोई हत्या कर दे तो उसे क्या कहेंगे?"

"मैं उसे बदले की कार्रवाई कहूँगा।"

"मैं तो इसे निरा पागलपन कहूँगी। वह बेचारा तो खुद ही कठघरे में खड़ा है, अपनी सजा की प्रतीक्षा कर रहा है। फाँसी, उम्रकैद, जो भी हो।"

"कोई जरूरी थोड़े ही है। छूट भी तो सकता है।"

"कैसे?"

"बेटे, अदालत में तो जो साबित हो जाता है, वही जुर्म है। नहीं तो सिर्फ घटना है, चाहे दुर्घटना कह लो।"

"कोई और कारण बतला सकते हैं?"

"किसका?"

"वही, हत्या का?"

"शायद किसी को उसके मुँह खोलने का डर हो। शायद इसका सच बोलना इतना निरापद न हो।"

"बाबूजी!"

"हाँ बेटे!"

"आपने हम लोगों को हमेशा सच बोलने की शिक्षा दी। ठीक है न?"

"वह तो बचपन की बात थी। आज अगर पूछोगी तो कहूँगा कि सच वही है जो सिद्ध हो सकता है। अगर सिद्ध करने की सामर्थ्य नहीं है तो झूठ को शह देनी पड़ेगी। अगर झूठ बोलने का साहस भी नहीं है तो चुप तो रहा ही जा सकता है।"

"ये आप एक वकील की हैसियत से कह रहे हैं?"

"नहीं—एक बाप की हैसियत से।"

मैंने चौंककर बाबूजी की ओर देखा। वे मेज पर झुके हुए थे और सामने रखे कागज पर बेमतलब लकीरें खींच रहे थे। "बाबूजी!" मैंने काँपती आवाज़ में पूछा, "आप कितना जानते हैं बाबूजी?"

"मैं कुछ नहीं जानता बेटे, लेकिन समझता बहुत कुछ हूँ। वंदना, पिछले पैंतीस वर्षों से वकालत कर रहा हूँ—बहुत अच्छी तरह जानता हूँ कि झूठ को सच कैसे किया जाता है, गवाह कैसे तोड़े जाते हैं, प्रमाण नष्ट कैसे किए जाते हैं, पोस्टमार्टम रिपोर्ट कैसे लिखवाई जाती है, अदालतों से न्याय कैसे खरीदा जाता है। इस नाटक में रुपये का रोल कितना है, राजनीति का कितना, सब समझता हूँ। इसीलिए कहता हूँ चुप रहना ही श्रेयस्कर है।"

"लेकिन...मैं इतना बड़ा झूठ कैसे बर्दाश्त कर पाऊँगी बाबूजी?"

"तुम्हें इससे भी बड़ा झूठ बर्दाश्त करना है बेटे!"

बाबूजी कुछ देर तक मेरी ओर देखते रहे, फिर धीरे से बोले, "उस बार तुम्हें लेने गया था तो शहर में इस हत्याकांड की चर्चा गरम थी। मैंने मनोज से कहा कि सुनीता का नाम इस तरह बीच में नहीं आता तो ठीक रहता। बेकार की बदनामी होगी।

तो जानती हो, क्या जवाब मिला? जवाब मिला कि बदनामी तो होनी ही थी, चाहे बीवी की होती या बहन की।''

''क्या...?'' मैं विस्फारित नेत्रों से बाबूजी को देखती रह गई।

बाबूजी शांत स्वर से बोले, ''मनोज ने बताया कि तुम्हारे पास रोज दरबारी का फोन आता था। उस रात भी वह तुमसे मिलने तुम्हारे कमरे तक गया था।''

''ओह नो...'' सिर से पाँव तक सिहर उठी मैं, सुलग उठी। मन हुआ दोनों हाथों में अपना चेहरा छुपाकर भाग जाऊँ यहाँ से। इस घिनौनी बात को सुनने के बाद उनके सामने एक पल भी बैठना कठिन था।

''जानता हूँ बेटे, कि यह झूठ है,'' स्नेहसिक्त स्वर में वे बोले, ''इससे बड़ा झूठ दुनिया में कोई हो नहीं सकता। शायद तुम्हारा मुँह बंद रखने के लिए ही उन्होंने यह बहाना गढ़ा हो। शायद तुम्हारा सच बोलना उनके लिए निरापद न हो। बहुत दिनों से एक बात पूछना चाहता था बेटे! उस दिन तुम अपने-आप गिरी थीं या किसी ने तुम्हें ऊपर से धक्का दे दिया था?''

बाबूजी द्वारा व्यक्त उस संभावना में इतनी सर्दी में भी मुझे पसीना छूट गया। मैंने उनकी आँखों में सीधे देखते हुए कहा, ''मैं अपनी बात साबित नहीं कर सकती बाबूजी, पर आपको विश्वास करना होगा। उस दिन मैं गिरी नहीं थी–सीढ़ियों से या और कहीं से भी।''

किसी तरह विश्वास करने को जी नहीं चाह रहा था। फिर किए बिना चारा भी तो नहीं था। रात फोन पर ही सूचना मिल गई थी, पर मन ने उसे झुठला दिया था। सुबह से रेडियो, अख़बार, लाउडस्पीकर्स–सभी उस दारुण समाचार की पुष्टि कर रहे थे। बाज़ार बंद हो गये थे। स्कूल में छुट्टी हो गई थी। घर पर मिलने वालों का ताँता लगा हुआ था।

अनिच्छा से ही सही, पर अंततः उस कठोर सत्य को स्वीकार करना ही पड़ा–कि चाचाजी अब नहीं रहे। समाचार इतना अप्रत्याशित था कि सबका स्तब्ध रह जाना स्वाभाविक ही था। पल-भर को मैं भी एकदम जड़ हो गयी थी। फिर जो मुझे रुलाई छूटी तो उस आवेग में मैंने घर-भर को समेट लिया।

रात-भर माँ और भाभी मेरे पास बैठी मुझे दिलासा देती रहीं। भैया लोग उनकी गुणगाथा कहते रहे। उनकी बातों का सूत्र पकड़कर चाचाजी की कितनी ही यादें चलचित्र की भाँति मन के पर्दे पर घूम गईं।

पहली बार जब उन्हें देखा था–शायद कालेज का वार्षिकोत्सव था। वे मुख्य अतिथि थे। छात्रा-प्रतिनिधि के रूप में स्वागत मैंने ही किया था। उस समय उन्हें बहुत पास से देखने का अवसर मिला। सफेद चूड़ीदार पाजामा, रेशमी अचकन, सफेद टोपी–रौबदार

व्यक्तित्व। गहरे देखती आँखें लुभावनी हँसी स्वागत भाषण पढ़ते हुए सचमुच मेरा मन गद्‌गद हो उठा था।

चार-पाँच दिन बाद पता चला, मैंने भी उन्हें कम प्रभावित नहीं किया था। उन दिनों वे अपने पितृहीन भतीजे के लिए सुयोग्य कन्या की तलाश में थे। मुझे उन्होंने समारोह में देखा, सुना और परख लिया। प्रिंसिपल स्वयं उनका प्रस्ताव लेकर बाबूजी के पास आये थे। मैं तो जैसे खुशी से पागल हो गई थी।

उसके बाद उन्हें तब देखा, जब मेरी ओली भरने घर आए थे। उस समय ठेठ पंडिताऊ वेश-भूषा में थे, फिर भी अपने सौम्य और भव्य व्यक्तित्व के कारण सब रिश्तेदारों में अलग लग रहे थे।

मेरे विवाह का आयोजन तो बहुत ही भव्य पैमाने पर हुआ था। उस ताम-झाम को सँभालना बाबूजी के बस की बात नहीं थी। वह तो चाचाजी का सौजन्य था, शालीनता थी जो सब कुछ ठीक से निभ गया। दान-दहेज, खान-पान, मान-सम्मान, रीति-रिवाज—किसी भी बात को लेकर चखचख न उन्होंने की, न होने दी। ऐसे समझदार समधी के लिए बाबूजी को सबने बधाई दी थी।

घर पर होते तो उनकी महानता का एक और पहलू नज़र आता। जब भी वे अपने शहर में होते, बंगले पर दरबार लगा रहता। पता नहीं कहाँ-कहाँ से, कैसे-कैसे लोग आते। सफेद बुर्राक धोती-कुर्ता पहने चाचाजी आरामकुर्सी पर लेटे रहते और ध्यान से सबका दुख-दर्द सुनते। कभी उन्हें ऊबते, खीजते या चीखते नहीं देखा। इससे अलग भी उनका एक रूप था। कई बार उड़ते-उड़ते कानों में भनक पड़ी थी पर मैंने कभी विश्वास नहीं किया था। पर उस रात अपनी आँखों से प्रत्यक्ष देखा। माँजी के कमरे के नीम अँधेरे से उभरती उनकी उस आकृति को शायद मैं कभी भूल नहीं पाऊँगी।

बाबूजी अपने एक मित्र को विदेश यात्रा के लिए विदा करने बंबई गए थे। समाचार सुनते ही दौड़े चले आए। मुझे वहाँ देखते ही माँ पर बरस पड़े, "इतनी भी अकल नहीं आई तुम्हें कि लड़कों के साथ इसे भेज देतीं? वो तो अच्छा हुआ जो मैं घर चला आया। अगर सीधे वहीं पहुँच गया होता तो कितनी फजीहत होती!"

माँ चुप करके रह गयीं। कैसे बतातीं कि उन्होंने तो दबी जबान से दो-चार बार कहा भी था, पर मैं ही अनसुनी कर गई थी।

पर बाबूजी को चैन कहाँ! मुश्किल से घंटे-दो-घंटे विश्राम किया होगा और मेरे कमरे में आ गए, "बिटिया, तैयारी कर लो। हमें चलना होगा।"

"बाबूजी, क्या सब कुछ जानने के बावजूद आप मुझे वहाँ जाने के लिए कह सकते हैं?"

"मैंने इसीलिए अब तक पहल नहीं की थी बेटे! मैं सोचने के लिए कुछ समय चाहता था। पर ईश्वर ने जरा भी मोहलत नहीं दी...अब अगर इस प्रसंग पर वहाँ नहीं जाओगी तो शायद फिर कभी नहीं जा पाओगी।"

"नहीं जाऊँगी—क्या फर्क पड़ता है?"

"पड़ता है बेटे, बहुत फर्क पड़ता है। नहीं जाओगी तो एक तरह से मनोज के आरोपों का समर्थन ही करोगी। दूसरे..."

"कहिए न ! चुप क्यों हो गये आप? यहाँ रहूँगी तो सब पर भार बन जाऊँगी, यही न!"

"नहीं वंदू, ईश्वर ने इतनी सामर्थ्य तो दी है कि तुम्हारे जीवन-भर के खाने-पहनने का प्रबंध कर सकता हूँ। लेकिन बेटी, अगर तुम अपने घर नहीं जाओगी तो अर्चना, अल्पना भी कभी ससुराल का मुँह नहीं देख पायेंगी। जहाँ भी बात चलेगी, तुम्हारा प्रसंग उठे बिना नहीं रहेगा।"

"उनकी शादी से मेरा क्या संबंध है बाबूजी?"

"है, और बहुत गहरा है। वंदना, बहुत कायर हैं हम और हमारी कौम। उचित-अनुचित किसी तरह का विद्रोह हम नहीं सह सकते।"

"तो फिर आप अपनी लड़कियों को पढ़ाते क्यों हैं? पढ़ाते हैं तो फिर किसी वज्र मूर्ख के साथ उसे ब्याहते क्यों हैं?" मैंने तिलमिलाकर पूछा।

बाबूजी कुछ देर तक मेरा तमतमाया चेहरा देखते रहे। फिर धीरे से बोले, "यह मेरी बहुत बड़ी भूल थी और इसके लिए मैं अपने को कभी माफ नहीं कर सकूँगा... बेटे, हर बाप अपनी बेटी को राजरानी बनी देखना चाहता है। इतने संपन्न घराने से तुम्हारा रिश्ता आया, तो मैं मना नहीं कर सका। रही शिक्षा की बात, तो मैं जानता हूँ लक्ष्मी और सरस्वती का कभी मेल नहीं होता। दो भाइयों के बीच एक ही लड़का था, लाड़-दुलार में थोड़ा भटक जाना स्वाभाविक है। फिर डिग्री ही ज्ञान का मापदंड थोड़े ही है। जानता था कि लड़का बहुत ज्यादा सुशिक्षित नहीं है, पर सुसंस्कृत भी नहीं होगा, यह पता नहीं था। मैं तो बस, चाचाजी के व्यवहार पर मुग्ध हो गया था। पर उनके संस्कारों का एक शतांश भी घर में नहीं होगा, यह क्या मालूम था!"

"बाबूजी, इन नेताओं का सौजन्य और इनकी शालीनता भी शायद 'इमेज बिल्डिंग' का एक भाग-भर होता है, बस।" मैंने कसैले स्वर में कहा।

"होगा बेटे...वह व्यक्ति अब स्वर्गीय है, इसे मत भूलो।"

डेढ़ सौ किलोमीटर का लंबा सफर—जहूर और बड़े भैया अदल-बदलकर गाड़ी चला रहे थे। पिछली सीट पर मैं और बाबूजी निःशब्द बैठे थे। घर जैसे-जैसे पास आता जा रहा था, मैं एक गहरे अवसाद में डूबती चली जा रही थी।

मंजिल जब केवल पच्चीस-तीस किलोमीटर रह गई तो बड़े भैया ने गाड़ी रोक दी और पीछे मुड़कर कहा, ''बाबूजी, आप कहें तो आपके लिए एकाध कप चाय बनवा लूँ, क्योंकि वहाँ तो...''

''हाँ-हाँ, बेटे, ज़रूर-जरूर !'' बाबूजी तपाक से बोले, उन्हें भान हो आया था कि बाकी लोग बहुत बोर हो रहे हैं।

बड़े भैया जैसे आदेश की प्रतीक्षा में ही थे। फटाक से दरवाजा बंद किया और जहूर के साथ सामने वाली दुकान में चले गए।

''वंदना !'' मैंने चौंककर देखा। बाबूजी ने मुझे आवाज दी थी पर कहाँ से?

''एक बात याद रखनी होगी बेटे,'' फिर किसी गहरे कुएँ से आवाज़ आई।

''क्या?'' मैंने पूछा।

''उस रात तुम सीढ़ियों से ही गिरी थीं और उसके बाद क्या हुआ, तुम्हें कुछ याद नहीं है।''

मैं विस्फारित नेत्रों से उन्हें देखती रह गई; पर वे खिड़की के उस पार जाने क्या देख रहे थे।

पता नहीं क्यों, मैंने सोचा था घर एकदम सुनसान होगा। इस समय वहाँ बाहरवाला कोई न होगा। यही सोचकर बाबूजी ने सुबह चलने का निर्णय लिया था।

पर वहाँ वैसी ही भीड़-भाड़ थी। क्षण-भर को यही लगा कि वहाँ, उतने लोगों के बीच चाचाजी ही बैठे हों जैसे, पर वे माँजी थीं। बरामदे में एक तख़्त पर वे विराजमान थीं और उन्हें घेरकर जाजम पर पता नहीं कौन-कौन बैठे थे।

मुझे आगे करके बाबूजी ने जैसे ही सीढ़ियों पर पैर रखा, वे वहीं से दहाड़ीं, ''वाह पंडितजी, खूब सगुन लेकर आई थी आपकी बिटिया। घर-भर को अनाथ कर दिया।''

और उसके बाद माँजी बुक्का फाड़कर रो उठी थीं। उनके साथ और कितनी ही सिसकियाँ जुड़ गई थीं। रुलाई तो मुझे भी आ गयी थी पर वह बाबूजी के लिए थी। आज इतने सारे लोगों के सामने उन्हें अपमानित किया गया—सिर्फ इसलिए कि वे बेटी के बाप हैं।

कोई धीरे से मुझे सहारा देकर भीतर लिवा गया। वह सुनीता थी। ठेठ अपने कमरे में लिवा ले गई मुझे। कमरे का निपट एकांत पाते ही हम दोनों एक-दूसरे से लिपटकर खूब रोयीं। बहुत देर बाद शोक का आवेग कुछ थमा तो उसने उठकर मेरा मुँह धुलवाया, पता नहीं कहाँ से अदरक की गरमागरम चाय लाकर मुझे पिलायी। फिर मेरे गले में बाँहें डालकर बोली, ''भाभी, तुम नहीं थीं तो घर में तनिक भी दिल नहीं लगता था। जैसे सारी रौनक अपने साथ समेटकर ले गई थीं तुम। अब भी देखो न मेहमानों से

घर भरा हुआ है पर फिर भी कितना सूना लग रहा था। तुम आ गई हो तो सचमुच बड़ा अच्छा लग-रहा है।''

''सुनीता,'' मैंने उसकी चिबुक उठाकर कहा, ''तुम्हारी इसी एक बात पर मैं जिंदगी-भर तुम्हारा आँगन बुहारती रहूँगी। नहीं तो आज सचमुच ऐसा मन हो रहा था कि बाबूजी के साथ उलटे पैरों लौट जाऊँ। इतने सारे लोगों के सामने मेरे बाबूजी का आज ऐसा अपमान हुआ है !'' और मेरी फिर से हिचकीं बँध गई।

''भाभी,'' सुनीता ने मुझे सहलाते हुए कहा, ''अम्माँ कुछ भी कहती रहें पर वे जानती हैं, चाचाजी अपनी मौत नहीं मरे। वे क्या, सभी जानते हैं कि किसी की चिंता उन्हें खा गयी। किसी के गले में झूलता फाँसी का फंदा उनकी मृत्यु का बहाना बन गया।''

''गुड्डी !'' एक कड़कती आवाज ने हम दोनों को बुरी तरह चौंका दिया। मैंने सहमकर सिर उठाया तो लगा जैसे माँजी, उम्र की कई सीढ़ियाँ एक साथ उतरकर दरवाज़े में आकर खड़ी हों।

''बात करते समय जरा होश ठिकाने रखा करो। जानती हो, दस तरह के आदमी हैं घर में इस समय। यही वक्त रह गया है बातें करने का?''

अंगारों-सी दिप-दिप करती आँखों की तरफ मुझसे देखा भी नहीं जा रहा था। डाँट-डपटकर वे चली गयीं—फिर उसके बाद भी बड़ी देर तक मैं हतबुद्धि-सी उस ओर देखती रही।

''बड़ी दीदी हैं।'' सुनीता ने बताया।

''कब आयीं?''

''कल रात को।''

सुनकर थोड़ी शर्म-सी आयी। वे उतनी दूर कुबैत से आकर भी मुझसे पहले पहुँच गयीं और मैं सिर्फ डेढ़ सौ किलोमीटर दूर थी, फिर भी आज पहुँच रही हूँ। थोड़ी हैरत भी हुई। इकलौते भाई की शादी में भी आना टाल गयी थीं दीदी। पर चाचा की मृत्यु पर किस तत्परता से आ पहुँची हैं।

इस तत्परता का मर्म जानते देर न लगी। आयी थीं, उसी दिन से उन्होंने माँ को, भाई को कुरेदना शुरू कर दिया था। वे बार-बार याद दिला रही थीं, ''वसीयत वगैरह का कुछ चक्कर हो तो जल्दी निपटा लो। तेरहीं के बाद फिर मैं एक दिन भी नहीं रुकूँगी। इतनी दूर आयी हूँ तो दो-चार दिन ससुराल में भी रहना होगा।''

सुनते हैं, सब्र का फल मीठा होता है। पर चाचाजी ने सबकी आशाओं पर तुषारापात कर दिया। पता नहीं लोगों ने क्या-क्या उम्मीदें लगा रखी थीं, पर सबके चेहरे लटक गए।

इलाहाबाद से उनका एटर्नी आया था। बड़े हॉल में सबको एकत्र करके वहाँ लंबा-चौड़ा वक्तव्य सुनाया गया। सबसे पहले उल्लेख था शहर में स्थित पुश्तैनी मकान का। इसमें

तीन दुकानें और दो किरायेदार थे। यह मकान इनके नाम कर दिया गया था। (वैसे भी होता ही) शहर से दूर बनी यह आलीशान कोठी माँजी के नाम थी—साथ ही दस हजार की रकम भी। दोनों बड़ी लड़कियों को और बहू को (अर्थात मुझे) पाँच-पाँच हजार मिलने थे। सुनीता के नाम बीस हजार फिक्स डिपाजिट में थे, जिन्हें उसकी शादी के समय ही हाथ लगाया जा सकता था।

चाचाजी नौकरों-चाकरों को नहीं भूले थे। सभी को कुछ-न-कुछ दे गए थे। बऊ को, रामसजीवन कक्का की पत्नी को तो बैंक से सौ रुपये महीने के पेंशन बाँध गए थे। आउट हाउस की उनकी कोठरी भी उसके नाम कर दी गई थी। शेष सारी चल-अचल संपत्ति, जो चाचाजी की स्वअर्जित थी, उनकी पत्नी को दी गई थी। चाचीजी की मृत्यु के बाद उसका उत्तराधिकार उनके भाई के बेटों को दिया गया था।

एक अजीब-से माहौल में दम साधे सब लोग सुन रहे थे। लेकिन प्रतिक्रिया सबकी भिन्न-भिन्न थी।

अपने भाग्य का निर्णय सुनते ही दीदी एकदम उठ खड़ी हुईं और तमककर बाहर निकल गयीं। जीजाजी भी उनके पीछे-पीछे खिसक लिए। छोटी दीदी उसी तरह सिर झुकाकर बैठी रहीं। माँजी का चेहरा बर्फ की तरह सफेद और सख़्त पड़ गया। इनके चेहरे पर कई रंग आ-जा रहे थे। कई बार तो ऐसा तमतमा उठता कि डर होता, कहीं कुछ कर न बैठें।

अनपढ़ सेवक-वर्ग को वह कानूनी भाषा जरा भी पल्ले नहीं पड़ी थी' पर बाद में जब उन्हें बताया गया तो सब लोग स्वर्गवासी मालिक को दुआ देते हुए गए। बऊ तो एकदम बुक्का फाड़कर रो उठी। उसका करुण विलाप सुना नहीं जा रहा था। पता नहीं वह अपने स्वर्गीय स्वामी की सहृदयता के प्रति कृतज्ञता थी या दिवंगत पति के बिछोह की पीड़ा।

बड़ी दीदी ने बाद में भी तूफान मचाया, बोलीं, "इतना रुपया तो मैं हर महीने नौकरों में बाँट देती हूँ। अच्छी किरकिरी की है मेरी। ससुराल में जाकर क्या मुँह दिखाऊँगी?"

मेरे समझ में नहीं आता कि जिसके पास इतना सब कुछ है उसे इतनी लालसा क्यों? चाचाजी ने जो दिया उसे आशीर्वाद समझकर रख लेतीं। उसे प्रतिष्ठा का प्रश्न बनाने की क्या तुक थी?

सुनीता ने तो कहा, "दीदी, मैं स्टांप पेपर पर लिख देती हूँ कि मैं शादी नहीं करूँगी। मेरे हिस्से की रकम तुम दोनों आधी-आधी बाँट लेना।"

माँजी भी तरह-तरह से समझाती रहीं पर दीदी को मनाया नहीं जा सका। वे उसी उखड़े मूड में विदा हुईं। उनके जाते ही माँजी का सारा गुस्सा चाचाजी की ससुराल वालों पर जा पड़ा। बोलीं, "पता नहीं कौन-सा मंत्र फूँक दिया था ससुरों ने। जिंदगी-भर तो लाला ने उनकी चौखट पर पाँव नहीं दिया और मरते समय सब कुछ उसी भट्ठी में झोंक दिया।"

ये दाँत पीसकर बोले, "लिख देने से क्या होता है?" खेत में एक दाना भी उगाकर तो देख ले कोई।"

लेकिन सुनीता खुश थी। बोली, "अच्छा ही हुआ। कम-से-कम मरते समय तो चाचाजी अपने अन्याय का परिमार्जन कर गए। जीवन-भर पत्नी को अपने अधिकारों से वंचित रखा उन्होंने। पीहर में आश्रितों का-सा जीवन बिताने को मजबूर किया। सारे पापों का प्रायश्चित्त इस मृत्युपत्र ने कर दिया।"

"सुनीताा, उनकी ससुराल से कोई नहीं आया? कम-से-कम चाची को तो तेरहीं पर आना चाहिए था।"

"क्यों आतीं भला? जिनके जीते जी यहाँ नहीं रह सकीं, अब क्या उनका वरा-खीर खाने यहाँ आतीं?"

"वैसे...वो ठीक तो हैं न! सुना था, पागल हैं।"

"भाभी, अगर तुम्हारा पति तुम्हारी आँखों के सामने रासलीला रचाएगा तो तुम भी पागल हो जाओगी।"

"सुनीताा! सच सुनीताा, कभी-कभी लगता है..."

"...कि मैं इस घर की लड़की नहीं हूँ। यही न! मुझे भी ऐसा ही लगता है भाभी। बचपन में सब मुझे चिढ़ाया करते थे कि तुझे नदी किनारे से उठाकर लाए हैं। कभी कहते, जामुनवाली से पसेरी-भर आटा देकर खरीदा है। काश! यही सच होता भाभी। तब इतनी आत्मग्लानि तो न होती। अपने से ही आँखें मिलाते हुए शर्म तो न आती।"

किसी एक व्यक्ति के अभाव में घर का सूना हो जाना कितना अटपटा लगता है! तिस पर चाचाजी तो अकसर बाहर ही रहते थे। महीने में मुश्किल से दो-चार दिन वे घर पर ठहर पाते थे। कभी-कभी तो वह भी नहीं। फिर भी उनके जाते ही लगा, जैसे घर की छत उड़ गयी है और हम लोग निपट चौड़े में आ गए हैं।

घर में यह बदलाव तो फिर भी बहुत धीरे-धीरे आया था, लोगों के चेहरे लेकिन बहुत जल्दी बदलने लगे थे। बरसों जो दुकानदार पैसे की बात नहीं करते थे, अब सामान के साथ बिल नत्थी करके भेजने लगे। जो लोग सामने आँख उठाकर बात नहीं करते थे, वे धड़ल्ले से आकर सोफे पर बैठने लगे। जो सरकारी अधिकारी सुबह-शाम माँजी के दरबार में हाजिरी बजा लाते थे, उनसे मिलने के लिए अब समय माँगना पड़ता था। जिनके यहाँ से नित्यप्रति भेंट-पूजा आती थी, अब उनके यहाँ डाली भेजने की नौबत आ गई।

सरकारी गाड़ी का सुख तो मिनिस्ट्री के साथ समाप्त होना ही था, पर वैसे भी उस गाड़ी से घर को कोई सरोकार नहीं था। वह तो चाचाजी के साथ ही आती-जाती थी। लेकिन उन दिनों जिले-भर की गाड़ियों पर अपना हक था। किसी को अस्पताल जाना हो, सिनेमा देखना हो, स्टेशन पहुँचाना हो या किसी रम्य स्थान पर पिकनिक मनानी हो—बस फोन करने-भर की देर थी। मजाल नहीं थी कि कोई मना कर दे। सरकारी जीप उपलब्ध न हुई तो भाई लोग अपनी कार भेज देते थे।

अब ले-देकर वही एक मोटर साइकिल रह गई थी, उसमें भी कभी अपने पैसों से पेट्रोल नहीं डलवाया था। पेट्रोल के पैसे देना, होटल का बिल चुकाना और सिनेमा के टिकट खरीदना—ये तीनों बातें इनकी आचार-संहिता में नहीं आती थीं। बदलती परिस्थितियों में अपना पुराना रौब-दाब बनाए रखना इनके लिए कठिन हो गया था। इसलिए ये यथासंभव घर पर ही बने रहते। चले भी जाते तो लौटने तक माँजी व्यग्र बनी रहतीं। इनके लड़ने-भिड़ने के शौक से परिचित जो थीं।

घर में एक नौकर था जगदीश। गरीब ब्राह्मण का लड़का था। पिछले चुनाव के समय जब चाचाजी अपने क्षेत्र का दौरा कर रहे थे तो उसके पिता ने अपना यह आठवीं पास लड़का चाचाजी के चरणों में डाल दिया था। सोचा था, जिंदगी बन जाएगी। चाचाजी भी उसे आगे पढ़ाने का आश्वासन देकर साथ ले आए थे। आते ही उन्होंने अपनी अमानत माँजी के सुपुर्द कर दी थी, और अपनी व्यस्तताओं में उस बात को भूल गए थे।

तब से यह लड़का घर का अभिन्न अंग बन गया था। पचास-साठ रुपये के वेतन पर वह दिन-भर काम में जुटा रहता और बचा-खुचा खाकर सो रहता।

चाचाजी की मृत्यु के दो-एक महीने के बाद वह एकाएक गायब हो गया। उसके बाद एक दिन ये पास के कस्बे में किसी अधिकारी से मिलने गए थे। वहाँ देखा, अस्थायी कर्मचारी के रूप में जगदीशजी बंगले पर ड्यूटी बजा रहे हैं। शायद उसने ढंग से नमस्ते भी नहीं की थी। घर आकर इन्होंने इतनी गालियाँ निकालीं...

"यह तो होना ही था।" सुनीता मुझसे बोली, "ब्राह्मण का लड़का था, सरकारी नौकरी का लालच देकर उसे बरसों घर में बाँध रखा था। क्या-क्या काम नहीं कराया उससे! गाली के सिवाय कभी बात नहीं की। एक बार नौकरी छोड़कर भाग गया था तो चोरी का इल्जाम लगाकर उसे पकड़ मँगवाया था। थाने पर खूब कुटम्मस करवाकर फिर खुद ही जमानत पर छुड़ा लाए थे। तब से असहाय गूँगे पशु की तरह ओसारे में पड़ा रहता था बेचारा। बेबस की हाय कभी खाली नहीं जाती। जगदीश के श्राप ज़रूर व्यापेंगे इन्हें।"

पता नहीं किसके श्राप लगे थे, पर उस सार्वभौम सत्ता को सचमुच ग्रहण लग गया था। सत्ता का, अधिकार का मद धीरे-धीरे उतर रहा था—और वह प्रक्रिया बहुत कष्टदायक थी।

बदली हुई परिस्थितियों की सबसे बड़ी मार मुझ पर ही पड़ी। शादी को साल-भर हो चला था। इतने दिनों तो घर में मेरा अस्तित्व केवल शो केस में रखी गुड़िया जैसा ही था। घर के किसी काम में मेरा दखल नहीं था। रसोई की तरफ तो मैंने झाँका भी नहीं था। वहाँ चौबीसों घंटे छोटी दीदी छायी रहती थीं। अपने लिए एक कप चाय भी बनाकर पीने की मेरी कभी हिम्मत नहीं पड़ी थी।

पर इन दिनों दीदी का मन वहाँ से उचटने लगा था। रसोई घर से उनके लगाव का मुख्य कारण जीजाजी थे। उन्हीं के लिए वे दिन-रात वहाँ खटती रहतीं, नाना प्रकार के व्यंजन बनाया करतीं।

परंतु आय का मूल स्रोत सूखते ही जीजाजी घर के सबसे फालतू जीव हो गये। दो-एक बार साले-बहनोई में अच्छी-खासी झड़प भी हो गई। बहुत दिनों से मन में पल रही नफ़रत उभरकर एकदम सतह पर आ गयी। दीदी के संवेदनशील मस्तिष्क ने उस संकेत को समझने में गलती नहीं की। एक शुभ दिन, वे बिना किसी चीख-पुकार के, अपने पति और बच्चों को लेकर गाँव लौट गयीं।

मुझे दुख तो यह हुआ कि माँजी ने झूठ-मूठ भी उन्हें रोकने या मनाने का प्रयास नहीं किया। बड़ी दीदी के सामने बिछ-बिछ गयी थीं माँजी। पर छोटी दीदी के प्रस्थान के समय इतनी तटस्थ हो गयी थीं कि देखकर आश्चर्य होता था।

सुनीताा ने कभी बताया था कि दीदी का ब्याह एक एग्रीमेंट था, अनुबंध था। दीदी का गाँव चाचाजी के चुनाव-क्षेत्र का सबसे बड़ा गाँव था। जीजाजी का परिवार गाँव का सबसे सम्पन्न परिवार था। पास-पड़ोस के गाँवों में भी उन लोगों की धाक थी, प्रतिष्ठा थी। उस क्षेत्र में जीतने के लिए इन लोगों का समर्थन बहुत आवश्यक था। चाचाजी के अनुरोध पर उन लोगों ने सहयोग और समर्थन देना तो स्वीकार कर लिया पर बदले में अपने मिर्गी के मरीज पुत्र के लिए दीदी को माँग लिया। कुशल रणनीतिज्ञ थे चाचाजी। दोस्ती पर संबंधों की मुहर लगाने के लिए उन्होंने भी यह रिश्ता मंजूर कर लिया। आने वाले हर चुनाव में उनकी जीत सुनिश्चित हो गयी।

दीदी कुछ दिनों तक तो ससुराल में बनी रहीं, पर वहाँ उन्हें बड़ी उपेक्षा झेलनी पड़ी। पति अस्वस्थ तो थे ही, आलसी और अकर्मण्य भी थे। उनके प्रति सबका जो भी दृष्टिकोण रहा हो, वह बाहर पता नहीं चलता था पर अंतःपुर में बड़ी खुसुर-पुसुर होती थी। संयुक्त परिवारों में हमेशा यही होता है। संबंधों में दरार हो तब भी ऊपरी सतह वैसी ही चिकनी सपाट बनी रहती है, लेकिन भीतर-ही-भीतर खाई बढ़ती रहती है। जिसे यह भुगतना पड़ता है, वही इस दर्द को जानता है।

उस घुटन को दीदी बहुत दिनों तक झेल नहीं सकीं और पढ़ाई का बहाना बनाकर पति के साथ अपने घर लौट आयीं। ससुराल से उनका रिश्ता केवल गम और खुशी में जाने-भर का रहा। उतने-से रिश्ते के बल पर वे यहाँ भी सिर ऊँचा किये रहीं एक बार उपेक्षा का, अवमानना का कड़वा घूँट पीने के कारण वे सँभल गयी थीं, इसलिए माँ के घर भी चौकन्नी बनी रहीं। जीजाजी का उन्होंने कभी अपमान नहीं होने दिया। उनकी सेवा का सारा भार स्वयं उठाकर उन्होंने कभी किसी को तुनकने या भुनभुनाने का अवसर नहीं दिया।

दीदी को बहुत जल्दी ही अहसास हो गया कि सारे अनुबंध चाचाजी की मृत्यु के साथ ही समाप्त हो गये हैं। एक बार जान लेने पर उन्होंने एक क्षण का भी विलंब नहीं किया और ससुराल लौट गयीं।

उनके जाते ही घर और भी सूना हो गया। लगा, जैसे घर की सारी रौनक अन्नू और रिम्मी (अनुपम और रिमझिम) के दम से थी। मुझसे तो दोनों बहुत ही हिले हुए थे। सुनीताा के बाद घर में वही दोनों मेरे सबसे ज्यादा अपने थे। दीदी का भी घर में एक सहारा-सा था। जीजाजी की परिचर्या से जितना समय बचता, वे सब पर स्नेह लुटाया करती थीं। उनके रहते कभी उनके महत्त्व को, ममत्व को जान नहीं पायी; पर उनके जाने के बाद लगा कि स्नेह का, आनंद का एक खजाना-सा वे अपने साथ ले गयी हैं।

दीदी गयीं और उनके प्रधान कार्यक्षेत्र पर अनचाहे ही मेरा अधिकार हो गया। दीदी की तरह मेरा यह उत्तरदायित्व ऐच्छिक नहीं था—उतना निर्द्वन्द्व भी नहीं। घर की बहू थी मैं। उनके किये को सब लोग सिर-माथे लेते थे, सराहते थे। मेरा किया सिर्फ कर्तव्य की श्रेणी में आता था।

दीदी सचमुच भाग्यवान थीं। उनके समय में घर में संपन्नता थी, प्रचुरता थी। अभाव तो ख़ैर अब भी ऐसा खास नहीं था। घर में अनाज का भंडार था। सुबह-शाम भैसें लगती थीं। मौसम की शाक-सब्जी बगीचे से आ जाती थी। फिर भी कुछ चीजें होती हैं, जिनके लिए बाज़ार दौड़ना पड़ता है। उसकी व्यवस्था कैसे हो, समझ में नहीं आता था। बचपन से तो यही देखा था कि बाबूजी हर महीने एक निश्चित रकम माँ के हाथ में पकड़ा देते थे। भैया लोग कमाने लगे तो उन्होंने भी इसी नियम का पालन किया। पैसे देकर वे लोग चिंतामुक्त हो जाते थे। फिर माँ अपनी सूझ-बूझ और सुविधा के अनुसार घर चलाया करती थीं। उसी के साथ-साथ दान-पुण्य, तीज-त्यौहार, लेन-देन चलता रहता। बड़े खर्च सब बाबूजी के जिम्मे थे। यह बरसों से एक सुनिश्चित व्यवस्था थी।

यहाँ व्यवस्था नाम की चीज़ ही नदारद थी। घर की मालकिन माँजी थीं पर वे अकसर घर से बाहर रहतीं। वे जितनी देर घर में रहतीं, गहन चिंता में डूबी रहतीं। उनसे कभी कुछ कहने की हिम्मत ही न पड़ी। सुनीताा सामने होती तो उसे मध्यस्थ बनाकर मैं घर-खर्च के लिए कुछ माँग लेती। पैसे तो मिल जाते पर, क्यों, किसलिए जैसे हज़ारों प्रश्नों की झड़ी लग जाती। पिछली बार के पैसे इतनी जल्दी कैसे उठ गये, इस पर बाकायदा ऑडिट आब्जेक्शन आता। पूछने का ढंग इतना बेबाक और धारदार होता कि मैं अपराध-बोध से भर उठती।

घर में एक अदद परिदेव भी थे जो इन दिनों अकसर घर पर ही रहते; पर कभी उनके आगे हाथ फैलाने का मन नहीं हुआ। एक गाँठ-सी मन में पड़ गयी थी। बस, एक देहधर्म की मजबूरी थी जिसे हम लोग निभा रहे थे—बल्कि मैं तो उसे सजा की तरह भुगत रही थी।

मेरे पास कुछ थोड़े-से रुपये थे—राखी के, मुँह दिखाई के। घर से चलते समय अकसर बाबूजी भी कुछ-न-कुछ पकड़ा ही देते थे। मेरी वह छोटी-सी पूँजी बक्से में सुरक्षित

रखी रहती थी। पर अब, बदलते समय के साथ मेरे पर्स का मुँह धीरे-धीरे खुलने लगा था। कई बार ऐसी विवशता आ जाती कि मुझे ही व्यवस्था करनी पड़ती। तब वह छोटी-सी रकम भी मेरे लिए एक संबल बन जाती। उसी के बल पर कई बार मेरा स्वाभिमान सुरक्षित रह सका था।

उस दिन भी मैं एकदम आश्वस्त होकर ही ऊपर गयी थी। नीचे कहारिन बैठी थी, अपनी बिटिया और नाती के साथ। पहलौठी के बेटे को लेकर बिटिया अरसे बाद पीहर आयी थी। मुझे देखने का चाव था इसलिए माँ के साथ कोठी पर चली आयी थी। दुबली-पतली, साँवली-सी बड़ी प्यारी लड़की थी वह। इतनी मासूम कि विश्वास ही न हो रहा था कि ये उस गुलगोथिने बच्चे की माँ है। भाभी-भाभी कहकर लिपटी जा रही थी—एकदम सुनीताा जैसी लगी मुझे।

वे लोग चलने को हुईं तो मुझे चिंता हुई। मेरा मन तो अपनी इस मुँहबोली ननद को एक साड़ी देने का हो रहा था। माँ के यहाँ यही सब देखा था। नौकरानी भी पहली बार बच्चे को लेकर आती तो माँ कपड़े से, नारियल से, गुड़ और चावल से उसकी गोद भरतीं। रुपये देतीं सो अलग।

इस घर का क्या रिवाज है, मुझे पता नहीं था। नया कुछ करने का साहस नहीं था। माँजी और सुनीताा, दोनों ही घर पर नहीं थीं। मैंने सोचा, लड़की तो अभी रहेगी। उसके लिए बाद में भी सोचा जा सकता है, पर बच्चा तो पहली बार आया है, उसे खाली हाथ कैसे भेज दूँ?

उन्हें रुकने के लिए कहकर मैं ऊपर आयी। जल्दी से ताला खोलकर पर्स निकाला, चेन खींचकर अंदर हाथ डाला तो धक से रह गयी। अंदर एक मुड़ा-तुड़ा दो का नोट और कुछ सिक्के पड़े थे, बस। दोनों हाथों में कसकर पर्स पकड़े हुए मैं कितनी देर पत्थर-सी खड़ी रह गयी। कोई कारूँ का खजाना तो नहीं था मेरे पास। एक छोटी-सी पूँजी थी, जिसमें से खुले हाथों खर्च कर रही थी। कहाँ तक साथ देती?

बाहर के कमरे में कर्कश स्वर में रेडियो बज रहा था। ये आरामकुर्सी में धँसे उसका आनंद ले रहे थे। बहुत कोफ़्त हुई मुझे। यहाँ मैं तिल-तिल कर घर के लिए खट रही हूँ और यह आदमी मजे से बैठा सिगरेट फूँक रहा है, संगीत सुन रहा है।

तैश में आकर मैंने रेडियो बंद किया और कहा, "दस का एक नोट दीजिएगा जरा।"

वे शायद इस व्यवधान से खुश नहीं हुए। कसैले स्वर में बोले, "क्यों? ऐसी क्या जरूरत आ पड़ी?"

"कौशल्या काकी अपने नाती को लेकर आयी हैं। उसे देना है।"

"कहारिन के नाती को दस रुपये दोगी तुम! बड़ी धन्ना सेठ हो!"

"इसमें धन्नासेठ होने की क्या बात है? यह तो व्यवहार है, सभी के यहाँ होता है।"

''होता होगा, हमारे यहाँ नहीं होता। अपने बाप के घर से लेकर आयी थीं जो यहाँ रुपये लुटा रही हो?''

मैं दंग रह गई। क्या किसी शरीफ घर में इस तरह की भाषा बोली जाती है? क्या हम झुग्गी-झोंपड़ी वालों से भी बदतर हो गये हैं? आवेश में आकर मैंने उसी लहजे में कहा, ''बाप के यहाँ से तो तीस हजार लेकर आयी थी, पर कभी बीस पैसे भी मुझे देखने को नहीं मिले।''

और उत्तर की प्रतीक्षा किये बिना नीचे चली आयी मैं। दो का नोट बच्चे के हाथ में पकड़ाते हुए मन भारी हो आया था। क्या होते हैं आजकल दो रुपये? एक नारियल भी नहीं आता उतने में।

दस-बारह दिन तक ये मुझसे खिंचे-खिंचे रहे। मैंने भी मनाने की कोई कोशिश नहीं की। इस व्यक्ति से अपना कोई संबंध है, यह याद करना भी मेरे लिए कष्टदायक था।

फिर एक दिन दोपहर में ये अनायास ही मेरे पास आकर बैठ गए। बड़े सहज भाव से मेरे हाथ की किताब लेकर इन्होंने परे रख दी और बोले, ''कहिए, आजकल आपकी अपनी ननद रानी के साथ कैसी छन रही है?''

''खूब छन रही है! क्यों?'' मैंने अचरज से पूछा।

''ये फोटो दिखानी थी।''

मैंने फोटो देखी, मन प्रसन्न हो गया। सुनीताा के लिए ऐसे ही सुदर्शन वर की मैंने कामना की थी। अच्छा भी लगा, मेरी न सही इन्हें बहन की चिंता तो है। कम-से-कम याद तो है कि चाचाजी के बाद यह उत्तरदायित्व अब हमें ही निभाना है।

सुनीताा भी देर तक उस मनमोहिनी छवि को निहारती रही। ''अब देखती ही रहोगी या कुछ कहोगी भी?'' मैंने कोंचा।

''अब कहने को क्या है?''

''अरे वाह, एकदम गूँगे का गुड़ हो गया?''

पर मेरी इस चुटकी को अनसुना करते हुए अपने संजीदगी से कहा, ''इसका मतलब है, भैया चुनाव लड़कर ही रहेंगे।''

''क्या बकवास है?'' मैंने खीज कर कहा, ''हर बात में राजनीति! इससे परे क्या तुम लोग कुछ सोच ही नहीं सकते?''

''यह बकवास नहीं है भाभी, हकीकत है। अगले महीने उपचुनाव हो रहे हैं। उसके लिए भैया बहुत हाथ-पैर मार रहे हैं। पर अब तक टिकट के बारे में कोई समझौता नहीं हो सका है। चाचाजी की सीट प्रतिष्ठावाली सीट थी। पार्टी उसे किसी कीमत पर खोना नहीं चाहती।''

''होगा, लेकिन चुनाव का तुमसे क्या सम्बन्ध है?''

''मुझसे न सही, इन श्रीमानजी से तो है। इन्हें टिकट मिलना लगभग तय हो चुका है। इसीलिए मेरा चारा डालकर इन्हें फुसलाया जा रहा है।''

सुनकर सन्न रह गई मैं। पूछा, ''जानती हो इन्हें?''

''बहुत अच्छी तरह! भैया के पुराने प्रतिद्वंद्वी हैं। चार साल तक कालेज में दोनों की खूब ठनी रही।''

''तुम्हारे भैया चार साल कालेज में पढ़ चुके हैं?''

''पढ़ने-लिखने का मैं नहीं जानती, चार साल तक कालेज जरूर गए हैं। दो-दो साल आर्ट्स और साइंस, दोनों के गलियारों में घूम-घामकर चले आए।''

''और ये महाशय?''

''एम. एस-सी., एल-एल.बी. हैं। एम. एस-सी. में तो गोल्ड मेडलिस्ट रह चुके हैं। इस समय बाररूम और राजनीति के उभरते सितारे हैं। अगर निर्दलीय भी खड़े हो जायें तो भैया उनसे जीत नहीं सकते।''

''लेकिन सुनीताा, अभी तो तुमने बताया कि वे कालेज में तुम्हारे भैया के कट्टर प्रतिद्वंद्वी रह चुके हैं। अब तुम्हारे लिए ये उन्हीं की चौखट पर जायेंगे, उनके पैर पूजेंगे--यह बात तो गले नहीं उतरती।''

''उतरेगी भी नहीं, क्योंकि यह राजनीति है, और राजनीति आपकी समझ से परे है। राजनीति का पहला पाठ है अपने विरोधियों को गले लगाओ।''

''क्यों?''

''इससे अहंकार का नाश होता है और आत्मा शुद्ध हो जाती है। संन्यासी को सबसे पहले किस बात की दीक्षा दी जाती है, जानती हैं? भिक्षा-वृत्ति की। इससे उदरपूर्ति तो खैर होती ही है, पर सबसे बड़ी बात यह है कि इससे अहंभाव जलकर ख़ाक हो जाता है। राजनीति भी तो एक तरह से राजसंन्यास ही है। इसीलिए उसका घोषवाक्य है—अपने प्रतिद्वंद्वी की ओर दोस्ती का हाथ बढ़ाओ, उसे गले लगाओ। इससे भी काम न बने तो पैर पकड़ लो। एक बार स्वार्थ सिद्ध हो जाने पर फिर भले ही अँगूठा दिखा दो।''

''बस कीजिए पंडित जी महाराज, अपना प्रवचन। हमें नहीं सीखनी है आपकी राजनीति। हम तो इतना जानते हैं कि आपके भैया ने आपके लिए जो वर चुना है, वह लाखों में एक है। ऐसे सर्वगुणसंपन्न लड़के आजकल मिलते कहाँ हैं!''

''हाँ, सो तो है।'' उसने सपाट स्वर में कहा, फिर आलथी-पालथी मारकर प्रार्थना की मुद्रा में बैठ गई और गाने लगी—

महादेव अवगुन भवन, विष्णु सकल गुनधाम।
जेहि कर मनु रम जाहि सन, तेहि तेही सन काम॥
बोल सियावर रामचंद्र की जै।

''अरे वाह रे, मेरी गौरा-पार्वती!'' मैंने उसकी बलैया लेते हुए कहा, ''हमें हवा भी न लगने दी।''

वह फोटो अब एकदम अप्रासंगिक लग उठा था।

बहुत डर रही थी मैं कि ये पूछेंगे तो क्या उत्तर दूँगी? पर ये इतने व्यस्त थे कि कुछ कहने-सुनने का समय ही न मिला। फोटो भी मेरे पास ही रखा रह गया था। मैंने दोबारा उठाने की चेष्टा नहीं की।

घर में उन दिनों गहमा-गहमी थी। पंडितों की, ज्योतिषियों की बैठक लगी रहती थी। कुंडलियाँ परखी जा रही थीं, मुहूर्त निकाले जा रहे थे। माँ-बेटे-दोनों दिन-भर हाथ बाँधे सेवा में तत्पर खड़े रहते।

मेरा भी सारा दिन नीचे रसोई में ही बीतता। किसी के लिए दूध गरम हो रहा है, तो किसी की चाय बन रही है। कोई फलाहार करेगा, तो किसी को नाश्ता चाहिए। अमुक के लिए अलोना खाना बनेगा, अमुकजी बैंगन की सब्जी नहीं खायेंगे। ऊपर से आदेश आते रहते, उन्हें पूरा करते-करते मैं हाँफ उठती।

मेरी समझ से तो ये सारी चुनाव की पूर्व तैयारी थी। फिर अचानक मुझे उन लोगों की बातचीत में फलदान, वरिच्छा, मिथुन लग्ल जैसे पारिभाषिक शब्द भी सुनाई देने लगे। मेरा माथा ठनका। उस दिन बाज़ार से बड़े-बड़े थाल आए थे, तो गोबिंदी ने ही मुझे बताया कि उन्नीस तारीख को वरिच्छा चढ़ रही है।

उन दिनों इनके दर्शन दुर्लभ हो रहे थे। फिर भी किसी तरह उन्हें अकेले में घेरकर मैंने पूछ ही लिया, "सुनीताा की शादी तय हो गई है?"

"हाँ।"

"मुझे बताया भी नहीं!"

"क्यों? तुमसे पूछकर ही तय करती थी क्या?"

"नहीं, लेकिन घर की बात मुझे नौकर-चाकरों से पता चले यह भी तो ठीक नहीं है। मेरी, ख़ैर, कोई बात नहीं है, पर सुनीताा से तो पूछ लिया होता!"

"हमें तो उतनी अकल नहीं आई। अब तुम पूछ लेना!" उनके स्वर में व्यंग्य था। फिर भी मैं भागी-भागी सुनीताा के कमरे में गई। देवीजी मजे से किसी पत्रिका से कोटेशन उतारने में मगन थीं। उसे यह खब्त ही था कि जहाँ कोई अच्छा-सा वाक्य या कविता की पंक्ति या शेर देखती, झट कापी में उतार लेती। ऐसी-ऐसी चार कापियाँ भर ली थीं उसने। उसकी तल्लीनता देखते ही बनती थी। मैंने सोचा, कितनी कुशाग्र बुद्धिवाली है यह लड़की। हर बात की तह तक पहुँच कर दम लेती है। फिर एकदम खयाल आया, जो बात मैंने नौकरों-चाकरों की बातचीत से जान ली, उसकी भनक क्या इसके कानों तक न पहुँची होगी? यह तो बेरोक-टोक घर-भर में घूमती रहती है। इससे कौन-सी बात छिपी रह सकती है...!

टोह लेने के लिए मैंने पुकारा, "बधाई हो गौरा-पार्वती जी!"

"किस बात की?" उसने लिखना जारी रखते हुए पूछा।

"आपकी शादी के बाजे बस बजने ही वाले हैं।"

"हुँह, यह तो पुरानी बात हुई। मैंने सोचा, कुछ नयी ख़बर होगी।"

मैं देखती रह गई। क्या है इस लड़की के मन में? उस दिन मैंने पूछा था, 'हमें बताओगी नहीं? कौन हैं तुम्हारे भोलेनाथ?' तब बड़ी अदा से बोली थी, 'तुम्हें न बतायेंगे सखी, तो किसे बतायेंगे! तुम्हीं तो हमें इस कारागार से मुक्ति दिलाओगी।'

और अब कितने निर्लिप्त भाव से कह रही है, 'हुँह, यह तो पुरानी बात हुई।'

"बैठो न भाभी!"

"न बाबा! बैठने की फुर्सत यहाँ किसे है। मैं तो बस बधाई देने चली आई थी। अभी-अभी ख़बर मिली तो मैंने सोचा, लगे हाथ यह शुभ कार्य भी निपटा ही दूँ।"

"नाराज़ हो?"

"कौन, मैं? अरे नहीं। नाराज़-वाराज क्यों होने लगी? बस, थोड़ा-सा दुख हो रहा है। सो भी तुम्हारे भोलेनाथ के लिए।"

"और मेरे लिए?"

सिर्फ हँस दी मैं। कहा कुछ नहीं।

"भाभी, तुमने इतिहास पढ़ा है?"

"हाँ। बी.ए. में विषय था मेरा।"

"तो तुमने यह भी जरूर पढ़ा होगा कि पुराने राजा लोग, लड़ाइयाँ तो खुद लड़ते थे, पर जब संधि करने की नौबत आती तो अपनी कन्याओं को संधिपत्र का मसौदा बना लेते थे। हम लोग भी तो किसी राजकन्या से कम नहीं हैं। जब उन लोगों जैसा ऐश्वर्य भोगा है तो अभिशाप भी भुगतना होगा।" मैं चुप।

"जानती हो भाभी, अम्माँ इस चुनाव में अपना सब कुछ दाँव पर लगा रही हैं।"

"तुम भी तो लगा रही हो।"

"मेरे हिस्से का त्याग मुझे भी करना ही था। कुछ कर्ज होते हैं भाभी, जो चुकाने ही पड़ते हैं।"

"जैसे छोटी दीदी ने चुकाया था!"

"हाँ, जैसे छोटी दीदी ने चुकाया था। जैसे बड़ी दीदी ने चुकाया था। मात्र चौदह वर्ष की थीं बड़ी दीदी और अट्ठाईस साल के दूल्हे से ब्याह दी गई थीं। सिर्फ इसलिए कि उनके ससुर तब यहाँ कलेक्टर थे। कभी कोई ऊँच-नीच हो जाए तो सरकारी अमले में अपना भी कोई आदमी हो, इसी उद्देश्य से यह रिश्ता हुआ था।"

"छोटी दीदी ने तो अपने भाग्य के लेखे को सिर झुकाकर स्वीकार कर लिया। बड़ी दीदी उसका प्रतिशोध सबसे लेती फिरती हैं।"

"तुम्हारी 'लाइफ आफ ऐक्शन' क्या होगी?"

"ये मैं कैसे बता दूँ, वक्त ही बतायेगा।"

उसे वक्त के आगे यूँ घुटने टेकते देखकर मन जाने कैसा हो आया। मैंने अपने-आप को समझाया भी कि वंदना जी, इसमें इतना दुख या आश्चर्य करने जैसा क्या है? यह कोई अनहोनी तो नहीं हो रही? सभी हिंदुस्तानी लड़कियाँ इस तरह के समझौते करती

हैं। तुमने भी तो किया है। इतने घिनौने, मिथ्या आरोपों के बावजूद तुम तन-मन-धन से पति-सेवा में जुटी हुई हो कि नहीं?

परंतु फिर भी मन को संतोष नहीं हुआ। मेरी बात दूसरी थी। मुझमें और आम भारतीय लड़की में कोई अन्तर न था। पर सुनीता को मैं सबसे अलग समझती थी। लगता था, उसमें एक स्पार्क है, चिनगारी है। वह एक तरह से मेरे व्यक्तित्व की पूरक थी। जो साहस, जो दिलेरी मुझमें नहीं थी, वह उसमें कूट-कूटकर भरी हुई थी। जो बात मैं सोचकर रह जाती थी, वह धड़ल्ले से कह डालती थी। जो बात मैं सोच भी नहीं सकती थी, वह कर गुजरती थी।

इसीलिए वह मुझे बहुत अपनी-सी लगती थी।

जब उसके व्यक्तित्व को आलोकित करनेवाला यह वलय हट गया तो वह दीदी लोगों की मालिका की एक कड़ी-भर रह गई। उसे सुनीताजी कहकर पुकारने की इच्छा होने लगी।

अपनी चिरपरिचित सुनीता के बिना घर एकदम खाली-खाली-सा लग उठा।

कितनी अकेली पड़ गई थी मैं!

और एक दिन शुभ मुहूर्त में इन्होंने नामांकन-पत्र दाखिल कर दिया। उसके दूसरे ही दिन धूम-धाम से सुनीता की सगाई संपन्न हो गयी। चाचाजी की मृत्यु के बाद घर में एक ठहराव-सा आ गया था, वह एकदम चहल-पहल से भर उठा।

अपने अनोखे मृत्युपत्र के कारण चाचाजी पिछले दिनों सबके कोपभाजन बने हुए थे। ये तो कभी-कभी ऐसी वाही-तबाही बक रहे थे कि सुनते ही संकोच होता था। पर अब उनकी एक बड़ी-सी तस्वीर बड़े हाल में लग गयी थी। रोज उस पर ताज़े फूलों का हार चढ़ाया जाता, सुबह-शाम अगरबत्ती जलायी जाती। उस दिन कलेक्टरेट जाते समय इन्होंने पहले वहाँ मात्था टेका, माँजी को बाद में प्रणाम किया। इनकी हर बात में अब पूजनीय चाचाजी का उल्लेख जरूर होता। उनका नाम लेते हुए ये श्रद्धा से ऐसे भर उठते कि बस!

वैसे भी इनकी भाषा अब बहुत सौम्य हो गयी थी। बात-बात में गाली निकालने की आदत तो पुरानी थी—वह आसानी से छूटने वाली नहीं थी, किन्तु इसके अतिरिक्त जो कुछ कहते, वह शालीन होता था।

इनकी बदली हुई भाषा-शैली का रहस्य भी मैं जान गयी थी। राजशेखर अब नित्यप्रति ही घर पर आने लगे थे। बहुत ही शिष्ट, सुसंस्कृत, हँसमुख युवक थे। बात करने का ढंग ऐसा कि सुनने वाला प्रभावित हुए बिना नहीं रहता। एक-दो बार उन्हें मंच से भी सुनने का अवसर मिला। वाणी के धनी थे। सरस्वती जैसे उनकी जिह्वा पर नाचती थी। उनकी तुलना में इनका भाषण उबाऊ ही लगता, ये अधिक बोलते भी नहीं थे। पर

कुल मिलाकर दोनों का प्रभाव अच्छा पड़ता। दो विरोधी खेमों को एक मंच पर देखकर जनता भी प्रभावित होती।

सुनीताा ने ठीक कहा था, 'यह आदमी निर्दलीय भी खड़ा होता तो इनके लिए टक्कर भारी पड़ जाती।'

राजशेखर जब तक घर पर रहते, उत्सुक आँखों से टोह लेते रहते। बेचारे को हर बार निराश होना पड़ता। सुनीताा कभी सामने नहीं आती, शर्मीली दुलहिन की तरह कमरे में ही बैठी रहती।

पुराना रिश्ता यदि कायम होता तो मैं इसी बात को लेकर खूब चुटकी लेती, उन लोगों के मिलने-मिलाने की खुद व्यवस्था करती, पर अब उत्साह ही नहीं रह गया था। और फिर समय ही कहाँ रह गया था।

चुनाव मैंने अब तक सुना-भर था, इतने पास होकर पहली बार देखा। सुबह से घर पर मेला लगा रहता। पता नहीं, कहाँ-कहाँ के लोग डेंरा डाले हुए थे। कहाँ तो मुझसे नौकरों तक से पर्दा करवाया जाता था, कहाँ अब हर कोई ऐरा-गैरा 'भाभी-भाभी' कहकर रसोई में घुसा चला आता था। जिनकी शक्ल देखने से घृणा होती थी, उनके लिए थाली सजाकर देनी होती थी—हँस-हँसकर खिलाना पड़ता था। श्रीमानजी की सख़्त ताकीद थी कि कोई नाराज न होने पाये। यही तो उनकी सेना के सिपाही थे। मोर्चे की दारोमदार इन्हीं लोगों पर थी।

ये सुबह से अपनी फौज लेकर निकल जाते तो रात गये लौटते। देर हो जाती तो रात गाँव में ही टिक जाते तब माँजी चिंता के मारे रात-भर जागती रह जातीं।

ये जब भी लौटते, पसीने से लथपथ—धूल-सने होते। पर चेहरे पर एक संतोष होता, आत्मगौरव का भाव होता। मुझे भी उनका वह धूलि-धूसरित थका-माँदा रूप भाने लगा था। सोचती हूँ, शायद हर स्त्री को पति का यह श्रमसिंचित रूप ही सबसे ज्यादा लुभाता है। उन क्षणों में वह केवल पत्नी नहीं रहती, माँ बन जाती है।

मन में छिपी इस माँ की आँखों से जब उन्हें देखती तो सोचती, 'हाय, कितना खट रहे हैं!' ये इतना परिश्रम कर सकते हैं, कभी सोचा भी न था।

चाचाजी शायद इस बात को जानते थे। अक़सर कहते, 'यह लड़का किसी काम का नहीं है। इससे बस चुनाव लड़वा लो।'

तब उनकी यह बात निराशा की, नाराजगी की परिचायक होती थी। बेचारे सब करके हार गए थे। उन्होंने इनके लिए बरसों पहले छोटी-सी दाल मिल डाल दी थी। फिर सीमेंट का परमिट दिलवाकर देख लिया। पिछले साल तो गैस की एजेंसी भी खुलवा दी थी। पर इनका मन कहीं नहीं लगा। उन्हीं दुकानों पर चाचाजी के भक्तगण बैठकर मालामाल हो गए।

छोटी दीदी फिर लौट आयी थीं, पर इस बार पूरे आत्मसम्मान के साथ। सारी परंपराएँ ताक कर रखकर माँजी खुद उनके गाँव गयी थीं। बेटे को समधीजी के चरणों

में डालकर बोलीं, "लाला तो चले गये। अब आप ही घर के बड़े हैं। आप ही को सब देखना है।"

पर अब दीदी रसोई की तरफ झाँकती भी नहीं थीं। सारी व्यवस्था अपने-आप जो हो रही थी। मिसरानी मौसी थी, गोबिंदी थी—फिर भी काम सँभाले नहीं सँभलता था। दिन-भर चाय, दिन-भर नाश्ता। (दूसरे भी दौर चलते थे पर उनसे मुझे कोई सरोकार न था।)

'बऊ' का इन दिनों बड़ा सहारा रहा। वह चौबीसों घंटे मेरे साथ बनी रहती। पहली बार मैंने अनुभव किया कि चाचाजी कितने दूरदर्शी थे। उन्होंने बऊ को अहसानों से इतना लाद दिया था कि बिना मोल की दासी होकर रह गयी थी। चुनाव में गड़े मुर्दे उखाड़ने का खूब प्रयास किया गया। दरबारी की हत्या को फिर से उछाला गया। रामसजीवन कक्का की मृत्यु का रहस्य जानने के लिए लोगों ने बऊ की खूब घेराबंदी की। पर उसने किसी को हाथ नहीं रखने दिया। बूढ़ी थी, अनपढ़ थी—पर व्यवहारकुशल थी। जानती थी, यह चुनावी हमदर्दी है। कल को ये लोग बात भी न पूछेंगे। फिर वह अपनी लगी-लगाई क्यों छोड़े, पति की मृत्यु को उसने कर्मों का फल कहकर स्वीकार कर लिया।

मंत्रिमंडल के लिए यह जिला जैसे एकदम तीर्थस्थल बन गया था। इतने लोग तो चाचाजी की मृत्यु पर भी नहीं आये थे, जितने श्रद्धांजलि देने अब पहुँचने लगे। बहाना तो सरकारी टूर का होता था पर उसके मर्म को सब समझते थे। इसीलिए सरकारी अमला भी कुछ-कुछ प्रभावित, कुछ-कुछ आतंकित हो चला था। जो भी मंत्री जिले के सदर मुकाम पर आते, उनकी चाय या एक समय का खाना घर पर अवश्य होता। मंत्री महोदय अपने पूरे लवाजमे के साथ आते। घर-भर से उनका परिचय करवाया जाता और वे हमें कृतार्थ करते हुए-से खा-पीकर चले जाते।

सबसे खुशी की बात तो यह हुई कि मुख्यमंत्री स्वयं आशीर्वाद देने के लिए पधारे। वे मुश्किल से दस मिनट रुके होंगे, पर व्यवस्था ऐसी थी मानो सुनीताा की बरात ही आ रही हो। पूरा लॉन शामियाने से ढँक गया था।

उस दिन रात को सभी लोग थककर चूर हो गये थे। मैं माँजी के सिर में तेल डाल रही थी कि ये आँधी की तरह कमरे में घुस आये, "अम्माँ, कुछ पैसे दो तो।"

"अरे, अभी सुबह तो दिये थे।"

"कितने दिये थे? सिर्फ तीन हजार। उससे होता क्या है! हजार रुपये का तो पेट्रोल फुँक गया। फिर इतने लोगों का खाना-पीना। शामियाने के तो अभी बाकी ही हैं। हिसाब बाद में लेना, अभी मेरे पास समय नहीं है। प्रेस से ऐस्टर्स उठाना है। गाड़ी तैयार खड़ी है, रात को ही रवाना कर दूँगा।"

माँजी उठीं, कमर से चाबी निकालकर अलमारी खोली और नोटों की एक गड्डी इनके हाथ में पकड़ाते हुए बोलीं, "पूरे दो हजार हैं। गिन लेना। और हिसाब मुझे दिखाने

की जरूरत नहीं है। अपनी बहुरिया को दिखाया करो। इन्हें पता तो चले कि बीस हजार इस घर में कै दिन चलते हैं।"

शर्म से, अपमान से लाल हो गयी मैं। माँजी की बात का मैंने बुरा नहीं माना। हिंदुस्तानी सास के लिहाज से यह उलाहना बहुत ही सौम्य था।

पर मेरी कही बात ये इस तरह माँजी तक पहुँचा देंगे, यह नहीं सोचा था। क्या पति-पत्नी के बीच कुछ भी अंतरंग नहीं रहेगा इस घर में?

हे ईश्वर! कितना बाँधती हूँ मैं मन को, कितने जतन से श्रीचरणों में लगाने का यतन करती हूँ, पर एक क्षण में सब मिट्टी हो जाता है।

कई दिनों से सुबह-शाम ठाकुरजी के आगे हाथ जोड़कर, इनके विजय की कामना करती थी मैं। पर लगता है, प्रार्थना के वे मंत्र अब कभी मन से फूटेंगे ही नहीं।

उनकी जीत मेरी प्रार्थना की मोहताज नहीं थी।

पता नहीं, कितने ही लोगों की शुभकामनाएँ उनके साथ थीं। माँजी ने उनके लिए जाने कितने देवता पूज रखे थे। बहनों ने मनौतियाँ मानी थीं। बाबूजी बतला रहे थे कि माँ ने भी संकटमोचन पर सवा मन लड्डुओं का प्रसाद बोला हुआ था।

बाबूजी चुनाव के दो-चार दिन पहले से आ गये थे। साथ में कार्यकर्ताओं के रूप में रश्ते के भाई-भतीजों को भी ले आये थे।

मतगणना वाले दिन घर में अजीब सन्नाटा था। सारे पुरुष कलेक्टरेट में डेरा डाले हुए थे। माँजी सुबह से बिना खाए-पीए ठाकुरजी के कमरे में बंद हो गयी थीं। बहनें फोन से कान लगाए बैठी थीं। नौकर-चाकर अटकलबाजी में व्यस्त थे। फुसफुसाहट वातावरण को और बोझिल बना रही थीं।

मेरी समझ में नहीं आ रहा था कि मैं क्या करूँ। परिणाम को लेकर मेरे मन में कोई विशेष उत्सुकता नहीं थी कि तनाव, आशंका और दुश्चिंताओं से भरा यह माहौल अब समाप्त हो जायेगा।

चुनाव क्या था, एक लंबा-चौड़ा नाटक था। सुखांत होगा या दुःखांत, बस यही जानना शेष था। उस दिन वोट डालने गयी थी। पूरे हाथ-भर का बैलट पेपर था। चौदह उम्मीदवार थे। नाई, धोबी, काछी, कहार—सबका प्रतिनिधित्व। रिश्ते के एक देवर बता रहे थे कि इनमें से कइयों के पास तो जमानत तक के पैसे नहीं थे, यहीं से व्यवस्था हुई है। बैठने का क्रम तो अंतिम दिन तक चलता रहा। हरेक की अपनी कीमत थी।

ये सारी बातें मन को कहीं गहरे कुरेदती थीं। इसीलिए मैं उस क्षण की प्रतीक्षा में थी जब यह सारी आपाधापी समाप्त हो जायेगी। हम सामान्य जीवन जी सकेंगे।

अपने कमरे में निरुद्देश्य बैठी थी मैं कि स्कूटर की आवाज आयी। खिड़की से झाँककर देखा—राजशेखर थे। मैं उठी और एक साँस में सीढ़ियाँ उतर कर नीचे आ गयी। और तब मुझे भान हुआ कि उदासीनता का मेरा यह खोल कितना नकली था।

"बधाई हो भाभीजी! मिठाई खिलाइए!" उन्होंने आते ही आवाज बुलंद की।

"क्या रिजल्ट निकल आया?"

"बस, निकला ही समझिए, साठ प्रतिशत वोटों की गिनती समाप्त हो चुकी है। ट्रेंड तो उसी से पता चल जाता है। दुश्मन तो कब से मैदान छोड़कर भाग खड़े हुए हैं। चार बजे तक डिक्लेयर हो जाना चाहिए। मैं तो भागा-भागा इसलिए आया हूँ कि यह खुशखबरी सबसे पहले सुनाने का सम्मान मुझे मिले।"

"सचमुच बहुत कृतज्ञ हूँ मैं।"

तब तक सारा घर वहाँ इकट्ठा हो गया था। माँजी भी पूजा से उठ आयी थीं। मेरी बात का सिरा पकड़कर बोलीं, "बहू ने ठीक ही कहा है। मुन्ना जीता है तो तुम्हारे दम से। उसके अकेले के बस का नहीं था।"

"अम्माँ, हम तो इस अखाड़े के पुराने खिलाड़ी हैं।" उन्होंने हाथ जोड़कर कहा, "कालेज के जमाने में आमने-सामने खड़े होते थे। इस बार साथ-साथ खड़े हैं बस।"

"जिंदगी-भर ऐसे ही साथ निभाना बेटा!" माँजी ने अश्रुविगलित कंठ से कहा। फिर अपनी हीरे-जड़ी अँगूठी उतारकर भावी जामाता की हथेली पर रखते हुए बोलीं, "ये मेरा नेग है बेटा, मना मत करना।"

"इसे कहते हैं हौसला अफजाई। आपकी बहूरानी ने तो एक धन्यवाद देकर टरका दिया था।"

"अब आपके रहते मैं इनाम देते अच्छी लगूँगी?" मैंने नम्र स्वर में निवेदन किया तो वे एकदम पलटीं और आँखें तरेरकर बोलीं, "कम-से-कम उसका मुँह तो मीठा करा सकती थीं।"

मैं सकपकाकर भीतर भागी। सुबह ठाकुरजी के भोग के लिए ढेर-सी मिठाई आयी थी। उसी को प्लेट में सजा रही थी कि छोटी दीदी दौड़ी आयीं। बोलीं, "वंदना, यह सब तो मैं कर लूँगी। तुम जल्दी से जाकर शृंगार कर लो भैया बस आने को ही हैं।"

"शृंगार किसलिए करूँगी? आरती उतारनी है?"

"तो क्या आरती नहीं उतारोगी? पहला चुनाव जीतकर आ रहा है मेरा वीर! उनका स्वागत नहीं करोगी? उसके बाद जुलूस में भी तो जाना है।"

"जुलूस में?"

"हाँ, विजय-जुलूस में," सुनीताा पीछे-पीछे आ पहुँची थी; मुँह बनाकर बोली, "अम्माँ भी कभी-कभी कमाल कर देती हैं। बताओ यह कोई रामलीला की सवारी है कि जुगल-जोड़ी विराज रही है, रथ चल रहा है। और हम-तुम क्या करेंगे दीदी? चँवर डुलायेंगे?"

"ये हमसे क्यों कह रही हो? अम्माँ से जाकर कहो न! उनके सामने तो मुँह नहीं खुलता।" दीदी बोलीं।

"मुँह तो खूब खुलता है। पर अम्माँ आज इतनी खुश हैं कि उनका मूड खराब करने की इच्छा नहीं हुई। चलिए भाभीजी, हाई कमान का हुक्म है आपको तैयार किया जाये।"

"यानी कि एकदम शोभायात्रा ही निकलेगी हमारी!"

"बिल्कुल! इसमें कोई शक है?"

"सुनीताा," कमरे में आते ही मैंने कहा, "इस घर के रीति-रिवाज समझना सचमुच बहुत कठिन है। कहाँ तो तुम लोग इतने दकियानूसी हो कि शादी में जयमाला तक नहीं होने दी। इतने अरमान से सहेलियों ने श्रृंगार किया था। दो-दो फोटोग्राफर्स बुलवाए गए थे। और अब शहर में जुलूस निकाला जा रहा है।"

"तुम समझती नहीं हो भाभी। तब तुम किसी की बहू थीं। आज एक युवा नेता की, विधायक की पत्नी हो। कल को शायद मंत्री की पत्नी बनोगी। तुम्हें तो अब जनता के बीच ही रहना होगा।"

"मंत्री की पत्नी! सुनीताा, सपने देखना तो कोई तुम लोगों से सीखे।"

"हम लोग सिर्फ सपने देखते ही नहीं हैं भाभी, उन्हें पूरा करने का हौसला भी रखते हैं। अम्माँ की गोट देखो, कितनी सही बैठी है," उसने मेरे बाल सुलझाते हुए कहा, "अम्माँ खूब समझती थीं कि चाचाजी की मृत्यु का घाव जब तक हरा है, तभी तक उसे भुनाना होगा। जनता की संवेदनाएँ भोथरी पड़ने से पहले ही आवाज उठानी होगी। उनका अनुमान कितना सही निकला।"

"हाँ, यह भी एक गणित ही है। नौसिखियों के बस की बात नहीं है।" मैंने कहा। मेरे स्वर की निर्लिप्तता से वह कुछ चौंकी। अपना कंघीवाला हाथ रोककर उसने पूछा, "भैया के जीतने से तुम खुश नहीं भाभी?"

"खुश क्यों नहीं हूँ? हाँ, तुम लोगों की तरह रोमांचित, पुलकित, उच्छ्वसित वगैरह नहीं हूँ। वह मेरा स्वभाव ही नहीं।"

"स्वभाव की बात नहीं है भाभी, दरअसल तुम्हें अहसास ही नहीं है भैया की जीत इस घर के लिए क्या है? तुमने कभी सालों तक अनिर्बंध सत्ता का सुख नहीं भोगा। तुम नहीं जानतीं कि इसका नशा क्या होता है, इसकी कैसी आदत पड़ जाती है और जब यह सत्ता एकाएक छिन जाती है, उस सार्वभौम साम्राज्य का एकाएक अवसान हो जाता है, तो मनुष्य परकटे पक्षी-सा निरीह, असहाय और पंगु हो जाता है। जिसने इस यंत्रणा को झेला है, वही जानता है।"

उसके स्वर का गीलापन मुझे छू गया। पलटकर देखा, उसकी आँखों से अविरल धार बह रही थी।

"सुनीताा! अब क्यों रो रही है पगली! आज तो हँसने का दिन है।" मैंने उसकी ठोड़ी छूकर कहा तो वह एकदम मुझसे लिपट गयी और भरभरा कर रो पड़ी। मैं मूक विस्मित उसके सिर पर, गालों पर हाथ फेरती रही।

जी-भर रो लेने के बाद वह कुछ प्रकृतिस्थ हुई। शांत स्वर में बोली, "तुम्हें तैयार करने का तो बहाना था भाभी। दरअसल तुमसे मिले बिना जाने का मन नहीं हो रहा था। इसीलिए चली आयी।"

"लेकिन जा कहाँ रही हो?"

"वहीं, जहाँ सब लड़कियाँ जाती हैं—अपनी ससुराल। ऐसे क्यों देख रही हो? अपने घर नहीं जाऊँगी क्या? हमेशा यहीं पड़ी रहूँगी?"

शब्द जैसे मेरे मुँह में जम गए थे।

"दो बार तो इस घर के लिए दाँव पर लग चुकी हूँ। अब थोड़ा-सा मुझे अपने लिए भी तो जीने दो। बेचारे भोलानाथ कब तक सब्र करेंगे?" मैं चुप।

"क्यों, बहुत आश्चर्य हो रहा है?"

"नहीं सुनीताा, बहुत दुख हो रहा है। तुमने मेरा इतना भी विश्वास न किया?"

"विश्वास न होता तो आज भी न कहती। इतने दिनों तक इसीलिए भुलावे में रखा कि कोई पूछ भी ले तो तुम कुछ बता न सको। झूठ बोलना सबके बस की बात नहीं है भाभी!"

"तुम बोलने की कह रही हो। मैं तो झूठ जी रही हूँ सुनीताा। और कितनी खूबसूरती से जी रही हूँ तुम देख ही रही हो।"

"यही तो तुम्हारे संस्कार हैं भाभी। इन्हीं के लिए तो चाचाजी तुम्हें इस घर में लाए थे। भैया को सन्मार्ग पर लाने की यह अंतिम कोशिश थी।"

युवा नेता के जय-जयकार से आकाश को गुँजाता हुआ जुलूस मंथर गति से आगे बढ़ रहा था।

सबसे आगे वर्दीधारी बैंड था। उसके पीछे जयघोष करते हुए इनके सिपाही थे। उनके पीछे भाँगड़ा नाचता हुआ कालेज के छात्र-छात्राओं का दल था। जुलूस के ठीक मध्य में दुलहिन की तरह सजी हुई जीप थी। जिस पर हमारी राम-सीता की जोड़ी विराजमान थी।

पीछे एक खुली कार में माँजी छोटी दीदी के साथ बैठी हुई थीं। यह विजय-जुलूस दरअसल माँजी का ही था। विजय उनकी हुई थी। हमारा तो सिर्फ जुलूस निकल रहा था। पिछले छह महीनों में जिन लोगों ने माँजी की अवज्ञा की थी, आज का जयघोष सुनकर उनके दिल दहल गए होंगे।

माँजी की कार के पीछे भीड़ का एक रेला था। बेशुमार लोग थे। आगे-पीछे, अगल-बगल, नीचे दुकानों में, ऊपर छज्जे पर लोग-ही-लोग थे।

पर इस विशाल जनसमुद्र से बेखबर मेरी आँखे सुर्ख लाल साड़ी में लिपटी उस मनमोहिनी आकृति पर ही टिकी थी। अर्जुन की तरह मैं केवल उस हँसमुख चेहरे को ही देख रही थी।

भीड़ को मछली की तरह चीरती हुई कभी वह नाचने वालों के गोल में पहुँचकर थोड़ा-सा थिरक लेती। कभी उन पर पैसे वारकर बैंड मास्टर को पकड़ा देती। कभी हिरनी की-सी चपलता से जीप पर चढ़ आती और मुट्ठी-भर गुलाल या अंजुरी-भर फूल हम पर बरसा देती। खुशी से दमकता उसका चेहरा देखकर प्यार भी आ रहा था, ईर्ष्या भी हो रही थी। उसकी खुशी का राज मुझ तक ही सीमित था, फिर भी मन आशंका में डूबने-उतराने लगता।

''जीत का यह जश्न रात-भर चलेगा,'' सुनीताा ने कहा था, ''इसीलिए तो मैंने यह मुहूर्त चुना है। इन लोगों की खुमारी टूटेगी, तब तक मैं बहुत दूर पहुँच जाऊँगी। राजशेखरजी की ही चिंता है—प्रतिशोध की आग कहीं...''

लेकिन मुझे राजशेखर की जरा भी चिंता नहीं है। पिछले दिनों में उन्हें जितना जाना है, उससे कह सकती हूँ कि वे सुनीताा की मजबूरियों को समझेंगे। कम-से-कम बहन के अपराध का दंड भाई को न देंगे।

पर मेरी बगल में बैठा हुआ यह आदमी! क्रोध के क्षणों में क्या आदमी रह पाता है? क्या इसके पास हृदय नाम की कोई चीज है? क्या यह सुनीताा को क्षमा कर सकेगा? आशंका से मेरा मन सिहर उठा।

सुनीताा ने मुझे आश्वस्त किया है, ''भाभी, भैया मेरा अनिष्ट कभी नहीं करेंगे। इतने समझदार तो वे हैं। जानते हैं कि मेरा मुँह अगर खुल गया तो उनके लिए बहुत बुरा होगा।''

फिर भी—फिर भी, क्या इस बात पर निश्चिंत हुआ जा सकता है?

एक मुट्ठी-भर गुलाल फिर से हम लोगों पर उछालकर वह भीड़ में खो गयी थी। इस बार उसकी आँखों में एक निराली चमक थी। कहीं यह विदा का संकेत तो नहीं!

बैंड पर इस समय 'पल्लो लटके' बज रहा था। लड़के-लड़कियाँ अब भाँगड़ा छोड़कर घूमर नाचने लगे थे। मैंने बड़े यत्न से अपनी आँखों को नृत्य पर टिकाये रखा था; लेकिन मन उचक-उचककर पीछे भीड़ में किसी को खोज रहा था!

शुभास्तु ते पंथानः सुनीताा! जहाँ रहो, सुखी रहो!

वहीं से मुझे असीसती रहना कि मेरी यह शोभायात्रा शुभयात्रा बने! आमीन।

पुनरागमनायच्

"उन लोगों ने फोन पर पहले से ही पता कर लिया होगा, सभी अपने जैसे बेवकूफ थोड़े ही होते हैं!"

पिछले आधा घण्टे में अजय ने यह बात कोई पाँचवीं बार कही होगी और हर बार उसके स्वर की खीझ और कड़ुआहट बढ़ती जा रही थी। ताव तो मुझे भी बहुत आ रहा था। क्या इससे पहले ट्रेनें कभी लेट नहीं हुईं, प्लेटफार्म पर तपस्या करने का यह पहला अवसर है! फिर बार-बार मुझे यह सब क्यों सुनाया जा रहा है?

पर इस समय तो चुप रहने में ही ख़ैर थी। इन महाशय का कोई भरोसा थोड़े ही था। जरा-सा घुड़का नहीं कि छोड़कर चले जाएँगे। फिर प्लेटफार्म पर तपस्या करती मैं कितनी हास्यास्पद लगूँगी!

पापा को आज ही टूर पर जाना था! वह होते तो इस झक्की को घास भी नहीं डालती मैं। पर मजबूरी थी। इसीलिए चिरौरी करके साथ लाई हूँ। माँ तो मना ही कर रही थीं। बोलीं—"अगर उनकी इच्छा हुई तो वे लोग तुम्हें यहीं से लेते जाएँगे। ऐसे जाना अच्छा नहीं लगता।"

तैयार होकर बैठी रही, लेकिन फिर मुझसे ही सब्र नहीं हुआ। अजय को, माँ को किसी तरह पटाकर आ गई हूँ और अब वह मुझ पर कुड़बुड़ा रहा है।

अजय को क्या पता कि मन में कैसी उथल-पुथल हो रही है। कल का दिन कितनी बेचैनी से कटा है। पिछले छह दिनों तक सपनों के इन्द्रधनुषी हिंडोलों पर झूलती रही थी। कल तो उस स्वप्निल अनुष्ठान का अन्तिम दिन था। इसके बाद तो एकदम जयमाल के समय ही भेंट होने को थी।

प्रतीक्षा करते-करते पूरा दिन बीत गया। सज-सँवरकर बैठी मैं भाई-बहनों की चुहलबाजी का आनन्द लेती रही। पर धीरे-धीरे उसमें भी उपहास की गन्ध आने लगी।

शाम को दुबारा साड़ी बदलने लगी तो सुधि ने टोक दिया—"ओफ्फो दीदी! जरा तो उन्हें अपने किए की सजा दो। उन्हें पता तो चले कि दिन-भर से तुम कितनी बोर होती रही हो। अभी से उनकी आदतें मत बिगाड़ो अदरवाइज़ ही विल टेक यू फार ग्राण्टेड!"

सुधि की बात रख ली थी मैंने। कपड़े नहीं बदले थे, पर चेहरा फिर से सँवार लिया। बालों में नये सिरे से फूल टाँक लिए थे। सुधि तो पागल है। भला रूठने-मनाने

के लिए अब समय ही कहाँ रहा। आज की शम भर तो है। मान-मनौवल के लिए तो जिन्दगी पड़ी है। और जैसा कि सुधि कहती है, घर में एक परमानेंट 'कोपभवन' बनवा लूँगी। पर आज नहीं, आज तो उनका स्वागत मुस्कराकर ही करना है; क्योंकि यही तो विदा की शाम भी है!

पर कहाँ, मुस्कानों के वे दीप जलकर चुक भी गए; पर उन्हें नहीं आना था सो नहीं ही आए!

तभी तो बेशर्म बनकर स्टेशन पर आना पड़ा। उन्हें एक झलक देखना था। अपने सारे उलाहने, अपना सारा प्यार आँखों-ही-आँखों में उन पर उड़ेलना था। उस एक क्षण के लिए मैं राधा भी थी और मीरा भी।

ट्रेन आने में बस पाँच मिनट रह गए होंगे। जब उन लोगों की कार आती दिखाई दी। हम लोग गेट के पास ही खड़े थे। उन लोगों के आते ही अपने प्लेटफार्म टिकट मुट्ठी में दबाए हम लोग उनके पीछे-पीछे चल पड़े। प्लेटफार्म पर भीड़ का एक सैलाब-सा एकदम उमड़ रहा था। सभी बदहवास-से दौड़ पड़े। शायद ट्रेन के आने का संकेत हो गया था।

अपनी बाँहों का घेरा बनाकर मम्मीजी मुझे उस धकापेल से बचाए हुए थीं। मुझे मालूम था, घर जाकर अजय उनकी इस अदा का खूब मजाक उड़ाने वाला है। पर मेरा ध्यान अजय की ओर नहीं था। मेरी आँखें जिन्हें खोज रही थीं, वह अपनी एक झलक दिखाकर भीड़ में खो गए। मेरा मन उसके पीछे दौड़ पड़ा था; पर तन मम्मीजी की स्नेहिल बाँहों में कैद था। वह मुझे लेकर एक ओर खड़ी हो गईं। ट्रेन आने पर जब सब लोग कम्पार्टमेंट तक पहुँच गए थे, तब ही वह वहाँ से हिलीं।

पर श्रीमानजी का वहाँ भी पता नहीं था।

"भैया कहाँ गया रे दिलीप!" मम्मीजी ने पूछा।

"शायद बुक स्टाल पर गए हैं।"

"क्या तुम लोग उसके लिए किताब नहीं ला सकते थे? एक तो घर से जल्दी निकलने नहीं दिया, अब किताब ढूँढ़ने चले हैं...अजय, जाओ तो, अपनी दीदी को बुक स्टाल दिखा लाओ।"

अजय शायद उनकी बात नहीं टालता, पर मेरा ही मन नहीं हुआ। अगर उन्हें उत्सुकता नहीं है तो मेरी क्या अटकी पड़ी है! दूसरे ही क्षण सोचा—शायद मेरे लिए यह संकेत हो! पर इस ऊहापोह में ही ट्रेन ने हॉर्न दे दिया। (उस भयानक आवाज को सीटी कैसे कहूँ!) वह भागते हुए आए। मम्मी-डैडी के पैर छुए, शैल दा से गले मिले, दिलीप-दीनू की पीठ थपथपाई, अजय से हाथ मिलाया और चलती ट्रेन में चढ़ गए।

उनके लिए मैं जैसे वहाँ थी ही नहीं!

कोई चौथा पत्र फाड़कर मैं फिर हाथ-पर-हाथ धरे बैठी हुई थी। मन में हजार बातें थीं, पर कागज पर आते ही सब कुछ अर्थहीन हुआ जा रहा था। कोई लिखे भी तो कैसे, और किसे लिखे! अभी दस दिन पहले तक जिसका नाम-भर सुना था, वही व्यक्ति, सप्ताह-भर में कितना अपना हो गया था। जैसे युग-युगों की पहचान हो। और फिर वही आज शाम प्लेटफार्म पर कितना अजनबी बन गया!

अजीब असमंजस था।

"ए दीदी," सुधि ने मुझे चौंका दिया, "सो जाओ अब। सुबह जरा तरोताजा होकर लिखना। इस स्पीड से कागज फाड़ती रहीं तो नेपा मिल्स को स्पेशल टेण्डर भेजना पड़ेगा!"

"तुम क्या अब तक जाग रही हो?"

"तुम्हारी खटर-पटर सोने दे तब न!"

चुपचाप कागज-कलम समेटकर अपने बिस्तर पर जाकर लेट रही। छिः! क्या घर है! अपना कहने को एक कमरा भी नहीं कि कोई आजादी के साथ लिख-पढ़ सके। अच्छा हुआ जो यह बात सुधि के कानों तक नहीं पहुँची। नहीं तो फौरन कहती–'थोड़े दिन और सब्र कर लो रानीजी, फिर कमरा तो क्या, पूरा सूट आपके नाम होगा! और मद्रास में तो पूरा-का-पूरा फ्लैट...'

वह दुष्ट अब भी चुप थोड़े ही थी। कह रही थी–"यह खराब बात है, दीदी! भला आप उन्हें खत क्यों लिखेंगी? पहले वहाँ से आने दीजिए। भई कायदा तो यही कहता है!"

वह और भी कुछ-कुछ बकती रही; पर मैं नींद का स्वाँग भरे चुपचाप लेटी रही। पता नहीं क्यों, आज उसकी छेड़खानी अच्छी नहीं लग रही थी।

पाँच-छह दिन उत्सुक प्रतीक्षा में बीत गए। कालेज से जब भी लौटती सबकी नज़र बचाकर पहले लेटर बाक्स खोलकर देखती। फिर भी दोनों शैतान मेरी चोरी पकड़ ही लेते।

अजय चिढ़ाता, "श्रीमानजी को ठिकाने पर पहुँचने तो दो पहले?"

सुधि कहती, "समुद्री यात्रा में हर पड़ाव पर डाक की सुविधा होती है। दीपकजी चाहें तो हर स्टेशन से एक लेटर पोस्ट कर सकते हैं!"

अजय कहता, "बेचारों के पास अपना पता भी तो नहीं है, क्या मम्मीजी के केयर आफ भेजेंगे?"

जानती थी वे लोग मेरी खिंचाई कर रहे हैं। फिर भी एक बार बेवकूफों की तरह मैंने सान्त्वना के घर से वहाँ फोन लगाया भी। उधर से डैडी की धीर-गम्भीर आवाज सुनते ही सकपका कर रिसीव्हर रख दिया। 'रांग नम्बर' कहने-भर का भी साहस नहीं रहा। बाद में पछतावा भी हुआ। दिनेश को फोन पर बुलाकर उनका पता ही पूछ लेती। इतने दिन उनके साथ घूमती रही; पर उन स्वर्गीय क्षणों में पता पूछने जैसी साधारण बात का ध्यान ही न आया!

उन्हीं दिनों कालेज ने राजस्थान का आठ दिन का एक टूर आयोजित किया। कालेज का टूर तो हर साल जाता था, पर माँ कभी अनुमति नहीं देती थीं। केरवा डैम भी जाना होता था तो उन्हें दस बार मानना पड़ता था। इस बार मुझे कोई उत्सुकता भी नहीं थी।

पर इस बार माँ अचानक उदार हो उठीं। बड़े ही तरल स्वर में बोलीं, "हो आना। घूमने-फिरने के यही तो दिन होते हैं। एक बार गृहस्थी में घिर जाएगी तो यह सुख पराया हो जाएगा।"

एक तरह से ठेल-ठालकर ही उन्होंने मुझे टूर पर भेजा। माँ की अस्वीकृति का ठोस बहाना निरस्त हो जाने के बाद फिर तो सहेलियों ने भी पीछा नहीं छोड़ा।

सुधि ने बार-बार आश्वस्त किया कि पत्र आएगा, (या आएंगे) तो वह सम्हालकर रखेगी और ईमानदारी से मुझे सौंप देगी।

सारे आश्वासनों के बावजूद मन पूरे वक्त उधर ही लगा रहा। सबका मजा किरकिरा करने के लिए सखियों ने जब कोसना शुरू किया, तब किसी तरह मैं अपने को समझा-बुझाकर उनमें लौट सकी। फिर दर्शनीय स्थलों को देखते हुए मेरा मन चोरी-चोरी हनीमून का कार्यक्रम बनाता रहा। खास कर मुझे उदयपुर बहुत ही भाया—जयपुर से भी ज्यादा! पैलेस होटल का एक कमरा मैंने मन-ही-मन बुक भी कर दिया।

सफर का गर्द-गुबार और थकान ओढ़े जब मैं बस से उतरी तब मन दौड़कर आगे पहुँच गया था और सुधि से चिरौरी कर रहा था। पर घर में पाँव देते ही लगा जैसे भीतर का सन्नाटा मुझे लील लेगा।

अजय शरीफ लड़कों की तरह बाहर आया और मेरा सामान उठाकर अन्दर ले गया। सुधि किसी आज्ञाकारिणी बहन की तरह उठी और मेरे लिए चाय बना लाई। माँ ने पलंग पर लेटे-लेटे ही पूछा, "खाना खाएगी?"

सबका ऐसा निरानन्द भाव देखकर घर लौटने का उत्साह ही जैसे निचुड़ गया। रोज कालेज से भी लौटती तो ढेर सारी बातें मेरे पास कहने को होतीं। इस समय तो पूरा खजाना था। पर वह जैसे पलभर में रीत गया।

कपड़े लेकर मैं बाथरूम में घुस गई और देर तक सफर की थकान और गर्द-गुबार धोती रही। बाहर जब निकली तब तन और मन दोनों फूल-से हलके हो गए थे। गीले

बालों को तौलिये में लपेटते हुए मैंने पूछा, "कुछ खाने-वाने को है, पेट में चूहे कबड्डी खेल रहे हैं!"

"बना देती हूँ," सुधि ने दबी आवाज में कहा और किचन में जाकर आलू छीलने लगी।

"ए...बात क्या है?"

"कुछ भी तो नहीं।"

"फिर भी?"

उत्तर में सुधि मेरे कन्धे पर सिर रखकर फफक पड़ी।

"दीदी, माँ ने बताने के लिए मना किया था...बट आई कांट कीप इट एनी मोर!"

"पर हुआ क्या है?" मैंने कापती आवाज में पूछा।

"दीदी...दीदी...दीपकजी... नहीं रहे..."

तीन शब्द—केवल तीन शब्द।

लेकिन वे जैसे मेरे सम्पूर्ण अस्तित्व को रौंदते हुए चले गए। मेरी चेतना के सारे तार एकसाथ झनझनाकर बज उठे और बस...इसके बाद सब कुछ एकदम शान्त हो गया।

होश जब आया तब मैं अपने बिस्तर पर लेटी हुई थी। मोहल्ले के डाक्टर सिन्हा मेरी नब्ज पकड़े हुए थे। माँ, अजय और पापा (जो शायद दफ्तर से जल्दी लौट आए थे) पलंग को घेर कर खड़े थे।

मुझे कुछ प्रकृतिस्थ होते देखा तो डाक्टर सिन्हा उठ खड़े हुए।

"नाउ, इट इज ऑल राइट। बेबी, हैव कप आफ मिल्क एंड ट्राय टू स्लीप।" मेरे सिर को प्यार से थपकाते हुए उन्होंने कहा और बाहर चले गए। उनके पीछे-पीछे पापा भी।

माँ मेरे सिरहाने आकर बैठ गईं और उन्होंने मेरा सिर गोद में ले लिया। अजय जाकर मेरे लिए बोर्नव्हिटा ले आया और माँ चम्मच से मुझे पिलाने लगीं।

"सुधि कहाँ है?" कुछ देर बाद मैंने क्षीण स्वर में पूछा। फिर माँ की दृष्टि का अनुसरण किया तो देखा वह अपराधी भाव से दूर खड़ी कातर दृष्टि से मुझे ही निहार रही है।

मैंने इशारे से उसे पास बुलाया। वह दौड़कर मुझसे लिपट गई और आँसुओं का एक सैलाब-सा उमड़ पड़ा।

बाद में उसी ने मुझे विस्तार से सब कुछ बताया था। शैल दा किसी इण्टरव्यू के लिए मद्रास गए हुए थे। दीपक उन्हें लिवाने स्टेशन पहुँचे थे। स्टेशन से घर को आते हुए

ही उनकी मोटर साइकिल एक सिटी बस से टकरा गई। शैल दा तो उछलकर दूर जा गिरे, पर दीपकजी तो एकदम पहियों में आ गए।

उनकी छिन्न-विच्छिन्न देह और घायल शैल दा दूसरे दिन विमान से यहाँ पहुँचे थे। डैडी को तो खबर सुनते ही अटैक हो गया था। अकेले दिलीप ने सारा काम सम्हाला था।

"यहाँ इतना सब हो गया और तुमने मुझे ख़बर तक न की?"

"कहाँ करती?"

"क्यों? कालेज के पास हमारा पूरा प्रोग्राम था। तुमने फोन तो किया होता। मैं उड़कर चली आती।"

"और आकर क्या कर लेतीं?"

"कोई भी क्या कर लेता है! पर जो अपना होता है वह तो दौड़कर आता ही है!"

"हाँ, जो अपने होते हैं, वे तो आते ही हैं। लेकिन..."

"चुप क्यों हो गई?"

"दीदी, तुम अपनों में नहीं थीं। बल्कि उस समय तो सबके लिए तुम...बल्कि माँ कह रही थीं, तुम्हारा यहाँ न होना ही ठीक रहा।"

"क्यों?"

"वहाँ जो कुछ भी कहा-सुना जा रहा था, वह तुम सह नहीं पाती!"

"कौन कह रहा था?"

"लोग कह रहे थे।"

"क्या कह रहे थे लोग?"

"हिन्दुस्तानी लोग ऐसे मौकों पर कैसी बातें करते हैं, पता तो है। सारा दोष तुम्हारे मत्थे मढ़ रहे थे।"

"मतलब, मुझे अपशकुनी कह रहे थे?"

सुधि चुप हो गई।

अभी कुछ दिन पहले तक मेरा पैर उस घर के लिए बहुत शुभ था और आज—आज मैं अपशकुनी करार दे दी गई।

घटनाओं पर न तब मेरा वश था, न आज है। पर नियति का भागी मुझे हर बार बनना पड़ा।

जिस दिन मेरा रिश्ता गया था, उस दिन डैडी ने एक महत्त्वपूर्ण मुकदमा जीता था। जिस दिन वे लोग मुझे देखने आए थे, दिलीप का पी.जी. के लिए सिलेक्शन हो गया था। सगाई वाले दिन ही शैल दा का रिजल्ट आया था और वह बैंक में प्रोबेशनरी अफसर बन गए थे।

सबका मुँह मीठा कराते हुए डैडी ने कहा था, ''शैल है तो मेरी बहन का लड़का पर बचपन से इसी घर में रहकर मेरे बच्चों के साथ ही पला-बढ़ा है। एक तरह से घर का ही लड़का है। बहू के भाग्य से आज उसकी भी मेहनत सफल हो गई।''

ऐसी सुलक्षणी बहू थी मैं—और आज एकदम अपशकुनी हो गई!

सुधि ने बताया कि औरतें इतने कठोर शब्दों में मेरी भर्त्सना कर रही थीं कि माँ का कलेजा छलनी हो गया। दुबारा वहाँ जाने की हिम्मत नहीं पड़ी।

और फिर जरूरत ही क्या थी! रिश्ता जो था अपने-आप ही टूट गया था।

कितनी आसानी से सबने इस कटु सत्य को स्वीकार कर लिया था!

काश! मैं भी उतनी आसानी से सब कुछ भूल पाती! मन के काग़ज को फिर से कोरा कर लेती!

दीवाली आई और चली गई।

एक दीपक के बुझते ही सारे दीप मेरे लिए अर्थहीन हो उठे थे। हाँ—घर का वातावरण धीरे-धीरे सामान्य हो चला था। मिलने-जुलने वाले पहले की तरह आने लगे थे। इस दुर्घटना की चर्चा भी अब पहले की तरह फुसफुसाकर नहीं होती थी। बल्कि कुछ लोग तो माँ-पापा को बधाई-सी देने लगते, ''चलिए, ईश्वर को यही मंजूर था तो यही सही! आप तो इस बात की ख़ैर मनाइए कि भला-बुरा जो भी होना था, शादी से पहले ही हो गया। नहीं तो लड़की की जिन्दगी तबाह हो जाती!''

(जैसे तबाह होने में अब भी कोई कसर बाकी थी!)

मुझे उन लोगों की बुद्धि पर तरस आता। हर बात का बस व्यावहारिक पक्ष ही देखेंगे। भावनाओं का तो इनके लिए जैसे कोई अस्तित्व ही नहीं है।

माँ भी तो कभी-कभी कैसी अजीब बातें करने लगतीं! उन दिनों मैंने कालेज जाना छोड़ दिया था। दोपहर में पूरे घर में मैं और माँ—बस दोनों ही होते। तब माँ से कैसा तो डर-सा लगने लगता।

एक दिन पूछा, ''निधि! तुम लोग कहाँ-कहाँ घूमने जाते थे?''

हम लोग कहाँ-कहाँ नहीं गए थे, माँ! सातों आसमान की सैर कर आए थे हम लोग!

''तुम्हें बहुत-सारे लोग देखते होंगे न!''

शायद! यहाँ होश ही किसे था?

''यह सब क्यों पूछ रही हो, माँ?''

''डर लगता है रे! कल को कहीं बात चले तो इन्हीं बातों का बतंगड़ न बन जाए? अपशकुन का एक ठप्पा वैसे ही लग चुका है।''

"तुम...तुम क्या दुबारा मेरी शादी के लिए सोच रही हो, माँ?"

"दुबारा से क्या मतलब! शादी तो पहली बार ही होगी!"

सच तो है। शादी तो पहली बार ही होगी। और मेरे साथ जो घट गया, वह क्या था! केवल एक दुःस्वप्न!

"निधि!" माँ एक दिन पास आकर बैठ गईं।

"निधि, एक बात पूछनी थी रे!"

"कौन-सी, माँ!"

"तुम लोग... मेरा मतलब है तुम और दीपक..." और माँ चुप हो गईं।

"पूरी बात कहो न माँ! मैं और दीपक..."

"मेरा मतलब है, तुम लोग...किस सीमा तक बढ़ गए थे?"

मैंने माँ की ओर देखा। प्रश्न पूछकर जैसे वह खुद ही संकोच से गड़ गई थीं। उसी समय पोस्टमैन ने आवाज़ दी और वह जैसे जान छुड़ाकर भाग खड़ी हुईं।

माँ के प्रश्न का क्या उत्तर था मेरे पास! कैसे कहती कि माँ, सीमाएँ तो सारी कब की टूट चुकी थीं! वहाँ तो प्रणय का सार्वभौम साम्राज्य स्थापित हो चुका था।

माँ के भयाकुल मन को भली भाँति पढ़ सकती थी मैं। हम लोगों के उस स्वच्छन्द विचरण का उन्होंने शुरू से विरोध किया था। पर पापा ने ही उन्हें डपट दिया था। बोले थे, "इस तरह मना करना उन लोगों पर अविश्वास करने जैसा होगा। आखिर उसके भी माँ-बाप हैं!"

"पर वे लड़के के भाँ-बाप हैं।"

"उससे क्या फर्क पड़ता है! सगाई के बाद अब तो निधि भी एक तरह से उनकी ही हो गई है। अब जिम्मेदारी सिर्फ हमारी ही नहीं, उनकी भी है।"

पर माँ का मन फिर भी आशंकित ही रहा था। पहले दिन हमारे साथ सुधि को भेजा गया था। दूसरे दिन उसने साफ मना किया तो किसी तरह अजय को तैयार किया गया। लेकिन पापा ने ही एक अध्यादेश जारी कर उस सारी व्यवस्था को निरस्त कर दिया। बोले, "लड़का दो साल विदेश रहकर आया है। यहाँ भी खुले वातावरण में पला है। तुम्हारी दकियानूसी से बिफर गया तो सारे किए-किराए पर पानी फिर जाएगा!"

उस दिन हम लोग अकेले ही गए थे। घूमघामकर लौटे तो रात के ग्यारह बज रहे थे। तब पापा ने बड़े प्यार से दीपक को समझाया था, "देखो बेटे, शहर का माहौल कुछ ठीक नहीं है। तुम लोग देर तक बाहर रहते हो तो निधि की माँ को टेन्शन हो जाती है। यू नो शी इज व्हेरी नर्व्हस बाय नेचर।"

मुझे लेकर माँ उन दिनों तनाव में ही जी रही थीं। अब इस हादसे के बाद वह फिर तनाव से घिर गई थीं। कई काल्पनिक भय उन्हें घेरकर बैठ गए थे। दिन-भर वह

मेरे इर्द-गिर्द मँडराती रहतीं। कुरेद-कुरेद कर ऊटपटाँग प्रश्न पूछती रहतीं। उनकी ममता एक सम्भाव्य खतरे से आतंकित थी—इसीलिए छटपटा रही थीं।

माँ का यह भय निर्मूल नहीं था।

बहुत जल्दी ही इसका पता लग गया और पल-भर को जैसे मेरी चेतना ही लुप्त हो गई।

फिर बहुत साहस करके मैंने यह कुसम्वाद सुधि की मारफत माँ तक पहुँचाया। मुझे लगा था माँ सुनते ही बेहोश हो जाएँगी या चीख-पुकार मचाकर सारा घर सिर पर उठा लेंगी। मुझे कोसेंगी, अपनी किस्मत को रोएँगी—और भी जाने क्या-क्या!

पर ऐसा कुछ नहीं हुआ।

घर का वातावरण वैसा ही शान्त बना रहा, एक बुलबुला भी नहीं फूटा और मैंने स्वस्ति की साँस ली। इसका अर्थ था, माँ ने इस आघात के लिए अपने-आप को तैयार कर लिया था।

चौबीस घंटे शान्ति से निकल गए। दूसरे दिन सुबह माँ ने सहज स्वर में कहा, "निधि! सूटकेस तैयार कर लिया? साढ़े बारह की गाड़ी है!"

"कौन-सी गाड़ी?"

"पठानकोट एक्सप्रेस, हम लोग नासिक जा रहे हैं, प्रभा मौसी के पास।"

"क्यों?"

"अब इन क्यों का भी कोई जवाब है?" माँ ने खीजकर कहा। फिर दूसरे ही क्षण बोलीं, "एक बार प्रभा मौसी को ठीक से दिखा लेते हैं। यदि ऐसा-वैसा कुछ हुआ तो वहीं रफा-दफा कर देंगे। किसी को कानोंकान ख़बर नहीं होगी। घर के डाक्टर का यही तो फायदा है।"

मुझे लगा, किसी ने दहकती सलाखों से मेरी कोख दाग दी हो जैसे!

"माँ!" मैंने काँपती आवाज़ में कहा, "मुझे कहीं नहीं जाना है..." और मैं एकदम पलटकर कमरे से बाहर निकल आई।

माँ पहले तो फटी-फटी आँखों से मुझे देखती रह गईं। फिर उन्होंने दौड़कर मेरा रास्ता रोक लिया और पूछा, "नहीं जाना है, मतलब?"

"मतलब क्या होगा? बस नहीं जाना है!"

"तो यह कहो न कि यहीं बैठकर सबके मुँह पर कालिख पोतनी है!"

यह कहते हुए माँ का चेहरा इतना विकृत हो गया कि पल-भर को लगा, वह माँ हैं ही नहीं। दूसरी ही कोई औरत है। पर तुरन्त ही उन्होंने अपने आवेश पर काबू पा लिया और पूर्ववत् दुलराते हुए कहा, "जिद नहीं करते, बेटा! अभी ज्यादा देर नहीं

हुई है। सब आसानी से सुलझ जाएगा। ऐसा न हो कि एक गलती सारी जिन्दगी को नासूर बना दे!"

"मैंने कोई गलती नहीं की है, माँ!" मैंने तैश में आकर कहा, "जो कुछ हुआ उसमें मेरा दोष कितना था? फिर यह किस अपराध की सजा मुझे दी जा रही है?"

"दोष तुम्हारा नहीं था, बेटे! तुम्हारी उम्र का था। तुमने कोई गलती नहीं की। कसूरवार तो हम लोग हैं, जो इतनी छूट दिए रहे! ऋषि-मुनियों के मन भी ऐसे में वश में नहीं रहते, फिर तुम लोग तो निरे बच्चे थे!"

"नहीं माँ, दोष उम्र का नहीं है। एकान्त का भी नहीं है। मेरे संस्कार इतने खोखले नहीं हैं। पर सामने वाला व्यक्ति मेरा वाग्दत्त पति था। और उसने..."

"और उसने?" माँ ने अधीर होकर पूछा।

"उसने अपने प्रेम का प्रमाण माँगा था!"

माँ हतबुद्धि होकर देखती रह गई।

"मैंने कोई व्यभिचार नहीं किया है, माँ! संपूर्ण मन से अपने देवता के आगे समर्पण किया था। और अब अगर उस प्रणय-निवेदन का उत्तर साकार होकर मेरे भीतर उपजा है तो वह भी मुझे स्वीकार है। मैं उसे प्रसाद समझकर ग्रहण करूँगी! किसी को उसके साथ खिलवाड़ नहीं करने दूँगी!"

नासिक के टिकट लौटा दिए गए थे।

पर मैं जानती थी कि यही अन्त नहीं था। बल्कि यह तो शुरुआत थी। एक अनहोने संघर्ष का श्रीगणेश था।

माँ एकदम चुप हो गई थीं। पता नहीं चल रहा था कि वह मुझसे तटस्थ हैं या रुष्ट हैं। सुधि मुझसे कटने लगी थी और मैं पापा से कतराने लगी थी। इतना सब हो जाने के बाद उनके सामने निकलना दूभर लगता था। अपने ही घर में, अपने ही आत्मीय स्वजनों के बीच मैं अकेली पड़ गई थी।

इस एकान्तवास से घबराकर मैंने एक दिन अचानक सान्त्वना के घर की राह ली। जैसा कि मेरा अनुमान था, वह घर पर नहीं थी। उतनी बड़ी कोठी में आण्टी अकेली थीं। मुझे देखते ही उनके चेहरे पर विस्मय और करुणा के भाव तैर गए।

"अण्टी, जरा फोन करूँगी, "मैंने कहा और उनकी स्वीकृति की प्रतीक्षा किए बिना अंकल की स्टडी में चली गई। जब मैंने कमरे का दरवाज़ा धीरे से बन्द किया तब भी वह उसी विस्मित मुद्रा में मुझे देख रही थीं।

डायल करते हुए मेरे हाथ काँप रहे थे। बहुत हिम्मत जुटाकर आई थी। पर जैसे ही उधर से 'हैलो' की आवाज़ हुई, मेरी जीभ तालू से चिपक गई। घबराहट में यह भान न रहा कि यह वही आवाज़ है, जिसकी तलाश में यहाँ तक आई हूँ।

“हैलो,” उधर से दुबारा आवाज़ आई, “मिसेज प्रसाद स्पीकिंग।”

और मैंने अपनी सारी शक्ति बटोरकर कह डाला, “मम्मीजी, मैं निधि बोल रही हूँ...”

अब सन्नाटा छलाँग लगाकर उस ओर पहुँच गया। रिसीवर से कान लगाए जैसे मैं अपनी ही धड़कन गिनती रही। बड़ी देर बाद उधर से थकी-सी, बुझी-सी आवाज़ आई, “कहो!”

उस स्वर में कोई आग्रह नहीं था, निमंत्रण नहीं था, बल्कि एक बेजारी-सी थी। पर मेरा नाम सुनने के बाद भी वह रिसीवर लिए खड़ी रहीं—मेरे लिए यही बहुत था। अपनी सारी व्यग्रता, आकुलता स्वर में उड़ेलकर मैंने कहा, “मम्मीजी, आपसे बहुत जरूरी बात करनी है—अकेले में। बताइए, कब मिलेंगी, कहाँ मिलेंगी?”

वह फिर कुछ देर तब चुप रहीं। शायद सोच रही हों। मैं न्यायालय में निर्णय की प्रतीक्षा में खड़े अभियुक्त की तरह साँस खींचे रही। अन्तहीन प्रतीक्षा के बाद वह बोलीं। उन्होंने एक पता दिया। दिन और समय निश्चित करके जब मैंने फोन नीचे रखा तब मेरी समूची देह उत्तेजना से काँप रही थी।

वे मेरी विजय के क्षण थे। हवा में तैरते हुए ही मैं घर लौटी। सुधि बरामदे में बैठी कुछ पढ़ रही थी। पदचाप सुनकर उसने सिर उठाया और फिर पुस्तक में डूब गई। और कोई दिन होता तो मैं दौड़कर उससे लिपट जाती, अपनी कारगुजारी बयान करती। पर हम दोनों के बीच की अन्तरंगता पता नहीं क्यों एकदम बिला गई। मैं भी चुपचाप उसके पास से गुजर गई। अपने कमरे में बैठकर अपनी खुशी अकेले ही पीती रही, अपने संशय अपने-आप ही बुनती रही।

फोन पर मम्मीजी की थकी-बुझी आवाज़ से ही परिचय हुआ था। प्रत्यक्ष देखा तो लगा, मूर्तिमन्त करुणा मेरे सामने खड़ी है। मेरी स्मृति में बसे गरिमामय सम्पन्न व्यक्तित्व की वह छाया-भर रह गई थीं। मुझे देखते ही उन्होंने अंक में भर लिया। लगा, जैसे इस स्नेहिल स्पर्श के लिए जाने कब से तरस गई हूँ। मैं उनके कन्धे पर सिर रखे सुबकती रही। और वह मेरे सिर पर, पीठ पर हाथ फेरती रहीं। एक ही दुख में बिंधी हुई दो आत्माएँ एक-दूसरे को सान्त्वना देती रहीं।

सारा घर सन्नाटे में डूबा हुआ था। मेरे लिए दरवाज़ा खोलकर मम्मीजी की सखी भी पता नहीं कहाँ अन्तर्धान हो गई थीं। उस नीरव एकान्त में बस हमारी सिसकियों की आवाज़ ही गूँज रही थी।

पता नहीं कितनी देर बाद मुझे चेत हुआ। उनसे कुछ हटकर बैठते हुए मैंने कहा, “मम्मीजी, एक जरूरी बात थी। फोन पर बतलाना मुश्किल था इसलिए...”

"मुझे मालूम है!"

"क्या?"

"वही जो तुम कहने आई हो!"

"आपको किसने बताया?"

"तुम्हारी माँ ने।"

"माँ आपसे मिली थीं?"

"हाँ। ख़ास तौर से मिलने आई थीं। बहुत कुछ सुनाकर गई हैं।"

"ओह नो!"

"मैं उन्हें दोष नहीं देतीं, निधि। उनकी जगह मैं होती तो शायद इससे भी ज्यादा वाबेला मचाती।...गलती हम लोगों की ही थी। बल्कि मेरी ही थी। जिस विश्वास से उन लोगों ने बिटिया हमें सौंपी थी उस विश्वास की रक्षा न हो सकी। ...अब मरने वाले के लिए क्या कहूँ! शायद मेरे ही संस्कारों में कहीं खोट रह गई होगी।"

उनकी वह पश्चात्तापदग्ध वाणी मुझसे और नहीं सुनी गई। उनके मुँह पर हाथ रखकर मैंने कहा, "प्लीज, मम्मीजी! उनके लिए कुछ मत कहिए! संस्कार इसमें कहाँ आते हैं? क्या मेरी माँ ने मुझे कोरा ही गढ़ा था—शायद बह जाना हम लोगों की नियति थी, बह गए!"

"हाँ, और उसने भी यह थोड़े ही सोचा होगा कि ऐसा कुछ हो जाएगा..." बोलते-बोलते उनका कण्ठ बीच में से ही अवरुद्ध हो गया।

पहले कभी उन क्षणों के बारे में सोचती थी तो लज्जा और ग्लानि से भर उठती थी। पर उस दिन वह दारुण समाचार सुना तो होश आने पर सबसे पहले अपने को धन्यवाद दिया। कितना अच्छा हुआ कि मैंने उनकी इच्छा का अनादार नहीं किया। नहीं तो यह शूल मुझे उम्र-भर सालता रहता!

पता नहीं क्या सोचकर मम्मीजी ने मुझे खींचकर गले से लगा लिया। शायद अपने दिवंगत पुत्र की ओर से कृतज्ञता व्यक्त कर रही थीं।

"मम्मीजी," उनकी भावनाओं का दामन थामकर मैंने कहा, "मैं आपके दीपक का अंश लेकर आपके पास आई हूँ। किसी तरह इसे बचा लीजिए। एक बार वह धरती पर आ जाए, फिर तो मैं सौ तूफानों का सामना कर लूँगी। लेकिन तब तक कोई मुझे चैन से जीने नहीं देगा; सब उसके पीछे हाथ धोकर पड़े हैं!"

"जिन्दगी बहुत बड़ी है, बेटे! सिर्फ भावनाओं के सहारे उसे जिया नहीं जा सकता। तुम्हारे माँ-बाप ठीक ही कहते हैं।"

"जीने का अवलम्ब पास में हो तो आदमी कैसे भी जी लेता है। मम्मीजी, बहुत आशा से आपके पास आई थी। पर लगता है मेरा रास्ता अब मुझे ही खोजना होगा। आप भी उस खेमे में शामिल हो गई हैं... ख़ैर!"

और मैं एकदम उठकर चल दी। मम्मीजी क्षीण स्वरों में पुकारती ही रह गईं, पर मैंने पीछे मुड़कर देखा भी नहीं।

घोर हताशा लिए ही मैंने घर में प्रवेश किया। दरवाज़े में ही सुधि से सामना हो गया।

"कहाँ गई थीं?" उसने रूखे स्वर में पूछा। मैंने जवाब नहीं दिया, तो वह मेरे पीछे-पीछे कमरे में चली आई।

"सान्त्वना के यहाँ तो नहीं थीं तुम! मैं देख आई थी।"

"जब मैं वहाँ गई ही नहीं, तो होती कैसे? तुम्हारा जाना बेकार था।"

"कम-से-कम बताकर तो जाया करो। हमें बेवकूफों की तरह इधर-उधर दौड़ाया जाता है। मोहल्ले में एक तमाशा-सा हो जाता है," उसने कसैले स्वर में कहा।

"लेकिन जरा-सी देर में इतनी भागदौड़ करने की जरूरत ही क्या थी?"

"माँ से पूछो...उन्हें तो...उन्हें तो जरा-सी देर में कुएँ-बावड़ी का शक होने लगता है!"

मैं एकदम माँ के सामने आकर खड़ी हो गई। इच्छा हुई पूछूँ—माँ! तुम सचमुच घबरा गई थीं क्या? क्या तुम सचमुच मेरे लिए मम्मीजी से लड़ आई थीं?

"माँ ने एक बार नज़र-भर कर मुझे देख लिया और फिर अपने काम में जुट गईं। उनका चेहरा वैसा ही कठोर, सपाट बना रहा।

मैं नितान्त असहाय, अकेली बनी उन्हें देखती रही।

"दीदी, कोई आया है," सुधि ने आकर बताया।

"कौन है?"

"अब आप ही जाकर देख लीजिए न!" उसने बेजारी से कहा तो उठना ही पड़ा। परदे की आड़ में झाँककर देखा तो दिलीप थे। कभी दिलीप का नाम लेते ही सुधि के गाल सुर्ख गुलाब हो उठते थे। सगाई के दिन अपने-पराये सभी ने पापा से कहा, 'अब सुधि के लिए और कहाँ भटकेंगे आप! एक ही मंडप में, एक ही घर में दोनों को ब्याह दीजिए!"

योजना बुरी नहीं थी, पर बाद में दीपक ने ही एक दिन बताया था कि दिलीप अपनी एक सहपाठिनी से वचनबद्ध है। अभी घर पर बताया नहीं है। ठीक समय की प्रतीक्षा कर रहा है। तब से बात आई-गई हो गई थी। उसके बाद तो ख़ैर...

दिलीप मेज पर रखी पत्रिकाएँ उलट-पुलट कर रहे थे। मेरी आहट पाते ही चौंके, खड़े होकर नमस्ते-सी की और फिर बैठ गए।

एक लम्बा मौन हम दोनों के बीच पसर गया।

बड़ी देर बाद उन्हें स्वर मिला, "कैसी हैं?"

"अच्छी हूँ..."

फिर वही चुप्पी। वह बेमतलब कुर्सी पर आसन बदलते रहे। मैं कालीन का डिजाइन देखती रही।

उन्होंने ही फिर साहस किया, "एक जरूरी बात करनी थी। क्या कहीं—थोड़ी-सी प्रायवेसी मिल सकेगी? मेरा मतलब है..."

"छत पर चलिए," मैंने कहा और एकदम उठकर चल दी। परदे से झाँकती आँखों का और दीवार से लगे कानों का उनकी तरह मुझे ही एहसास हो गया था।

छत पर एकदम एकान्त था। गुनगुनी धूप थी। एक छोटी-सी खटिया पड़ी थी, जिस पर लेट कर माँ कभी-कभी धूप सेंक लिया करती थीं। उनके लिए वह खटिया बिछाकर मैं मुंडेर पर बैठ गई।

"कहिए..." मैंने कहा। पता नहीं क्यों, छत पर आते ही मेरा सारा संकोच तिरोहित हो गया था। अब तो बल्कि दिलीपजी अपने असमंजस से उबरने का प्रयास कर रहे थे।

मेरी प्रश्नार्थक दृष्टि की चुभन को वह अधिक देर तक सहन नहीं कर पाए। बेवजह गला साफ करते हुए बोले, "समझ में नहीं आ रहा बात कहाँ से शुरू करूँ!"

"आप तो निस्संकोच कह डालिए," मैंने आश्वस्त करते हुए कहा।

"आप तो जानती हैं मैं डाक्टर हूँ," उन्होंने कहना प्रारम्भ किया, "इस तरह के केसेज तो रोज ही देखने-सुनने में आते हैं। पर जब अपना कोई इनव्हाल्व्ड होता है..."

"आभारी हूँ कि आपने हमें अपना समझा!"

मेरी इस बात से वह एकदम अप्रतिभ हो उठे। फिर दूसरे ही क्षण एकदम तन कर बैठ गए। सोच लिया होगा कि इस तरह की ढीली-ढाली मुद्रा से अब काम नहीं चलेगा। जैसे मुझे जताते हुए-से बोले, "देखिए, आज यहाँ मैं सिर्फ डाक्टर की हैसियत से आया हूँ। सुना था आप परेशानी में हैं, इसीलिए बताने आया था कि एक-दो नर्सिंग होम्स मेरी जानकारी में हैं। वहाँ फीस भी माकूल लगेगी और प्रायवेसी का भी पूरा ध्यान रखा जाएगा। आप लोग पसन्द करेंगे तो मैं खुद आपके साथ चला चलूँगा।"

"क्या आप अपनी माँ के दूत बन कर आए हैं?" मैंने पूछा।

"जी नहीं, मैं सिर्फ अपनी जिम्मेदारी पर ही यहाँ आया हूँ।"

"तो फिर मेरी बात सुन लीजिए। न मैं किसी परेशानी में हूँ, न मुझे उससे छुटकारा पाने की व्यग्रता है!" वह कुछ कहने को हुए तो मैंने इशारे से उन्हें चुप करते हुए कहा, "देखिए, आप एक डाक्टर हैं। इसलिए मनुष्य के शरीर को भीतर-बाहर से जान लेते हैं। पर उससे भी अन्दर होता है एक मन। उसकी थाह आप लोगों को कभी नहीं

मिल सकती...आप नहीं जानते कि औरत किस्तों में प्यार नहीं करती। अपने को जब भी देती है—सम्पूर्ण रूप से देती है। मैंने भी केवल तन नहीं दिया, मन भी दिया है। मैंने कोई पाप नहीं किया, व्यभिचार नहीं किया, केवल प्यार किया है। उसके परिणाम को सहने की क्षमता मुझमें है। तुम्हारे स्वर्गवासी भाई का उपहार समझकर ही मैंने उसे स्वीकार किया है!''

मेरे इस लम्बे वाक्य के बाद दिलीप कुछ क्षण चुप रहे फिर बोले, ''निधिजी, डायलाग तो आपने बहुत अच्छे दिए हैं। किसी नाटक या उपन्यास में बहुत अच्छी तरह से फिट हो सकते हैं। पर जिन्दगी नाटक या उपन्यास नहीं है, एक कड़वी सच्चाई है। आप जानती हैं, आपकी इस भावुकता को, जिद को सच्चाई का जामा पहनाने के लिए एक निरीह प्राणी की बलि दी जा रही है!''

''किसकी? आपकी?''

''नहीं, इतनी बड़ी बात मुझसे कहने की जुर्रत मम्मी नहीं कर सकतीं। उन्होंने तो वहीं तीर फेंका है, जहाँ से वह जानती थीं कि बूमरंग की तरह लौटकर नहीं आएगा।''

''मतलब! उन्होंने शैल दा से अनुरोध किया है कि वह आपके होने वाले बच्चे को अपना नाम दें...''

''हाय! मम्मीजी ने मेरे लिए इतनी...''

''आप तो जानती हैं इस हादसे से मम्मी थोड़ा सन्तुलन खो बैठी हैं। आपकी इस ख़बर से उनका रहा-सहा विवेक भी जाता रहा है। अब तो उन्हें दीपक के बच्चे का मुँह देखने की धुन सवार हो गई है।...आप दोनों मिलकर एक गरीब आदमी की जिन्दगी तबाह करने पर तुली हुई हैं!''

''तो आप इतना परेशान क्यों हो रहे हैं? शैल दा मना भी तो कर सकते हैं!''

''यही तो मुसीबत है! वह मना नहीं कर सकते। मम्मी के अहसानों से इतना दबे हुए हैं कि कभी उनके सामने सिर उठाकर कुछ कहने का साहस उनमें नहीं है। मम्मी यह बात अच्छी तरह जानती हैं कि एक बार मैं या दिनेश उनकी बात टाल सकते हैं, पर शैल दा यह हिमाकत कभी नहीं करेंगे।...फिर उनके मन में यह अपराध-बोध भी है कि उस दिन उनकी आँखों के सामने ही मौत झपट्टा मारकर भैया को ले गई और वह कुछ नहीं कर सके!''

''क्या कोई कुछ कर सकता है?''

''ठीक कह रही हैं आप! लेकिन जहाँ सभी लोग तर्क और विवेक को ताक पर धरे बैठे हों...वहाँ बात करना ही व्यर्थ है।''

''उनके घर पर और लोग भी तो होंगे। वे मान जाएँगे?''

''घर पर कौन है?...मेरी बुआ-भर हैं। दो बहनें हैं, जिनकी शादी होनी है। चालीस हजार की तुच्छ रकम के सहारे उनके मन को मोड़ने में कोई कठिनाई नहीं हुई। उन्हें

केवल आपके अपशकुनी होने का डर था, मम्मी ने उन्हें समझा दिया कि शैल दा के लिए तो आप हमेशा ही शुभ रही हैं। सगाई के दिन ही उनका रिजल्ट निकला था। इतने बड़े एक्सीडेंट के बाद भी उनका बच निकलना इसी बात की ओर संकेत करता है।''

''और वह मान गई?''

''हाँ...वह मान गई हैं।''

दिलीप के जाने के बाद भी बड़ी देर तक मैं छत पर बैठी आसमान को ताकती रही। मन में इतना कुछ उथल-पुथल हो रहा था। शैल दा के साथ विवाह की बात सुनकर एकबारगी मैं पत्थर हो गई थी। पर उस प्रस्ताव के पीछे झाँकती मम्मीजी की व्यग्रता के विषय में सोच-सोचकर मन विह्वल होकर उनके चरणों में झुका जा रहा था।

और फिर ये चालीस हजार! कहाँ से लाएँगे पापा इतने सारे रुपये! जब दीपक का रिश्ता किसी ने सुझाया था तभी पापा ने कानों पर हाथ रख लिए थे। ना बाबा—उतने बड़े घर की सीढ़ी चढ़ने की सामर्थ्य मुझमें नहीं है। तब उन्हीं परिचित ने आश्वस्त किया था कि पैसों का लालच उन लोगों को नहीं है। वे तो केवल अच्छे परिवार की सुन्दर और सुशील कन्या भर चाहते हैं।

उन्होंने गलत नहीं कहा था। विधाता को ही शायद यह मंजूर नहीं था कि सब कुछ इतनी आसानी से निपट जाए तभी तो...

नीचे से माँ ने खाने के लिए आवाज़ दी, तब जाकर मेरी तन्द्रा टूटी। नीचे आकर देखा, सब लोग अपने-अपने ठिकानों पर जा चुके हैं। मेज पर केवल दो ही थालियाँ लगी हुई थीं। हम दोनों के बीच इन दिनों संवादहीनता की-सी स्थिति बन गई थी। इसीलिए माँ के साथ अकेले खाते हुए बड़ा संकोच हो रहा था।

''माँ!''

दो-चार कौर किसी तरह पानी की घूँट के साथ नीचे उतारने के बाद मैंने बात शुरू की।

''माँ! चालीस हजार रुपयों में मेरी आत्मा का सौदा तय करने से पहले कम-से-कम मुझसे पूछ तो लेते आप लोग!''

माँ ने एक बार आँख उठाकर मुझे देखा और फिर उसी निर्लिप्त भाव से दाल-चावल मिलाने लगीं।

''माँ, मैं इस तरह अपनी अस्मिता का गला नहीं घोंट सकती। आत्मघात के इससे कई अच्छे तरीके मेरे सामने थे—हैं!''

"तो मर जाओ न! जीते जी हमें मारने पर क्यों तुली हो?" माँ एकदम गरजीं।

मैं हतबुद्धि-सी उन्हें देखती रह गई। उनका चेहरा तमतमाया हुआ था। आँखों से आग बरस रही थी। नथुने फूले हुए थे। अपनी स्नेहमयी माँ का यह विकराल रूप देखकर मैं तो एकबारगी सहम ही गई। बात क्या करती। उनकी ओर देखने का भी मुझे साहस नहीं रहा।

"यह नहीं करेंगे, वह नहीं करेंगे! आखिर क्या करोगी यह तो बताओ! तुम्हारी इस अनोखी जिद के लिए हम सब कुएँ में कूद जाएँ या फाँसी लगा लें? कभी यह भी सोचा होता कि एक बहन और भी है घर में। कल को उसकी भी शादी होनी है। हम कौन-सा मुँह लेकर लड़के वालों के दरवाज़े जाएँगे...बताओ तो!"

उस बमबारी को सिर झुकाकर सह लिया मैंने। ठीक तो था। अपनी खुशी के लिए मैं सुधि के जीवन के साथ खिलवाड़ नहीं कर सकती थी।

क्या इसी कारण सुधि मुझसे इन दिनों इतनी कट गई है।

उसका अहित तो मैं कभी सोच भी नहीं सकती।

उदर में ढाई मास का गर्भ और मन में परिजनों के प्रति अपार वितृष्णा लेकर मैंने एक सुमुहूर्त में शैलजी (अब शैल दा कैसे कहूँ!) का वरण कर लिया। नव परिणीत पति की सन्निकट उपस्थिति में उदासीन मैं निर्लिप्त भाव से बाद के विधि-विधान करती गई, सपाट स्वर में विवाह-मंत्रों का अनुच्चार करती रही। पर उन मन्त्रों ने मुझे कहीं से भी नहीं छुआ। मन जैसे पथरा गया था।

लोगों से सुना कि समारोह बड़ा शानदार रहा। इस विवाह में दोनों पक्षों ने जिस सूझबूझ और समझदारी का परिचय दिया, उसकी भी बहुत प्रशंसा हुई। मैंने सारी चर्चा को इतने तटस्थ भाव से सुना जैसे कि वह किसी और के विवाह का प्रसंग हो।

विदा के बाद मुझे सीधे शैलजी के गाँव ही ले जाया गया। वहाँ मामीजी (अब मम्मीजी नहीं कह सकती न) ने ही मेरा परिछन किया। वह ही मुझे अंक में भरकर भीतर लिवा ले गईं। औरतों के उस हुजूम में केवल दो चेहरे ही पहचाने-से लग रहे थे—रमा और उमा के। उस बार सगाई के समय ये दोनों मेरे पास ही मँडराती रही थीं पर इस बार दूर से ही टुकुर-टुकुर ताकती रह गईं। द्वार-छिंकाई की भी बस एक रस्म-भर हुई। न हँसी, न ठट्ठा, न मान, न मनुहार। उमंग तो मेरे मन में भी नहीं थी, पर इतने ठण्डे स्वागत की अपेक्षा भी नहीं थी।

मामा के द्वार मण्डप नहीं डलता, इसी से शायद शादी गाँव से की गई थी। सारे कुलाचार सम्पन्न होते ही हम लोग दूसरे दिन मामाजी लोगों के साथ शहर आ गए। मुझे अपने कमरे में पहुँचाते हुए मामीजी ने कहा, "निधि, इब्राहीम से कह देती हूँ गाड़ी

अभी गैराज में न रखे। तुम्हें अपने घर से कुछ सामान लाना हो तो ले आओ। माँ से भी मिल लेना। फिर तुम लोगों को कल जाना भी है।''

''कहाँ जाना है?''

''गोआ हनीमून पर।'' उन्होंने कहा और एकदम मुँह फेरकर चली गईं। समझ गई कि हनीमून की कल्पना से वह ज्यादा खुश नहीं हैं।

ख़ुश तो ख़ैर माँ भी नहीं हुईं। बोलीं—''इतनी दूर जाने की जरूरत क्या है रे! मुझे तो बड़ा डर लग रहा है...''

मैं हँस पड़ी। कहा, ''तुम लोग भी अजीब हो माँ! जब सचमुच डरना चाहिए था तब तो निश्चिन्त बने बैठे रहे; और जब मैं अपने ब्याहता पति के साथ जा रही हूँ तब तुम्हें चिन्ता हो रही है।''

''वो बात नहीं है रे। लेकिन कैसे-कैसे किस्से सुन रही हूँ आजकल। सोचकर ही दिल काँप उठता है!''

''माँ! तुम लोगों ने बड़ी गलती की।''

''कैसी?''

''पूरे चालीस के चालीस हज़ार एकमुश्त थमा दिए। यह ठीक नहीं रहा। आधी रकम रोक लेनी थी।''

''उससे क्या होता?''

''उससे मेरी सुरक्षा की गारण्टी तो हो जाती! अपन वरपक्ष को जता देते कि बाकी रकम दुल्हन की हनीमून से सकुशल वापसी के बाद मिलेगी। बस, फिर तुम्हारी चिन्ता अपने-आप दूर हो जाती। वह किसी और के सिर पर सवार हो जाती।''

माँ फिर कुछ नहीं बोलीं। समझ गईं कि मैं हर बात का मखौल उड़ाने पर तुली हुई हूँ। माँ का इस तरह भयाकुल होना उनके असीम वात्सल्य का द्योतक था। कभी यह मुझे गद्‍गद कर देता था।

पर आज तो मैं एकदम स्थितप्रज्ञ हो गई थी।

''सुनिए!''

आधी रात को मैंने ही मौन के उस घनीभूत कुहरे को भेदने का प्रयास किया।

वह एक लम्बी-सी आरामकुर्सी पर अधलेटे-से कुछ पढ़ रहे थे। मेरी पहली आवाज़ तो उनके कानों तक पहुँची ही नहीं। दूसरी बार उन्होंने आँख उठाकर मेरी ओर देखा।

''मुझे आपसे माफी माँगनी है।''

''किस बात की?''

''मेरी वजह से आपको यह अनचाहा सम्बन्ध स्वीकार करना पड़ा।''

वह अपनी जगह से उठे। पुस्तक तिपाई पर रखकर उस सजे-सँवरे पलंग के एक किनारे जाकर बैठ गए। (चतुर प्रबन्धकों ने हमारी प्रथम मिलन-यामिनी को खुशगवार बनाने का सुन्दर प्रबन्ध किया हुआ था।)

"निधि!" उन्होंने गम्भीर स्वर में कहा, "बोझ अनचाहा हो सकता है; पर इसे मैंने जिसकी वजह से स्वीकार किया, वह तुम नहीं हो। इसीलिए तुम्हें परेशान होने की जरूरत नहीं है।...किसी का कर्ज था मुझ पर और उससे उबरने के लिए यह सम्बन्ध जरूरी हो गया। तुम होतीं या कोई और...कोई फर्क नहीं पड़ना था।"

थक् से रह गई मैं। पति के रूप में वह मेरे लिए अर्थहीन थे। पर मैं उनके लिए शर्त की एक धारा मात्र हूँ, यह मेरी कल्पना से परे था। अपमान से कानों तक लाल हो आई मैं। लगा कि वे सारे फूल, सारी दीपमालाएँ मेरा उपहास कर रही हैं।

"निधि!" वह उसी गुरु-गम्भीर स्वर में कहे जा रहे थे, "बहुत-सी बातें कहनी हैं तुमसे। वहाँ इतने लोगों के बीच शायद सम्भव नहीं होता। इसीलिए तुम्हें यहाँ इतनी दूर ले आया हूँ। नहीं तो तुम जानती हो...हनीमून का कोई मतलब नहीं है अब!"

एक और चोट! हे भगवन्! क्या मुझे अब इसी तरह किस्तों में मरना होगा? एकबारगी यह सब कुछ समाप्त क्यों नहीं हो जाता?

"तुम तो जानती हो, मेरे पिता नहीं हैं। उन्हें गुजरे एक अरसा हो गया। वह जब जीवित थे तब भी उन्होंने हम लोगों को कोई सुख नहीं दिया। बल्कि दुख-ही-दुख दिया। इतनी बड़ी जमीन-जायदाद के अकेले मालिक थे। लक्ष्मी के साथ आने वाली हर अच्छी-बुरी आदत के वह शिकार थे। उन्हीं के कारण धीरे-धीरे सारी सम्पत्ति, यहाँ तक कि माँ के जेवर भी महाजन के यहाँ पहुँचते रहे। उनकी इन्हीं आदतों के कारण घर में रात-दिन कलह मची रहती थी।

"जिस दिन मैंने पाँचवीं पास की थी, वह दिन आज भी मुझे अच्छी तरह याद है। मैं कक्षा में प्रथम आया था। अपनी 'प्रोग्रेस बुक' लेकर खुशी-खुशी घर पहुँचा था। पर दरवाज़े में पाँव देते ही मेरी सारी खुशी हवा हो गई। डर के मारे खून तक जम गया।

"सारा घर ऐसा बिखरा पड़ा था जैसे भूचाल आ गया हो। पिता साक्षात् काल बने कमरे के बीचोंबीच खड़े वाही-तबाही बक रहे थे। मुझे देखते ही उन्होंने मेरी 'प्रोग्रेस बुक' झपट ली। पल-भर में उसकी चिंदियाँ हवा में उड़ रही थीं और मैं असहाय बना देख रहा था।

"दूसरे ही क्षण उन्होंने ऐलान किया कि इसके बाद पढ़ाई खत्म। कोई काम-धन्धा ढूँढो और घर चलाओ। मैं बारह साल का नासमझ लड़का, उनका यह आदेश सुनकर ही दहल गया। कौन देगा काम मुझे? क्या सचमुच होटल में जाकर कप-प्लेटें ही धोनी होंगी? या स्टेशन पर बोझा उठाना होगा?

“जिस बात को लेकर इतना हंगामा मचा था, लाचार होकर माँ को वह माननी पड़ी। लड़कियों के कानों से सोने की बालियाँ निकालकर अम्मा ने उनके सामने फेंक दीं, तब जाकर उनका रोष शान्त हुआ। इस तरह सोने का वह आखिरी तार शराब की भेंट चढ़ने चला गया।

“उनके बाहर जाते ही अम्माँ ने हम तीनों को साथ लिया, बस पकड़ी और मामा जी के दरवाज़े आकर खड़ी हो गईं। मुझे जबरदस्ती मामी की गोद में बिठाकर बोलीं, ‘भौजी! आज से तुम्हारे चार लड़के हुए। प्यार से या मार से, जैसे चाहो इसे आदमी बना दो। लड़कियों को तो मैं भूखी-प्यासी रहकर भी पाल लूँगी, पर लड़का अगर बिगड़ गया तो मेरा बुढ़ापा भी खराब हो जाएगा।’

“मामाजी ने उन दिनों वकालत शुरू की ही थी। ऐसी खासी आमदनी भी नहीं थी। पर मामी ने इस अतिरिक्त भार को खुशी-खुशी स्वीकार किया। मुझे माँ का-सा प्यार-दुलार दिया। कभी अम्माँ की याद नहीं आने दी। कभी मुझमें और अपने बच्चों में फर्क नहीं किया। बाहर वाले तो जानते ही नहीं कि मैं उनका बेटा नहीं हूँ। एक बच्चे के लिए जो स्वस्थ वातावरण चाहिए वह मुझे मिला। इसी से आज जो कुछ हूँ बन सका।

“दीपक की मृत्यु के बाद पता नहीं क्यों मैं उनसे कतराने लगा था। लगता था मैंने उनका अपमान, उनकी ममता का अपमान किया है। उन्होंने मुझे बेटे की तरह प्यार किया और मैंने उन्हें बेटे की लाश दी। इसी शर्म के मारे मैं अस्पताल से सीधा गाँव चला गया था। वहीं वह एक दिन पहुँचीं। मुझे अंक में भरकर देर तक रोती रहीं। फिर अपनी ममता का वास्ता देकर बोलीं, ‘शैल! बड़ी उलझन में फँस गई हूँ रे। क्या मेरी एक बात मानेगा?’ मैंने कहा, ‘मामी, तुम्हारे मुझ पर इतने उपकार हैं कि प्राण भी माँग लो तो मैं मना नहीं करूँगा।’ वह बोलीं, ‘शैल! मुझे प्राण नहीं, तुम्हारा नाम चाहिए। क्या दीपक के बच्चे को तुम अपना नाम दे सकते हो?’ ”

पल-भर को कमरे में सन्नाटा-सा छा गया। मेरी साँस तक रुक गई थी। कुछ क्षण बाद मैंने आँख उठाकर देखा, वह एकटक मुझे ही देख रही थी।

“तो यह मेरी कहानी है।” उन्होंने जैसे उपसंहार किया, “बहुत अच्छी तरह शायद मैं नहीं कह पाया हूँ। फिर भी आशा है मेरे अनगढ़ वक्तव्य को तुमने समझ लिया होगा...शादी चाहे तुम पर लादी गई हो या मुझ पर, इससे कोई फर्क नहीं पड़ता। अब इस रिश्ते को निभाना ही है।...कम-से-कम कुछ दिनों तक तो यह नाटक करना ही है। अपना ‘माड आफ कंडक्ट’ क्या हो, यही तय करने के लिए तुम्हें इतनी दूर ले आया हूँ। तुम जैसा चाहोगी, वैसा ही होगा। पर एक प्रार्थना है—मेरी दुखियारी माँ को यह कभी न पता चले कि मैं जानबूझकर ठगा गया हूँ। बस इतना ही...”

दो दिन बाद ही हम लोग वहाँ से लौट आए। मामाजी की विशाल कोठी के एक कमरे में हमने पति-पत्नी के रूप में अपनी जीवन-यात्रा प्रारम्भ की। छत पर बना हुआ यह कमरा खासतौर से हमारे लिए सजाया गया था। यह उन तीन कमरों में से था, जो मामाजी ने अपने बच्चों के लिए बनवाए थे। हर कमरे के साथ छोटी-सी बालकनी और टायलेट था। एक कमरा इस समय दिलीप के पास था और दूसरा मेहमानों के लिए था। मामाजी का स्वास्थ्य इन दिनों नाजुक चल रहा था। रात में मामा-मामी को अकेला नहीं छोड़ा जा सकता था इसलिए दीनू उस्ताद नीचे शिफ्ट कर गए थे।

घर-भर में इस समय सिर्फ दिनेश ही था, जिससे मैं खुल सकी थी। बहुत ही प्यारा लड़का था। बहुत जल्दी उसने इस नये रिश्ते को स्वीकार कर लिया था और लोगों से तो मुझे डर-सा लगता था।

पति देवता तो सौजन्य की प्रतिमूर्ति थे, पर उनकी यह अतिशय सदाशयता कभी करुणा, तो कभी तिरस्कार उपजाती थी। इससे तो बल्कि लड़ाई-झगड़ा होता रहता तो ठीक रहता!

एक थे दिलीपजी, जो हरदम मुझे खूँख्वार आँखों से घूरते रहते। इस घर में जो मैंने अनाधिकृत प्रवेश पा लिया था उसे वह माफ नहीं कर पाए थे।

मामाजी ने तो मुझसे एक बार भी बात नहीं की। उनके लिए घर की निर्जीव वस्तुओं में जैसे एक और की वृद्धि हो गई थी। उनकी यह उपेक्षा बेहद अपमानजनक थी पर इस कडुए घूँट को पिए बिना चारा भी नहीं था।

हाँ, मामीजी बहुत प्यार करती थीं। लगता था, जैसे सबके हिस्से का लाड़-दुलार दे रही हों। शुरू-शुरू में तो अच्छा भी लगता था; पर बाद में लगने लगा कि प्यार का यह बोझ बहुत भारी है।

वह मुझे पर-भर भी आँखों की ओट नहीं होने देती थीं। एक बार भी उन्होंने मुझे गाँव में अम्माँजी के पास जाने नहीं दिया। मुझे कोई खास उत्सुकता भी नहीं थी।

दिनेश ने बताया कि वह तो हमारी व्यवस्था नीचे के कमरे में ही करना चाहती थीं, पर दिलीप नहीं माने। बोले, ''यहाँ दिन-भर आवक-जावक बनी रहती है। पल-भर भी उन लोगों को एकान्त नसीब नहीं होगा।

मुझे एकान्त का इतना मोह भी नहीं था। पर कमरे में चुपचाप लेटकर छत की ओर ताकना अच्छा लगता था। मामीजी जब-तब ऊपर पहुँच जातीं और झिड़क देतीं, ''दिन-भर इस तरह सोचा नहीं करते। जरा चलती-फिरती रहा करो।'' जब कभी उनका बी.पी. बढ़ा हुआ होता तब नीचे से ही आवाज़ दे लेतीं। उत्तर में, जब मैं दनदनाकर सीढ़ियाँ उतरने लगती तब फिर डाँट पड़ती, ''ओफ्फो! जरा धीरे! कितनी बार कह चुकी हूँ।''

ऐसे समय कोई, खास कर दिलीप सामने होते तो मैं शर्म से गड़ जाती। वह अजीब नज़रों से मुझे घूरने लगते जैसे मेरी फजीहत कर रहे हों।

खाने के सम्बन्ध में भी उनकी सौ हिदायतें होती थीं। रोज मेरे लिए फरमायशी नाश्ता बनता। कई बार लगता, महाराजिन पता नहीं क्या सोच रही होगी, पर मामीजी जैसे अपने आपे में नहीं थीं।

नयी-नयी शादी हुई थी। रोज ही कहीं-न-कहीं से निमन्त्रण आता। इस गुमसुम-से व्यक्ति के इतने सारे दोस्त होंगे, मैं सोच भी नहीं सकती थी। दोस्तों के बीच वह जिस तरह खुलते थे, वह तो सचमुच देखने की चीज थी। मुँह से चाहे जो कहते रहें, लाख मामा-मामी के लाड़-प्यार का बखान करें, पर उस घर में उनका व्यक्तित्व कुण्ठित हो गया था, यह बात तय थी।

पर उन्हें इस तरह उन्मुक्त देखने के अवसर बहुत कम आते थे। आधे निमन्त्रण तो मामीजी दूर का बहाना करके ही लौटा देती थीं। जाना ही होता तो कार में जाने के लिए मजबूर करतीं। उनके फरमान के बाद अपील की भी कोई गुंजाइश नहीं थी। और अपील करता भी कौन? इब्राहिम की उपस्थिति में 'ये' कार में बेहद बँधा-बँधा महसूस करते। फिर अपने मध्यवर्गीय दोस्तों पर कार का रौब डालना भी उन्हें अच्छा नहीं लगता था।

इस दमघोंटू माहौल में दिनेश ही मेरा सम्बल था, साथी था। जब भी समय मिलता, हम लोग ताश या लूडो खेलते। वह मुझे पत्रिकाएँ लाकर देता, कालेज की, दोस्तों के गप्पें सुनाता। घर का उदास वातावरण उस पर भी भारी पड़ रहा था, इसीलिए शायद उसकी मुझसे पटरी बैठ गई थी।

वह घर पर नहीं होता तो लगता जैसे घर की रौनक ही चली गई है। मन तब बेहद उदास हो जाता। मामीजी की नज़र बचाकर मैं कमरे में आ जाती और कुर्सी पर बैठकर छत का विस्तार देखती रहती। कई बार समय का पता नहीं चलता था। ऐसे में पता नहीं कहाँ से दिलीपजी प्रकट हो जाते और अपने मन की सारी कड़ुआहट स्वर में घोलकर कहते, "सूर्यास्त तो रोज होता है, कल देख लीजिएगा। इस समय जरा दादा के चाय-नाश्ते का इन्तजाम कीजिए।"

उनकी यह बात मन पर चाबुक की तरह पड़ती और मैं तिलमिला उठती।

दिनेश दौड़ा-दौड़ा कमरे में आया, "मामीजी, जल्दी से मिठाई खिलाइए!"

"किस बात की?"

"दादा की प्रिया आ गई है।"

"वाह दीनूजी, तुम्हारे दादा की प्रिया आएगी तो मैं क्या मिठाई बाटूँगी? झोंटा पकड़कर..." कहते-कहते रुक गई मैं। 'ये' पता नहीं कब दरवाज़े में आकर खड़े हो गए थे। अपनी कही बात याद करके मैं शर्म से लाल हो उठी।

मेरा असमंजस भाँपकर इन्होंने सहज स्वर में कहा, "बहुत पहले नम्बर लगा दिया था। आज हाथ में आई है।"

"कहाँ है?" मैंने शिष्टाचार निभाया।

"नीचे खड़ी है..."

मैंने उत्सुकतावश गैलरी से झाँककर देखा, ग्रे रंग का नया चमचमाता स्कूटर खड़ा था। नज़र हटाई तो देखा, 'ये' मुझे ही देख रहे थे।'

"पसन्द आई?"

"बड़ा प्यारा कलर है।"

"घूमने चलोगी?"

"चलिए..."

दरबार में अर्जी देनी ही थी। फौरन जवाब-तलब हुआ, "कहाँ जाना है?"

"सिनेमा..."

"कौन-सा?"

"वही—वो जानी दुश्मन। पास ही टाकीज में ही लगी है।"

रोज़ आते-जाते पोस्टर देखते होंगे। तभी तो यही नाम जबान पर आ गया।

"उसमें तो सुनते हैं भूत-प्रेत हैं; पड़ोस की मनीषा बतला रही थी...तुम और दीनू देख आओ। वह फिल्म निधि के देखने की नहीं है।"

"तो दूसरी देख लेंगे..." इन्होंने फुसफुसाकर कहा।

"या नहीं भी देखेंगे!" दीनू ने बात आगे बढ़ाई—"यों ही घूम-घामकर लौट आएँगे। पर मम्मी, इन्हें जाने तो दो। स्कूटर के उद्घाटन का सवाल है। मेरी मिठाई मारी जाएगी!"

"उद्घाटन हो तो गया। बैंक से उसी पर तो लौटा है।"

"ओफ्फो मम्मी! तुम कुछ समझती क्यों नहीं!"

"मैं सब समझती हूँ बेटे! पर आज अमावस के दिन नयी गाड़ी पर मैं नयी-नवेली बहू को नहीं जाने दूँगी। समझे?"

"तुम इतनी दकियानूसी कब से हो गई?"

"होना पड़ता है, कभी-कभी!"

माँ-बेटे में ठनती रही। ये कब चुपचाप बाहर चले गए, पता ही नहीं चला। मैं गुमसुम बैठी टी.वी. देखती रही। मूड बेतरह उखड़ गया था।

आठ बजे गनेसी खाना लगने की सूचना देने आया तो धीरे से मना कर दिया। इच्छा ही नहीं हो रही थी। पर मामीजी खुद उठकर आईं, "अरे, वह तो अब पिक्चर देखकर ही लौटेगा, तुम कब तक बैठी रहोगी?"

उनकी बात टाल नहीं सकी, पर कौर बार-बार गले में अटकता रहा। उनका बुझा-बुझा चेहरा याद आता रहा।

रात देर तक पढ़ती रही। दृष्टि बार-बार घड़ी की ओर उठ जाती। पहले सवा नौ, फिर दस, फिर साढ़े दस। हर काँटे के साथ मेरी धड़कन बढ़ती जा रही थी। नयी गाड़ी है, पता नहीं ठीक से हैंडिल कर पाए होंगे कि नहीं। मद्रास वाले एक्सीडेंट के बाद से पाँव में थोड़ा दर्द रहने लगा है। कई बार एकदम जाम हो जाता है। क्या पता...और फिर मामीजी ने अमावस की याद दिला दी। अमावस को भला लोहे की चीज खरीदता है कोई!

ग्यारह बजे के बाद मुझसे नहीं रहा गया। उठकर दिलीप के कमरे तक गई। कमरे में घुप्प अँधेरा था। पिछली रात नाइट ड्यूटी थी। इसी से शायद जल्दी सो गए थे।

"भैयाजी?"

"कौन है?" उनींदे स्वर में प्रश्न उभरा। क्या उत्तर दूँ समझ में नहीं आया! पर उत्तर की प्रतीक्षा उन्होंने नहीं की। डाक्टर होने का यही तो फायदा है। बत्ती जलाकर एकदम सामने आ खड़े हुए।

"आप?"

"जी...वो बात क्या हुई कि ये अभी तक नहीं लौटे हैं।"

"कहाँ गए हैं?"

"शायद पिक्चर..."

"शायद!" उन्होंने व्यंग्य से दुहराया फिर बोले, "तो इसमें परेशानी क्या है? अभी तो सिर्फ ग्यारह बजे हैं!"

"वह फर्स्ट शो में गए थे।"

"तो बैठ गए होंगे कहीं!"

"वो क्या है शाम को जरा अपसेट होकर गए हैं," और मैंने उन्हें सारा किस्सा सुना दिया।

"और आप जब इतनी देर बाद मुझे ये सब बता रही हैं? किस बात का इन्तजार कर रही थीं?"

उन्होंने कपड़े पहने और खटाखट सीढ़ियाँ उतर गए। थोड़ी देर बाद स्कूटर स्टार्ट होने की आवाज़ आ गई। मैं धम्म से वहीं, उनके दरवाजे पर बैठ गई। सच तो है, इतनी देर तक किस चीज़ का इन्तज़ार करती रही मैं!

बहुत देर बाद किसी ने कहा, "आपके श्रीमानजी को पार्क से पकड़ लाया हूँ। जाइए, उन्हें खाना खिलाइए!"

मैं नीचे उतरी तब तक ये खाना खुद ही ले चुके थे। मैं चुपचाप एक कुर्सी खींचकर बैठ गई।

"दिलीप को नाहक परेशान क्यों किया?"

क्या उत्तर देती! कैसे कहती कि इतनी-सी देर में मैं आशंकाओं का कितना बड़ा बियावान झेल चुकी हूँ! भयानक सम्भावनाओं ने मेरे मन को इस बीच किस बुरी तरह से मथ डाला है!

कह भी देती तो क्या कोई विश्वास करता? स्वयं मुझे भी तो विश्वास नहीं हो रहा!

इन्हें दस-पन्द्रह दिनों की ट्रेनिंग के लिए जयपुर जाना था। बोले, ''यहाँ अकेले रह लोगी? न हो तो अपने घर हो आओ कुछ दिन। मैं मामीजी से कह दूँगा।''

''अपने घर?''

''मतलब-अपनी माँ के यहाँ।''

''शादी के बाद माँ का घर अपना कहाँ रह जाता है?''

वह चुप हो गए। मैंने ही फिर कहा, ''कहीं भी रहूँ, मुझे कोई फर्क नहीं पड़ता। अकेलापन तो अब मेरी आदत बन चुका है।''

इसके बाद कहने को कुछ था ही नहीं।

पर दूसरे ही दिन मामीजी ने फरमान दागा, ''दिलीप! निधि को शक्तिनगर छोड़ आना। कुछ दिन अपने भाई-बहनों के साथ रह लेगी।''

दिलीप अस्पताल से लौटकर खाना खा रहे थे। बोले, ''भूख इतनी जोर की लगी थी कि आते ही खाने बैठ गया। तुम्हें बताना भूल ही गया।''

''क्या?''

''बुआ बीमार हैं। किशनगंज से आदमी आया था।''

''तो?''

''मैं अभी वहीं जा रहा हूँ। सोचता हूँ, बुआ की बहू को भी साथ ले जाऊँ।''

''यह वहाँ क्या करेगी?''

''वही जो आम तौर पर बहुएँ सास की बीमारी में करती हैं,'' और फिर मेरी ओर मुड़कर बोले, ''मैं खाना खा रहा हूँ तब तक आप तैयार हो लीजिए। हाँ, दो-चार दिन रहने की तैयारी से जाइएगा।''

मामी ने कुछ कहना चाहा, पर पता नहीं क्या सोचकर चुप लगा गई। वैसे भी दिलीप से थोड़ा डरती थीं।

मैं नीचे उतरी तब तब वह पोर्च में पहुँच चुके थे। मोटर साइकल स्टार्ट करते हुए बोले, ''बैठिए!''

''तू क्या मोटर साइकल पर लेकर जाएगा इसे? मामीजी ने टोका।

''डोंट वरी ममा! कुछ नहीं होता। फिर मैं हूँ तो साथ में!''

मामीजी ने शायद कुछ और भी कहा, पर उनकी बात गाड़ी की घरघराहट में डूब गई। थोड़ी देर बाद हम लोग सड़क पर थे।

करीब घण्टा सवा घंटे के सफर के बाद हम लोग गाँव में थे। ब्याह के बाद सीधे यहीं आए थे; पर अब कुछ भी पहचाना नहीं लग रहा था। जिस घर के सामने हम लोग रुके वह भी तो अनचीन्हा-सा लग रहा था। उस दिन तो तोरण, बन्दनवार, मण्डप, शामियाने और बिजली की असंख्य मालाओं के कारण इसकी छटा ही दूसरी थी।

गाड़ी की आवाज़ सुनते ही रमा-उमा दौड़कर आईं। पीछे-पीछे अम्माजी थी।

"अरे!" मुझे देखकर उनके मुँह से निकला।

"तुम्हारी बहू को लाया हूँ बुआ! अच्छी तरह सेवा करवा लो। दादा चार-आठ दिनों के लिए बाहर गए हैं। इस मौके का लाभ उठा लो।"

"ठहर, इसे अभी यहीं रोके रखना," कहते हुए अम्माजी शायद राई-नोन लाने अन्दर चली गईं। पीछे-पीछे लड़कियाँ भी।

"इस फरेब की क्या जरूरत थी?" मैंने दबी जबान से मगर सख़्त लहजे में कहा, "मैं वैसे ही चली आती।"

"फरेब आपके लिए नहीं, मम्मी के लिए किया था। आखिर इस बेचारी का भी तो कुछ हक बनता है!"

कुछ देर बोल-बतियाकर दिलीप वापिस हो लिए। मुझे लगा जैसे सुनसान जंगल में मुझे अकेला छोड़ गए हों।

अपनी ससुराल में वह पहला दिन बेहद तनाव में गुजरा। पर धीरे-धीरे पता चल गया कि दूरी गलतफहमियों के कारण है। जिसे मैं उपेक्षा समझ रही थी, वह उनका संकोच था। शादी इतने अप्रत्याशित ढंग से हो गई थी कि उन्हें अपनी राय बताने का समय ही न मिला। और उसके बाद मैं मामीजी के यहाँ ही रही। इसी से कुछ नाराजी भी थी।

पर एक बार अच्छी तरह परिचय हो जाने के बाद कोई व्यवधान न रहा। उमा-रमा तो ऐसे घुल-मिल गईं कि लगा जैसे सुधि ही दो रूपों में बँट गई हो। पर सुधि इन दिनों कितनी दूर की चीज लग रही थी!

प्यार तो मामीजी भी बहुत करती थीं, पर उनके प्यार में एक रोब, एक अनुशासन था। अम्माजी का प्यार एकदम निश्छल-सरल था। उन्होंने मुझे पता नहीं लगने दिया कि इस शादी के बारे में उनकी प्रतिक्रिया क्या थी।

दो-चार बार मैंने लक्ष्य किया कि वह गौर से मुझे देख रही हैं। एक बार जब उनका यों घूरना पकड़ाई में आ गया तब भेद-भरे अंदाज में धीरे से पूछा, "कुछ है?"

मैंने सिर झुका लिया। शायद इसे उन्होंने नारी-सुलभ लज्जा समझा हो। क्योंकि मैंने कनखियों से देखा कि प्रसन्नता से उनका चेहरा खिल उठा और वह इष्टदेव को बार-बार सिर नवा रही हैं।

ये ट्रेनिंग से लौटे तो शाम को स्कूटर उठाकर सीधे गाँव आ पहुँचे। इनके पहुँचते ही घर में जैसे एक हंगामा बरपा हो गया। अम्माजी बाहर ओसारे में खड़ी किसी से बतिया रही थी। वह भागी-भागी अन्दर आईं और उन्होंने पुरानी बदरंग धोती फेंककर नयी पहन ली। इतनी नयी कि आँखों मे चुभ रही थी। मैं अपनी वही अटैची लेकर आई थी जो मैंने माँ के यहाँ जाने के लिए पैक की थी। उसमें पड़ी मेरी एक मैक्सी उमा पहने हुए थी। भैया को देखते ही हड़बड़ाकर कमरे में घुस गई थी और कपड़े बदलकर ही बाहर निकली। मैं और रमा दोनों मिलकर एक साड़ी काढ़ रही थी। ऊपर वाले कमरे में वह साड़ी अपने पूरे विस्तार में फैली थी। साथ ही रेशम के लच्छे, सुइयाँ, कैंची, पेन्सिल और भी न जाने क्या-क्या पड़ा था। फुर्ती के साथ वह सारा कबाड़ समेटा और भैया के ऊपर आने से पहले ही कमरा झाड़-पोंछकर चमका दिया गया।

उसके बाद रसोई का भव्य आयोजन प्रारम्भ हुआ। तीनों माँ-बेटी उसमें जुट गयीं। मुझसे अम्माजी बार-बार कहती रहीं, ''इतने दिन का थका-माँदा आया है। थोड़ी देर उसके पास बैठ ले।'' पर मैं उन्हें अनसुना करते हुए वहीं कुछ-न-कुछ करती रही। मेरी इस अवज्ञा का उन्होंने बुरा नहीं माना, उलटे खुश ही हुईं।

रात सोने से पहले इन्होंने कहा, ''अम्मा! सुबह खाना जल्दी ही बना लेना। मेरी छुट्टी नहीं है।'' और फिर कुछ देर रुककर बोले, ''इसे भी साथ ही ले जाऊँगा।''

''फटफटी पे ले जाएगा?''

''तो क्या हुआ! अम्मा, दिल्ली में तो पूरा परिवार स्कूटर पर घूमता है, जानती हो।''

''बोर तो नहीं हो गईं?'' सोने से पहले इन्होंने पूछा।

''नहीं तो। मेरा तो खूब मन लग गया है यहाँ।'' वह कुछ देर तक स्नेहार्द्र दृष्टि से मुझे देखते रहे। फिर बोले, ''मामी ने बताया कि तुम गाँव में हो तो मैं इतना परेशान हो गया कि...फिर दिलीप ने ही बताया कि वह तो लेने भी पहुँचा था, पर तुम्हीं ने मना कर दिया।''

दिलीप इस बीच दो बार आये, पर मेरी उनसे कोई बात नहीं हुई थी। उन्होंने एक बार बस इतना पूछा था, ''आपको किसी चीज की जरूरत तो नहीं?'' और वह भी इतने सपाट स्वर में कि मैंने उत्तर देना जरूरी ही नहीं समझा था।

तब यूँ झूठ-मूठ बात बनाकर कहने की क्या जरूरत थी? अभी अगर इनसे कह दूँ कि वह अम्माँजी की बीमारी का बहाना बनाकर मुझे ज़बरदस्ती यहाँ ले आए थे तो इनके चेहरे का रंग कैसा हो जाएगा? ये जो अभी-अभी आँखों में खुशी की दीपावलियाँ जगमग कर रही हैं, वे एकाएक बुझ जाएँगी।

दिलीप ने शायद इसी दीपोत्सव के लिए यह बहाना गढ़ा हो। मुझे मालूम है, दिलीप जितनी मुझसे नफ़रत करते हैं, उतना ही अपने इस निरीह भाई से स्नेह भी। गाँव से लौटने के बाद कितने ही दिन तक मन उन्हीं यादों में खोया रहा। अम्माँजी का निश्छल प्यार, रमा-उमा की चुहलबाजी-और सबसे ज्यादा इनका गृहस्वामी का रूप याद आता रहा। माथा ऊँचा करके चलने से मनुष्य का व्यक्तित्व कितना बदल जाता है! बंगले की चारदीवारी में प्रवेश करते ही उनका वह रूप जाने कहाँ खो गया, और वह पहले की तरह मन में कभी करुणा और कभी जुगुप्सा जगाने लगे।

"यह आपका पत्र..."

मैं छत पर सूखते कपड़ों को तहा रही थी कि दिलीप ने आकर एक पत्र पकड़ा दिया।

मैंने लिफ़ाफा उलट-पलट करके देखा, अक्षर पहचाने-से नहीं थे। पता भी माँ के घर का था।

"कौन दे गया?"

"भैया का पत्र है?"

"भैया..."

"दीपक भैया का। मद्रास भैया का सामान लाने गया था। उसमें मिला है।"

"लेकिन आप तो चण्डीगढ़ गए थे।"

"हाँ, मम्मी-पापा को यही बताया है। लेकिन मैं मद्रास गया था। कम्पनी का फ्लैट खाली करना था। सामान फिलहाल मैंने अपने कमरे में रख दिया है। आप भी मम्मी से जिक्र न कीजिएगा।"

"यह पत्र..."

"यह मेज की दराज में मिला था। मैं तो इसे वहीं नष्ट कर डालता, पर फिर सोचा, यह तो मरने वाले के साथ अन्याय होगा। जिसके नाम यह लिखा गया है, उसे ही यह अधिकार है कि अब इसे पढ़े या फाड़कर फेंक दे।"

पत्र को हृदय से लगाए मैं देर तक वहीं खड़ी रह गई। यह वही पत्र था, जिसकी मुझे इतनी आतुरता से प्रतीक्षा थी। यह मुझे मिलने वाला मेरे जीवन का पहला और शायद अन्तिम प्रेमपत्र था। बेचारे लिख तो गए थे, पर डाक में डालने से पहले ही अनन्त मे विलीन हो गए।

यह तो कहो कि समय पर दिलीपजी का विवेक जाग गया। नहीं तो कितना कुछ अनकहा ही रह जाता।

पत्र को बार-बार चूमती हुई मैं भीतर आ गई। कमरे को अच्छी तरह से बन्द करके मैंने काँपते हाथों से वह लिफाफा खोला।

बहुत संक्षिप्त-सा पत्र था। (अंग्रेजी में)

"निधि!

(प्रिय, प्रियतमे—कुछ भी नहीं। सिर्फ निधि)

"बहुत दिनों से लिखने की सोच रहा हूँ। आज आख़िर निश्चय कर ही डाला।

"वैसे आते हुए मैं मम्मी को संकेत दे ही आया था। पर तुम्हें बता देना भी अपना कर्तव्य समझता हूँ।

"दो साल पश्चिम में रहकर लौटा हूँ। वहाँ का माहौल ही कुछ ऐसा है कि नारी की अनावृत देह मेरे लिए अब अचम्भे की वस्तु नहीं रह गई है।

"पर वहाँ रहते हुए अपने लिए हमेशा मैंने एक भारतीय वधू की कामना की है। ऐसी लड़की जो संकोच और शील की प्रतिमूर्ति हो, लज्जा जिसका आभूषण हो।

"तुम्हें देखकर लगा था कि मेरा सपना साकार हो गया है। पर तुमने जिस सहजता से अपने-आप को मुझे सौंप दिया था, उससे लगा कि भारत भी अब बहुत प्रगतिशील हो गया है। या कि हो सकता है, तुम्हारे ही संस्कारों में कहीं खोट हो। बहरहाल, यह विवाह मेरे लिए असम्भव है, क्योंकि यह बात बार-बार मेरे मन में आती रहेगी कि क्या सचमुच मैं ही पहला व्यक्ति था!

"तुम सुन्दर हो, स्मार्ट हो, दूसरा पति ढूँढ़ने में तुम्हें ज्यादा दिक्कत नहीं होगी, ऐसी आशा है। क्षमा..."

एक-एक अक्षर जहर की बूँद-सा मन में रिसता चला गया और मेरा सारा अस्तित्व पके फोड़े-सा टीस उठा। लगा कि मैं अन्धकार के सागर में डुबकियाँ खा रही हूँ। दम घुटा जा रहा है और मृत्यु के पल नजदीक आते जा रहे हैं। लगा कि कोई घन मार-मारकर मेरी गुड़ीमुड़ी संवेदना को समतल करने की चेष्टा कर रहा है। लगा कि किसी ने मुझे ऊँचे पर्वत से ढकेल दिया है और अब आवाज लगा रहा है—निधि! निधि! निधि!

क्रमशः वह आवाज़ तेज होती चली गई। घन की चोट भी अब दुहरे जोर से पड़ रही थी। मैं लगभग संज्ञाशून्य होकर सारे अत्याचार झेल रही थी।

कि एकाएक मेरी चेतना लौटी। कोई जोर-जोर से दरवाज़ा पीट रहा था और घबराई-सी आवाज़ में मुझे पुकार रहा था।

मैंने उठकर दरवाजा खोल दिया। ये बदहवास-से दरवाज़े में खड़े थे।

"क्या करने लग गई थीं तुम! मेरा तो कलेजा मुँह को आ गया था।"

मैंने उनके पसीना-पसीना होते चेहरे को अपलक देखते हुए सपाट स्वर में कहा, "सो गई थी।"

वह कागज का टुकड़ा मेरी उम्र भर की नींद उड़ाकर ले गया।

मैं मरने वाले को कोस रही थी। जब इतनी दिलेरी से पत्र लिख दिया था तो पोस्ट करने में कोताही क्यों कर दी? समय रहते मुझे मिल जाता, तब इस पाप के भार से मुझे मुक्ति तो मिल जाती। प्रणय का प्रतीक, प्रेम का अंकुर...

मैंने सौ-सौ नामों से अपनी भूल को सँवारा था। माता-पिता का भी तब लिहाज नहीं किया था। वे सारे भावुक सम्बोधान, उदात्त विशेषण आज किन्हीं दुर्बल क्षणों की पहचान-भर रह गए हैं।

यह तुमने क्या किया दिलीप! मुझसे यह कैसा प्रतिशोध लिया? माना कि तुम मेरा तिरस्कार करते हो, पर अपने भाई से तो तुम प्यार करते थे न! फिर उसकी प्रतिमा को यों खण्ड-खण्ड क्यों होने दिया?

काग़ज का वह टुकड़ा दीपक की स्मृतियों की धज्जियाँ उड़ा गया है। साथ ही मुझे भी अपनी नज़र में कितना छोटा कर गया है। जब मैं नारी-सुलभ लज्जा और जन्मगत संस्कारों को तिलांजलि देकर अपने देवता को समर्पित हो रही थी—वह इसे मात्र कामकौतुम समझ रहे थे। इस शर्म को लेकर कहाँ जाऊँ मैं! इस दंश को कैसे झेल पाऊँगी मैं!

मैं उन अमूल्य क्षणों की धारोहर उदर में समेटे बड़े गर्व से जी रही थी। पल-भर में सब कुछ समाप्त हो गया। अब इस अनचाहे बोझ से छटपटा रही हूँ। क्या इससे मुक्ति का कोई उपाय नहीं है?

केवल मेरी ही बात होती तब भी ठीक था। इस प्रसंग में एक और भी निरीह प्राणी शहीद हो रहा हैं। उसकी हत्या का पाप किसके सिर होगा?

करवट बदलकर मैंने देखा—वह मुझे ही निहार रहे थे।

"नींद नहीं आई..." दोनों ने लगभग एक साथ पूछा और फीकी-सी हँसी हँस दिए।

"दरअसल जरा सोच में पड़ गया था," इन्होंने कहा।

"कोई खास बात?" मैंने शिष्टाचार बरता।

वह तकिये को पलंग की पीठ से टिकाकर उठंगकर बैठ गए। बोले, "रमा की ससुराल से पत्र आया है। मुझे मुरादाबाद बुलाया है।"

"किसलिए?"

"वे लोग शायद दहेज की शर्तों को रिव्हाइज करना चाहते हैं।"

"लेकिन ये बातें तो सगाई के समय ही तय हो जाती हैं ना!"

"इसीलिए तो मैंने रिव्हाइज शब्द का प्रयोग किया है। सगाई जब हुई थी, तब परिस्थिति दूसरी थी। मेरी यह बैंक वाली नौकरी नहीं थी—और मेरी शादी भी नहीं हुई थी।"

"उससे क्या फर्क पड़ता है?"

"बहुत पड़ता है। उन्हें तो लग रहा है कि सौदा बहुत सस्ते में तय हो गया है।"

"तो अब क्या विचार है?"

"कल जा रहा हूँ। उन्नीस-बीस का फर्क होगा तो मान लूँगा। बहुत ज्यादा मुँह फाड़ेंगे तो सारा किस्सा खत्म करके चला आऊँगा।"

"लगी-लगाई सगाई तोड़ देंगे?" मैंने सिहरकर पूछा। मेरे अपने घाव अभी ताजा ही थे।

"तो क्या करने को कहती हो?"

मैं चुप हो रही।

"तुमने जवाब नहीं दिया?"

"किस बात का?"

"वहाँ मेरी 'लाइन आफ एक्शन' क्या होनी चाहिए? क्या उनकी हर बात मान लूँ? अगर एका खेत बेचना पड़े तो तुम्हें एतराज तो न होगा?"

"यह तो अम्माजी से पूछिए, मैं क्या कहूँ!"

"अम्माँ से तो खैर पूछना ही है; पर तुम भी तो पत्नी हो मेरी, तुम्हारा भी कुछ हक बनता है। रिश्ता लाख अनचाहा हो, इससे तुम्हारे अधिकारों में कोई फर्क नहीं पड़ता।"

"अधिकार! इस घर में मेरा कोई अधिकार होगा, यह कब सोचा था! मैं तो स्वप्नाविष्ट-सी जी रही थी।

और आज वह सपना भी चूर-चूर हो गया। उसकी किरचें मेरे मन-मस्तिष्क को छलनी कर गई थीं। सारी शाम, उस टीस को, उस दर्द को मन-ही-मन पिया था मैंने। वह सारा संचित रोष अब एकाएक सतह पर आकर मुझे मथने लगा।

"पत्नी हूँ यह तो सुन लिया!" मैंने कसैले स्वर में कहा, "पर पत्नी को लेकर दूसरों के दरवाज़े कब तक पड़े रहेंगे, यह तो बताइए!"

वह चकित-से मुझे देखते रह गए। फिर धीरे से बोले, "कहाँ रहना चाहती हो?"

"जिन लोगों के पास मामाजी की तरह इतनी बड़ी कोठी नहीं होती, उन लोगों की बीवियाँ कहाँ रहती हैं?"

"वे घर में रहती हैं। दो या तीन कमरों का छोटा-सा घर होता है वह-बंगला नहीं होता।"

"यहाँ भी तो एक कमरे में गुज़ारा कर रही हूँ। और वह भी मेरा कितना अपना है?"

"निधि!" वह एकाएक गम्भर हो उठे, "तुमसे किसी ने कुछ कहा है?"

"क्या कहने तक इन्तजार करेंगे?"

"नहीं, पर मैं यह जानना चाहता था कि..."

"अप तो बस इतना जान लीजिए कि इस घर में अब मेरा रहना नहीं हो सकता. ..बस!"

उसके बाद वह सो नहीं सके। बराबर करवटें बदलते रहे। सुबह नीचे जाने से पहले अनुनय-भरे स्वर में बोले, ''मेरे लौटने तक सब्र कर सकोगी निधि! मैं आते ही कोई इन्तजाम कर लूँगा। पर, तब तक-न हो कुछ दिन अपनी माँ के यहाँ हो आओ!''

मेरा रात वाला जोश समाप्त हो चुका था। माँ के यहाँ जाने का भी कोई खास उत्साह नहीं था। मैंने बड़प्पन जताते हुए कहा, ''यह सब बाद में देखा जाएगा। अभी तो आप निश्चिन्त मन मुरादाबाद हो आइए। मुझे लेकर कोई टेन्शन पालने की जरूरत नहीं है।''

मेरे आश्वासन के बावजूद वह निश्चिन्त नहीं हो पाए। सारी सुबह मेरे ही आसपास मँडराते रहे। आटो में सामान रखवाने के बाद भी वह एक बार ऊपर कमरे में आए। लगा कि वह कुछ कहना चाहते है; पर वह कह नहीं पाए। न ही मैंने पूछना जरूरी समझा।

मुरादाबाद से लौटे तो जैसे सब कुछ तय ही कर चुके थे। आते ही सूचना दी—''मामीजी, 5 जून तारीख तय हुई है। अब एकदम तैयारी में जुट जाना होगा।''

''इतनी गर्मी में? क्या दीवाली तक रुक नहीं सकते थे?''

''तारीख तय करने का अधिकार तो उन्हीं का था। मुझे तो सिर्फ मुहर-भर लगानी थी। चार महीने बाद फिर एक चार मीटर लम्बा माँग-पत्र पेश कर देते तो! जितनी जल्दी निपट जाए, अच्छा है।...मुझे तो पच्चीस मई से पहले छुट्टी मिल नहीं सकती। सोचता हूँ, निधि को गाँव छोड़ आऊँ। अम्मा को थोड़ा सहारा हो जाएगा।''

''यह वहाँ जाकर क्या करेगी?''

''ओफ्फो, मामी, लड़की की शादी है। सौ तरह के काम निकलते हैं। घर की बहू ऐसे में हाथ नहीं बँटाएगी तो कौन बँटाएगा?'' यह दिलीपजी बोल रहे थे।

''गर्मी देखते हो कैसी पड़ रही है?''

''तो कूलर लगवा देंगे। पंखा लगवा देंगे। हमारे दादा को क्या ऐसा-वैसा समझ रखा है!''

यानी की दिलीपजी मुझे घर से भगाने के लिए कृतसंकल्प थे। मैंने भी इस बार निर्णय ले लिया था।

चलने की तैयारी शुरू हो गई तो इनसे कह दिया, ''इस बार स्कूटर से जाना नहीं हो सकेगा। मेरा सारा सामान साथ जाएगा।''

''टैक्सी से ले जाएँगे, भाई! पर थोड़ा सब्र से काम लो। सामान की चर्चा अभी से मत छेड़ो। मामीजी बुरा मान जाएँगी।''

''पर मैं...''

''इस घर में वापस नहीं आना चाहतीं, यही न! मुझे मालूम है। तुमने मुझे बताया है एक बार। और इत्मीनान रखो। तुम्हारी इच्छा के विपरीत कोई भी काम करने के लिए मै तुम्हें बाध्य नहीं करूँगा।''

(यह क्या मैं जानती नहीं! मेरी इच्छा के विरुद्ध कभी किसी बात के लिए तुमने मुझे बाध्य नहीं किया)

और फिर मुझे अपने पर ही हँसी आ गई। किसी बात की जिद कर रही हूँ मैं, यह मेरा कैसा पागल हठ है! मैं कहीं भी रहूँ, उससे क्या फर्क पड़ता है! जिस शर्मनाक झूठ को मैं अपने में समेटे जी रही हूँ, वह तो हर जगह मेरे साथ ही रहेगा! उससे मुक्ति कहाँ!

सच तो यह है कि पिछले दिनों जैसे मैं सपने में जी रही थी। अपनी मानसिक उलझनों से घिरी हुई मैं भूल गई थी कि मेरा शरीर भी इन दिनों संक्रमण से गुजर रहा है। इतने दिनों तक मैं इस कडुए सच को अनदेखा करती रही, पर अब यह सम्भव नहीं था। यह सच कितना भयानक रूप धारण किए मेरे सामने मुँह बाए खड़ा था!

रमा की शादी में घर मेहमानों से खचाखच भर गया था। गाँव-जवार की औरतें भी अम्माँजी का हाथ बँटाने या सुबह-शाम गीत गाने के लिए जुड़ जातीं। मैं उन सब के लिए आकर्षण का केन्द्र थी। कुतूहल का विषय थी। लाख चाहने पर भी उनकी घाघ नज़रों से अपने को बचा नहीं पाती थी।

कोई कहती, "आजकल तो बस शादी हुई नहीं कि पेट निकल आता है।"

"अरे तो इसमें अचरज क्या है," दूसरी कहती, "अब कोई लड़कियाँ ब्याही जाती हैं! पूरी औरत होती हैं। आधी उमर तो माँ-बाप के घर ही बिताकर आती हैं।"

तीसरी ताना कसती, "फिर भी, बहू-बेटियों का यूँ सीना तानकर चलना अच्छा लगता है भला! आजकल का तो चलन ही निराला है। हमारे तो चार-चार हो गए थे, फिर भी ऐसी दबी-ढँकी रहती कि नौ महीने तक पड़ोस में भी पता नहीं लगता!"

उस खुसर-पुसर से मेरा जी घबराने लगता। अम्माँजी के सामने मेरा मुँह नहीं खुलता था—और उनसे कहती भी तो क्या!

शादी से तीन-चार दिन पहले ही मामीजी दिनेश के साथ आ पहुँचीं और मुझे महिला-मण्डल से निजात मिल गई। मामीजी का दबंग-रोबीला व्यक्तित्व ऐसा था कि सभी उनसे ख़ौफ खाते। अम्माँजी भी उनसे सहमी-सहमी रहतीं।

बेचारी अम्माँजी! उन्हें तो आते ही फटकार सुननी पड़ी थी, "कृष्णा, बहू को बड़े मजे से बुला तो लिया, पर उसका ठीक से इन्तजाम तो किया होता। एक इंच-भर जगह कहीं ऐसी नहीं है, जहाँ वह घड़ी-भर को कमर सीधी कर सके। घर भट्ठी-सा तप रहा है—सो अलग!"

कहकर ही वह चुप नहीं हुईं। उन्होंने खड़े-खड़े छत वाले कमरे में सीलिंग फैन लगवाया। खिड़कियों में खस के परदे टाँगे गए। पूरे घर में यही एक कमरा ढंग का था। उस पर अब मामीजी का दखल हो गया। मेरे लिए भी जैसे नज़रकैद हो गई थी। उनकी इजाजत के बिना नीचे पाँव देना मुहाल था।

मामीजी की उस साधिकार चौकसी ने रमा-उमा को फिर से मुझसे दूर छिटका दिया। बड़ी मुश्किल से मैंने एक स्नेह का ताना-बाना बुना था, वह तार-तार हो गया।

रमा तो ख़ैर अपने सपनों में खोई हुई थी। फालतू बातों के लिए उसके पास समय नहीं था; पर उमा स्वयं को बहुत अपमानित-उपेक्षित-सा अनुभव कर रही थी, उसका गुस्सा बात-बात पर झलकता था। कल ही अपनी सखी से कह रही थी, ''शादी-ब्याह तो बराबरी वालों से ही अच्छे लगते हैं। ये बड़े घर की बेटियाँ आकर अपने को और छोटा बना जाती है!''

रमा की शादी धूमधाम से सम्पन्न हो गई।

अपनी ओर से हम लोगों ने अच्छा प्रबन्ध किया ही था, पर यह मानना होगा कि बाराती भी सज्जन थे। एक बार जो माँगना था, सो उन्होंने माँग लिया, पर फिर बाद में कोई टंटा-बखेड़ा नहीं किया। हम लोग जितना डर रहे थे, उसकी तुलना में विवाह अत्यन्त शान्तिपूर्वक सम्पन्न हो गया।

दूसरे दिन जब सब लोग अपनी थकान मिटा रहे थे, मामाजी अम्माँजी के पास आकर बोली, ''कृष्णा, बहुत-बहुत बधाई! सब काम बड़ी शान्ति से निपट गया। अब हमें भी इजाजत दो।''

''तुम्हें तो रुकने के लिए नहीं कह सकती मैं। यहाँ दिलीप भी नहीं है। तुम्हारे सोने-बैठने को ढंग का इन्तजाम भी नहीं हो पाता। पर भौजी तो अभी रहेंगी न?''

''नहीं, मैं भी अब चलूँगी। घर को और तुम्हारे भैया को ज्यादा दिन तक नौकरों के भरोसे नहीं छोड़ा जा सकता। दिलीप का कोई ठिकाना है! दिन-भर बाहर रहता है।''

अम्माजी ने मुझे डलिया में पूड़ी-मिठाई सजाने की आज्ञा दी और खुद जाकर बेटे को जगा लाईं। इन्हें देखते ही मामीजी ने कहा, ''शैल, मैं निधि को अपने साथ लिए जा रही हूँ। तुम तो अभी कुछ दिन रहोगे न!''

अपना नाम सुनते ही मैंने चौंककर सिर उठाया। सभी की आँखे मेरी ओर लगी हुई थीं। अम्माजी की आँखों में एक विवशता का भाव था, पर उमा की आँखें तो जैसे जल रही थीं। इनकी ओर फिर देखने का साहस ही नहीं हुआ।

तभी इनकी आवाज़ सुनाई पड़ी, ''मामीजी! अभी तो यहाँ बहुत समेटने को पड़ा है। निधि आपके साथ चली गई तो फिर अम्माँ बिल्कुल अकेली पड़ जाएँगी।''

''तो यह कहो न कि तुम लोगों ने उसे मार डालने का ही इरादा कर रखा है!''

''इट्स आलराइट मम्मी!'' दिनेश ने उन्हें शान्त करना चाहा।

''क्या खाक आलराइट है! डॉ. मित्रा ने कितनी हिदायतें देकर भेजा था! मैं जानती

थी उनमें से एक पर भी यहाँ अमल नहीं होगा। अपनी जिम्मेदारी पर व्याह कर लाई हूँ, तभी न इतना सर खपा रही हूँ। नहीं तो मुझे क्या पड़ी थी!''

और वह भुनभुनाते हुए सबसे पहले गाड़ी में जा बैठीं। अच्छा-खासा तमाशा हो गया। लड़की तो शान्ति से विदा हो गई, पर मेहमानों की विदाई में यह नाटक हो रहा था। और इस नाटक के मूल में मैं हूँ यह सोचकर शर्म से गड़ी जा रही थी।

ये जतन से मामाजी को गाड़ी तक पहुँचा आए। उनके बैठते ही दिनेश ने गाड़ी स्टार्ट कर दी। शायद वह भी इस तमाशे के कारण लज्जित हो रहा था।

उनके जाते ही घर में जैसे भूचाल आ गया।

अम्माँजी ने करुण स्वर में और उमा ने कठोर शब्दों में कैफ़ियत तलब की कि जब वे लोग ले जा रहे थे तो निधि को जाने क्यों नहीं दिया? गरीबों की कुटिया में उसकी सार-सम्हाल कैसे होगी?

इन्हें भी फिर ताव आ गया। बोले—''तुम्हारे घर में जगह हो तो रखो; नहीं तो मैं दूसरा इन्तजाम कर लूँगा। जिन्दगी-भर मैं अपनी बीबी को दूसरों के घर में नहीं रख सकता!''

तूफान तब अपने-आप थम गया।

शादी वाला घर था, फिर भी कुछ लोगों ने मिलीभगत करके हम लोगों के लिए कमरे का एकान्त जुटा दिया था। उसका शुभारम्भ इस वाक्य से हुआ, ''अम्माँ को इस तरह जलील करने की क्या जरूरत थी?''

उनके तेवर देखकर मैं सहम-सी गई। उनका इस तरह का स्वर पहली बार सुना था। दबी जबान से मैंने पूछा, ''मैंने अम्माँजी को जलील किया है?''

''हाँ! अम्मा को, मुझे, हम सबको!''

''कैसे?''

''डाक्टर की हिदायतें हमें क्यों नहीं बताई गईं?''

''क्योंकि उनमें मुझे कोई दिलचस्पी नहीं थी।''

''सवाल तुम्हारी दिलचस्पी का नहीं, तुम्हारी सेहत का है!'' वह चीखे।

''मुझे अब अपनी सेहत में, अपने-आप में कोई दिलचस्पी नहीं रही।''

''सवाल अब सिर्फ तुम्हारे अकेले का भी नहीं रहा। एक और...''

''मुझे अब उस किसी और में भी दिलचस्पी नहीं रही, बस!''

उनका तमतमाया हुआ चेहरा कुछ सामान्य हो चला था। फिर भी जब बोले तब स्वर उतना ही उग्र था, ''क्या बात है, निधि! इसी अजन्में जीव के लिए कभी तुम विद्रोह का झण्डा लेकर खड़ी हो गई थीं। परिवार की, समाज की, सारी मान्यताएँ तुमने ठुकरा दी थीं। और आज कहती हो तुम्हें उसमें कोई दिलचस्पी नहीं रही। क्यों?''

"क्योंकि तब वह मेरे प्रेम का प्रतीक था, अब वह सिर्फ बेवकूफी की निशानी है। तब मैं उसकी माँ थी, अब मामीजी के पोते की धाय-भर हूँ। एण्ड आय हेट इट..."

पल-भर को वह सकते में आकर मुझे घूरते रह गए। मैंने दोनों हथेलियों में अपना मुँह छिपा लिया। वह धीरे से मेरे पास आकर बैठ गए और अपने हमेशा वाले मृदु अन्दाज में बोले, "निधि! मैंने तुम्हें तुम्हारे सम्पूर्ण इतिहास के साथ स्वीकार किया है। अब ऐसी कोई बात नहीं है, जिसके लिए तुम्हें मुझसे मुँह चुराना पड़े!!"

"ओह, आप नहीं जानते!"

"मैं क्या नहीं जानता?"

उस स्वर में पता नहीं कैसी ममता थी कि अपने पर मेरा वश ही न रहा। उनसे सब कुछ कह डाला। और कहने के बाद लगा, मन एकदम हलका हो गया है। इतने दिनों मन में जैसे ज्वालामुखी धधक रहा था। वह भी जैसे अब शान्त हो गया।

वह गौर से मेरी बात सुनते रहे। फिर धीरे से बोले, "अगर मैं कहूँ कि मैं यह भी जानता था तो क्या विश्वास कर लोगी?"

"जानते थे! तो फिर बताया क्यों नहीं?"

"बता देता तो क्या विश्वास कर लेती!"

"क्यों! क्यों नहीं करती?"

"उस समय तुम किसी के प्रेम में आकण्ठ डूबी हुई थीं। मेरी बात से तुम्हें ईर्ष्या की ही गन्ध आती। और फिर...मरने वाले की निन्दा करने से पाप जो लगता!"

अब मैं बेवकूफों की तरह उन्हें तक रही थी।

वह उठकर कमरे में चहलकदमी करने लगे। कुछ देर बाद मेरी ओर देखे बिना उन्होंने सारी बात कहना शुरू किया।

"दीपक जिस दिन जाने की तैयारी कर रहा था, मामीजी ने मिठाई की एक बड़ी-सी डलिया लाकर उसके सामने रख दी कि वह मद्रास जाकर दोस्तों को सगाई की खुशी में बाँट दे। पहले तो वह मना करता रहा, पर जब मामीजी नहीं मानी तब उसने ठोकर मारकर डलिया दूर छिटका दी और चीख पड़ा, 'ममा! यह शादी नहीं होगी। आई डिक्लेअर द एंगेजमेंट कैन्सल्ड...' "

" 'क्या बक रहा है?'

" 'ठीक बक रहा हूँ। मैं वहाँ जाकर चिट्ठी लिखना चाहता था। अच्छा हुआ तुमने यहीं मौका दे दिया।'

"इसके बाद मामी सिर पटककर रह गईं, पर उसने मुँह नहीं खोला। उसके जाने के बाद भी वह बड़ी बेचैन रहीं। मुश्किल तो यह थी कि अपनी परेशानी किसी से कह भी नहीं सकती थीं। मामाजी का गुस्सा बहुत तेज है। पता नहीं क्या कर बैठते! दिलीप छोटा तो है ही, सहनशक्ति भी उसमें नहीं है। मुझमे सदा से ही उनका अटूट विश्वास

और ममता रही है। मुझे अकेले में बुलाकर बोलीं, 'शैल, जरा मद्रास जाकर देख तो आ। उसका कहीं कोई चक्कर तो नहीं है! इस लड़के ने तो मुझे अच्छी मुसीबत में डाल दिया है। लड़की वालो को मैं क्या मुँह दिखाऊँगी! कितने विश्ववास से उन लोगों ने लड़की हमें सौंपी थी। इतने दिनों उसे लिए-लिए घूमता रहा और अब...''

''फिर किसी इण्टरव्यू का बहाना बनाकर मुझे मद्रास जाना पड़ा। दीपक से कुछ बात हो पाती, इससे पहले ही सारा खेल खत्म हो गया। पर इससे पहले मुझे कुछ आभास हो गया था। उसने एक-दो संकेत तुम्हारे लिए ऐसे किए कि मैं सन्न रह गया। कोई भी शरीफ आदमी अपनी वाग्दत्ता वधू के लिए ऐसी भाषा का प्रयोग नहीं करता, भले ही वह अमेरिका से लौटा हो।

''मामीजी लेकिन आज तक नहीं जानतीं कि उसका मन एकाएक बदल क्यों गया था।''

वह अब मेरे सामने आकर खडे हो गए थे, ''निधि! तुम सोचती हो, मामीजी तुम्हें दीपक के बच्चे के कारण प्यार करती हैं—यह गलत है। दीपक अगर जीवित होता, यह बच्चा भी अगर बीच में न होता, तब भी वह तुम्हारे लिए कुछ करतीं। इसे उन्होंने अपना नैतिक कर्तव्य मान लिया था।''

''और तब भी शायद बलि का बकरा वह आपको ही बनातीं!'' मैंने सूखी हँसी हँसकर कहा।

वह कुछ नहीं बोले। चुपचाप खिड़की से बाहर देखते रहे।

''जानते हैं, जिस दिन यह पत्र हाथ में आया था, छत से छलाँग लगाने का मन हो आया था। पर आपका ख्याल करके रह गई। पहले ही आपने बहुत अन्याय सहा है। अपनी मृत्यु से आपकी परेशानियों में इजाफा करने की इच्छा नहीं हुई।''

एकाएक उन्होंने मेरे दोनों हाथ पकड़ लिए, ''थैंक्यू निधि! आई एम सो ग्रेटफुल! वचन दो, भविष्य में भी ऐसा पागलपन नहीं करोगी!''

उनका स्वर काँप रहा था; पर हाथों की पकड़ इतनी सख़्त थी कि उनके भीतर छिपा फौलादी पुरुष पल-भर को मुझे सहमा गया।

''शैल, यह बंटी आया है।''

अम्माँजी को देखकर हम दोनों चौंक पड़े। इस तरह धड़धड़ाती हुई वह कभी कमरे में नहीं आईं थीं। अक्सर नीचे से ही आवाज़ दे लेतीं। जरूर कोई खास काम याद आ गया होगा। आज शाम की गाड़ी से ये मुरादाबाद जा रहे थे, रमा की विदाई करानी थी। जब से मुहूर्त निकला है, दस बार सामान की लिस्ट बन चुकी है। कहीं फिर कुछ शहर से मँगाना होगा। तभी तो बंटी—मेरे चचेरे देवर को साथ लेकर आई हैं।

''कहो बंटी उस्ताद?'' इन्होंने आफ्टर शेव लोशन की सुगन्ध बिखेरते हुए पूछा।

"इसे जरा मुरादाबाद का पता-ठिकाना समझा दे। गाड़ियों का टेम-टेबल भी बतला दे। पहली बार जा रहा है न!"

"यह कहाँ जा रहा है?"

"मुरादाबाद, लड़की को लाना नहीं है?"

"मैं जा तो रहा हूँ!"

"नहीं, तुम्हारा जाना नहीं हो सकेगा।"

"क्यों?"

पता नहीं किस संकोच से अम्माँजी कुछ देर चुप रहीं। फिर धीरे से बोलीं, "बहू की तबियत कुछ ढीली-सी लग रही है। तुम्हारा यहाँ रहना बहुत जरूरी है।"

मैं इनका सूटकेस जमा रही थी। मैंने चौंककर सिर उठाया। ये मुझे ही घूर रहे थे। उनकी आँखों में अभियोग था, रोष था। अब मैं इन्हे कैसे समझाती कि मैंने अम्माँजी से कुछ भी नहीं कहा है। उनकी अनुभवी नज़रों ने अपने-आप ही सब भाँप लिया है।

अच्छा ही हुआ जो अम्माँजी ने इन्हें रोक लिया। शाम होते-न-होते ही मेरी हालत बिगड़ने लगी। गाँव में किसी के यहाँ बरात में दो जीपें आई थीं। मान-मनौवल करके ये जीप ले आए। भगवान को दस-दस बार मत्था टेककर हम लोग रवाना हुए।

मैं तो जानती थी कि समय पूरा हो चला है। पर अम्माँजी सतमासे की आशंका से बहुत घबरा रही थीं। बार-बार कह रही थीं, "कुछ ऐसा-वैसा हो गया तो भौजी को क्या मुँह दिखाऊँगी!"

एक तो मैं दर्द से बेहाल हो रही थी। उधर अम्माँजी का यूँ बिसूरना सुन-सुनकर कोफ्त हो आई। मैंने खीझकर कहा, "अम्माँजी, बहू आपकी है, मरे या जिए। किसी दूसरे को उससे क्या मतलब!"

तब कहीं जाकर उनका यह रिरियाना बन्द हुआ।

शहर की बत्तियाँ जब दिखाई दीं, तब लग रहा था जैसे जीप में बैठे बरसों बीत गए हों। इन्होंने मामाजी के बँगले के पास पल-भर को गाड़ी रुकवाई और कहा, "अम्माँ, तुम और उमा यहाँ उतर जाओ और दिलीप को लेकर नर्सिंग होम पहुँचो। मैं चलता हूँ।"

उन लोगों के उतरते ही ये पीछे मेरे पास आकर बैठ गए।

"निधि," गाड़ी स्टार्ट होते ही इन्होंने भीगे कंठ से पुकारा।

"जी!" कहते ही दर्द की एक लहर उठी और मेरी सम्पूर्ण चेतना को चीरती चली गई। पल-भर को जैसे सारी दुनिया ही अँधेरे में डूब गई। होश में आने पर देखा, मेरा पसीने से भीगा सिर इनकी गोद में है और वह उसे सहला रहे हैं।

"अस्पताल कब आएगा?" मैंने क्षीण स्वर में पूछा।

"बस, आ ही गया समझो!"

और थोड़ी ही देर में हम नर्सिंग होम में थे। वह परिचित इमारत मुझे धुँधली-सी लग रही थी। सारा संसार ही अधर में तैरता-सा लग रहा था।

इन्होंने सहारा देकर मुझे धीरे से उतारा और बहुत अहिस्ता-अहिस्ता लाउंज में ले आए। खबर लगते ही दो सिस्टर्स दौड़ी चली आईं और उन्होंने मुझे अपने संरक्षण में ले लिया। वह मेरे पीछे-पीछे सारा कारीडोर पार करके आ पहुँचे। फिर एक कमरे के सामने रुककर सिस्टर ने जब शहदघुली आवाज में कहा, "बस, अब इसके आगे नहीं!" तो सहमकर वह पीछे हट गए। दरवाजा बन्द होने से पहले मैंने उन्हें देखा, उनका चेहरा भीड़ में खोए बच्चे की तरह सहमा-सहमा-सा था।

एक बार कुशल हाथों में पहुँच जाने के बाद मुझे निश्चिन्त हो जाना चाहिए था; पर वहाँ का वातावरण ही कुछ ऐसा था कि घबराहट कम होने के बजाय बढ़ती ही गई।

पिछले दो बार के चेक-अप में डाक्टर ने हलका-सा संकेत दिया था कि बच्चे की पोजीशन थोड़ी गड़बड़ है। घबराने की कोई बात नहीं थी। पर उन्होंने उठने-बैठने और लेटने के तरीकों के सम्बन्ध में कई निर्देश दिए थे। सीढ़ियाँ चढ़ने-उतरने के लिए, भारी चीज़ उठाने के लिए, कुछ खास चीज़ें खाने के लिए मना किया था। ख़ास कर घी से परहेज बताया था।

पर आने वाले के प्रति मैं ऐसे विद्वेश से भर उठी थी कि मैंने हर काम वही किया, जिसके लिए मुझे मना कर दिया गया था। एक अजीब-सी जिद मुझ पर सवार थी और मैं निरन्तर उस अजन्मे शिशु की मृत्यु की कामना कर रही थी; क्योंकि मुझे मालूम था कि एक बार वह मेरी गोद में आ गया तो जबरदस्ती मेरी ममता छीन लेगा।

यहाँ आने के बाद अपना वह जुनून सौ गुना होकर मुझे डराने लगा था; क्योंकि मेरा हँसकर स्वागत करने वाली सिस्टर अब गम्भीर लग रही थी। हमेशा चहकने वाली डा. मित्रा भी बदहवास-सी थीं। वह दो-चार बार बाहर जाकर किसी को फोन भी कर चुकी थीं।

फिर धीरे-धीरे मेरी टेबल के पास अजीब-से मानवी आकार इकट्ठा होने लगे। सिर पर चपटी टोपियाँ और चेहरे ढके हुए। लगा, जैसे यमदूत हैं ये। वह तेज़ रोशनी, वे चमकते औज़ार, वे अजनबी चेहरे—मुझे लगा जैसे डर से ही मेरा दम निकल जाएगा।

"भाभी, डरना नहीं, मैं हूँ यहाँ!"

मैंने चौंककर देखा, हाँ, यह दिलीप थे। उन आँखों में आज प्रतिहिंसा का भाव नहीं था। फिर भी मैं पहचान गई कि वह दिलीप थे। भाभी! उन्होंने मुझे भाभी कहा था। पहली बार इस नाम से पुकारा था। इस बात की खुशी इतनी अधिक थी कि उसमें मेरी सारी लाज-शरम डूब गई।

"भैयाजी, मेरा आपरेशन होगा?"

"हाँ, बस छोटा-सा। आपको पता नहीं चलेगा।"

"मुझे बेहोश करेंगे?"

"हाँ, बस थोड़ी-सी देर को। आप घबराना नहीं।"

"अरे वह नहीं घबराती। शी इज ऐ ब्रेह्व लेडी!" यह आवाज़ डॉक्टर मित्रा की थी, "आप उनके मियाँ को देखते! डिक्लेरेशन लिखते हुए क्या बुरी तरह काँप रहे थे।"

"भैयाजी!"

"हाँ भाभी!"

"क्या ये बहुत नर्व्हस हो रहे हैं?"

"अरे, बस कुछ न पुछिए। उन्हें समझाने में तो इतनी देर लग गई...भाभी, नाउ बी ब्रेह्व!" और वह मेरे कानों के पास झुक आए, "याद रखिए आपको वापस आना है। दादा आपकी राह देखेंगे। ही विल बी वेटिंग फार यू। यू विल हैव टू कम बैक..."

"नाउ, प्लीज डॉक्टर!" किसी ने गम्भीर स्वर में चेतावनी दी।

"सॉरी..." दिलीप ने कहा और पीछे हट गए।

कमरे में पल-भर को नीरवता छा गई। लगा जैसे सब लोग साँस रोककर मेरी मृत्यु की प्रतीक्षा कर रहे हैं। लेकिन वह नहीं जानते-बाहर कोई मेरी प्रतीक्षा कर रहा है! मुझे वापस आना ही होगा! आई शैल कम बैक–आई शैल हैव टू कम बैक...